SERIES ON ART & DESIGN
TEACHING IN INSTITUTIONS OF
HIGHER LEARNING

高等院校艺术设计专业教学研究丛书

设计美学教程

主 编｜贺 克 田蓉辉

湖南美术出版社

图书在版编目（CIP）数据

设计美学教程 / 贺克、田蓉辉主编.—长沙：湖南美术出版社，2010.11
高等院校艺术设计专业教学研究丛书
ISBN 978-7-5356-4071-0

Ⅰ.①设… Ⅱ.①贺… ②田… Ⅲ.①设计－艺术美学－高等学校－教材 Ⅳ.①J06

中国版本图书馆CIP数据核字（2010）第224430号

SERIES ON ART & DESIGN
TEACHING IN INSTITUTIONS OF
HIGHER LEARNING

高等院校艺术设计专业教学研究丛书

设计美学教程

出 版 人：李小山
主　　编：贺 克　田蓉辉
副 主 编：何　丽　简圣宇　王兴业　张　淞
丛书策划：何　辉　陈秋伟
责任编辑：陈秋伟　彭　勇
特约编辑：冯　福
责任校对：谭　卉
装帧设计：陈秋伟　文　波　谭冀俊
出版发行：湖南美术出版社（长沙市东二环一段622号）
经　　销：湖南省新华书店
印　　刷：长沙湘诚印刷有限公司（长沙市开福区伍家岭新码头95号）
开　　本：889X1194　1/16
印　　张：9.5
版　　次：2010年11月第1版
　　　　　2010年11月第1次印刷
印　　数：1-2000册
书　　号：ISBN 978-7-5356-4071-0
定　　价：48.00元

总　序

21世纪是信息时代,更是设计时代,设计伴随着社会文明和科学技术发展的步伐在现代社会中扮演着越来越重要的角色,设计水准也成为衡量一个国家和地区经济发展水平的重要标志。现代设计的功能性和超前性,充分地体现了科学与艺术相结合的时代特征,设计在满足人们的现实生活需求的同时,还引领着社会的文化发展潮流,满足着人们不断变化的精神需求。

新材料和新技术的不断涌现,设计学科知识结构的不断更新,教学方法的不断变化,使得设计学科总是处在一个动态的发展过程中。如何使我们的设计教育适应新的社会需求,如何把学生培养成为引导时代潮流的新一代创新型设计人才,是高等院校设计教育必须面对的课题。

设计学科是一个实践性极强的学科门类,既需要系统理论的支撑,同时更需要实践的检验,设计教育的核心离不开明确的培养目标和科学的教学大纲,教育思想和教学方法的改革也是依靠课程来实现的。

本套丛书的编写立足于设计课程的创新,定位于"设计教学现场",旨在构筑以教学现场为中心的中国特色、区域文化、国际视野及当代情境相结合的设计教育教学研究平台,力求把最新的、最前沿的,也许是不成熟的,但是预知是有价值的知识展现给我们的学生。编写中我们还注重从认知、体验、创新、评价等环节来组织学科课程内容,将设计基本原理的呈现、学习方法和路径的指引、理论对实践的指导相结合,落实到可操作性上;同时,我们还注重学生探究式学习方法的养成与教师的示范作用,在课程设计时适度地加入了一定的实验性课题,为学生进一步深入地运用设计进行科学研究奠定了基础。教学不是简单的教与学,教师的作用应该是在学生思维停顿时,启发学生的思维。所以在本套丛书中我们加强了设计研讨、案例分析、设计评判等方面的内容,使内容更加贴近学生的实际,更容易为学生所接受,以利于在教学过程中调动学生的积极性与互动参与性。在教学中学生设计的结果固然重要,但是对于学习而言,设计的过程可能比结果更为重要,学生的创造性思维及设计能力只有在学习的过程中才能得以提高。

总而言之,编者在本套丛书的编写中力图在理论性上强调严谨的科学性和广泛的适用性,在实践性上强调通用性和技术的可操作性;课题安排既有适应学生职业发展需求的实践性课题练习,也有强调设计前瞻性的实验性课题训练。希望通过课程的学习能够提高学生提出问题、分析问题和解决问题的能力。

由于本套丛书所涵盖的课程门类较多,各门课程又有各自的学科特点,无疑会留下许多遗憾和不尽如人意之处,诚挚地希望各院校的教师和同学在使用过程中反馈宝贵的意见。

孙湘明、何辉
2010年7月

目 录

前 言

设计美学是现代美学研究的一个重要分支。自从近代工业设计成为独立的学科形式以来，关于其理论上的探索一直没有停止过，但是到目前为止，系统的设计美学理论一直处在严重缺失的发展状态，许多理论依然套用传统的艺术哲学或美学体系，从而混淆了艺术与设计之间美学特征的差异。随着设计专业的广泛拓展和应用，设计美学的理论指导作用显得愈发重要。

关于设计美学的理论探讨，应该是从美学或者形式美的研究开始的。单从形式法则的设计原则来看，历史上早就有人进行过这方面的研究。从古希腊时期开始，毕达哥拉斯学派就奠定了形式美的理论基础，黄金分割率的设计原则，两千多年来，一直成为人们创造物体形式的设计方法，这是人类最早探讨设计美学中数学模型的理论分析；同时，苏格拉底也提出过关于技术美学六大特征的理论框架；文艺复兴时期，意大利数学家斐波纳奇用等比数列创造出优美的费波纳奇数列形式，合理地分析了物体造型形式美的比例关系；特别是后来的艺术大师兼科学家列奥那多·达·芬奇，更是用大量的设计作品，证实了形式美存在的数学基因；17世纪的美学探索理论也层出不穷，不管是英国经验主义美学的代表人物洛克，还是德国理性主义美学的先哲莱布尼茨，都从不同角度对审美客体的美学特征作过解析，尽管当时欧洲的美学论争其理论相悖甚远，但对于形式美学的研究兴趣，足以证明该理论对人类的影响；近代以来，在与设计美学关系最为密切的分支学科——技术美学——的研究中，影响最大的代表当属海德格尔和德苏瓦尔，他们的技术美学特征理论对设计美学理论的建立，有着极大的借鉴和支撑作用。除此之外，在设计界和艺术界，19世纪以来，许多大师通过不同的科学理论和艺术流派，充分展现了绘画和建筑作品的表现魅力，他们用不同的方法和创作形式，证明了设计美学的精神内涵和价值，其代表不仅有瑞士的建筑设计师勒·柯布西耶，同时还有风格派艺术家蒙德里安。前者总结了人体比例与数学的相关性，对建筑设计具有科学的指导意义；后者则通过冷抽象的绘画色彩面积，来揭示等比数列的和谐关系。在这里，所表现出来的作品文化内涵，不论是强调科学性还是艺术性，都具有不能否定的形式美特征，这是人类开始深入面对设计美学所作的理性思考。

我国自从改革开放以来，设计与技术美学等方面的理论探索也有较大进展，尤其是艺术和科学的学科渗透，在创造原则上更强调物品设计中"用"和"美"的辩证关系，这不仅在传统艺术领域里开创了设计美学理论探索的先河，而且在科学界引起了高度的关注，就连我国国防科技领域的泰斗钱学森同志，也极为关心与设计美学有关的理论发展，并身体力行地为这方面探索的书籍撰写过前言，成为与设计美学血脉相关学科发展的积极支持者。

尽管如此，真正意义上的设计美学及相关理论探讨，目前在我国还是较为少见的。因为，从设计美学涉及的研究范围来看，它囊括了艺术、技术、文化、心理乃至哲学等各个方面，它既是一个多学科、广交叉的综合研究领域，又是古老而年轻的学科；它既包含了精神层面的理论探索，又带有具体设计原则的经验总结。因此，学界对设计美学的理论范围和学术地位的认定，还处在探讨阶段。不过，从目前社会上广泛涌现的设计专业及其相关专业分支的发展现状看，建立起初步的设计美学理论体系,已显得刻不容缓。

可喜的是,《设计美学教程》的出版缓解了这方面理论欠缺的尴尬,此书对该系统理论的探索作了大胆的尝试和解析。从作者的研究视角到分析层面都可以看出,《设计美学教程》不仅是作者长期从事设计实践和艺术教育的心得,同时,它也是艺术设计工作者对专业发展的责任和义务的强烈呐喊,从宏观的角度来看,它更是作者长期以来进行设计实践所凝结的心血、经验和成就的理论集成。

让我们用鼓励、关心和呵护的态度,来维护《设计美学教程》这棵幼小的理论嫩芽,祝愿这棵希望之苗茁壮成长,在和煦的阳光、空气和雨露的滋润下,长成参天大树,最终能成为艺术设计专业的理论栋梁。

冯伟一
2010年10月于西安

第一章
美的本质

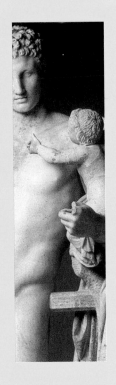

要点提示

○ 学习目的

通过本章的学习，了解中国和西方的学者是如何从主体、客体、主客关系、实践和主体间性等
方面探讨"美的本质"的。理解"美的本质"不是一种实体而是一种意义。

○ 学习重点

了解学者是如何从主体、客体等方面探讨"美的本质"的。

○ 学习难点

了解实践美学学派的"美的本质"观的贡献和局限。

○ 参考课时

2课时

第一节
对"美的本质"的几种探讨途径

在日常生活中，我们随时随地都能够感受到各种各样具体事物的美，如一栋独具韵味的别墅，一套设计新颖的服装，一件细腻温婉的象牙雕刻作品……尽管这些美的事物在文化内涵上丰富多彩，在形式上千差万别，但都能够打动我们爱美的心灵，让我们获得丰富的审美感受。这表明，"美"并不只是一个抽象的概念，而是蕴藏在具体的、个别的美的事物当中的，具有一种相互关联的、共同共通的性质。这种性质使得千差万别、各呈其韵的美的事物获得了一个共同的本质，而这个本质，就是"美的本质"。因而，"美的本质"问题是美学研究的一个最基本的问题，人们的习惯是学习数学首先要弄清楚"数学是什么"，学习建筑首先要弄清楚"建筑是什么"，那么"美"是什么呢？或者说，"美的本质"究竟是什么呢？

如果让我们举出几个"美的事物"的例子，那并不是什么难事，春花秋月、夏雨冬雪、惊涛飞瀑、峭壁苍松……美的事物无处不在，特别是在日常生活审美化的今天，无论是自己的居家摆设，还是外出时见到的都市美景，无一不在激起我们审美愉悦的感受。

但问题是，如果要我们像回答"原子是什么"、"诗歌是什么"和"花瓶是什么"等此类明白、确切的问题那样回答"美是什么"的问题，则遇上了非常大的困难。正如黑格尔（Georg Wilhelm Friedrich Hegel）说的那样："美可以有许多方面，这个人抓住的是这一方面，那个人抓住的是那一方面，究竟哪一方面才是本质，也还是一个引起争论的问题。"[①]

"美是什么？"两千多年前伟大的古希腊思想家、哲学家柏拉图（Plato）在《大希庇阿斯》里的发问，自其被推向前沿之日起，就注定要成为后来无数智者哲人绞尽脑汁、冥思苦想，甚至穷毕生之力去寻找答案的难题。

在西方，对这一难题的追问，早在柏拉图之前就已提出，毕达哥拉斯学派的解决方案在于他们所提出的"美是数的和谐"；柏拉图深感"美是难的"，由此提出"美在理念"——当"理念"施加到某件事物上面，那件事物便具备了美；而柏拉图的弟子亚里士多德（Aristotle）则尝试从形式着手，认为"美在秩序、匀称、明确"。

之后，西方历代理论家、神学家、哲学家、美学家等又陆续提出了各自的论述："美是太一的光辉"（普罗提诺 Plotinus）、"美是一种恰到好处的协调和适中"（笛卡尔 René Descartes）、"美是对象作用于神经所感到的舒适"（斯宾诺莎 Baruch Spinoza）、"美是内在感官的舒适"（夏夫兹博里 Shaftesbury）、"美是物体的属性"（伯克 Edmund Burke）、"美是一种本原现象，事物的构造符合它的目的才显得美"（歌德 Johann Wolfgang von Goethe）、"对于我是自由的世界就是美"（费希特 Johann Gottlieb Fichte）、"美是关系"（狄德罗 Denis Diderot）、"美是感性认识的完善"（鲍姆加

① 黑格尔.美学.第一卷.北京: 商务印书馆, 1982.

登 Alexander Gottlieb Baumgarten）、"美是无目的的合目的性"（康德 Immanuel Kant）、"美是理念的感性显现"（黑格尔 Hegel）、"美是生活"（车尔尼雪夫斯基 Nicholas Gavrinovic Chernyshevski）、"劳动创造了美"（马克思 Karl Marx）、"美是直觉的表现"（克罗齐 Benedetto Croce）、"美是有意味的形式"（克莱夫·贝尔 Clive Bell）……尽管各异，但都没有超越柏拉图对"美的本质"的发问。

至于中国，则有先秦老庄的"道为至美"、孔子"里仁为美"、孟子"充实之谓美"、钟嵘"美为滋味"等。新中国成立后，受马克思《1844年经济学哲学手稿》中蕴涵的"美是人的本质力量的对象化"美学思想的影响，出现了"美学四大派"，即以吕荧和高尔泰为代表的"主观派"、以蔡仪为代表的"客观派"、以朱光潜为代表的"主客观统一派"以及以李泽厚为代表的"客观社会——实践派"，彼此之间就"美是什么"这个问题进行了激烈的论争。

无论是在西方还是在中国，围绕"美是什么"的思辨、争论在不断地深化和扩展，更多新的、难解的困惑与疑问也随之涌现。最后，出现了所谓的"第三条道路"，干脆否定对"美"之追问的合理性——"美，本来就是这样一个子虚乌有的字样，为了探讨它的本质，竟耗尽了历代学者的心血！"其代表人物德国分析哲学家路德维希·维特根斯坦（Ludwig Wittgenstein）就以严密、细致的语言分析论证，提出驳难：美的本质是一个伪问题！学术界里的许多人认为，不仅"美是什么"这个问题没有结论，就连这个问题本身也成问题。

为了更好地厘清"美的本质"问题，我们应当回溯中外美学史上，对"美的本质"问题的探索和争论。

一、从客体对象上探讨美的本质

由于人们往往是先遇到具体的事物，然后才产生美感，所以，在西方美学史和艺术史上，学者们对于"美的本质"的探寻，首先是从客体对象上开始的。他们坚持认为美是一种客观存在的东西，从而把美的本质归结为事物的某些属性。（图1-1、图1-2）

毕达哥拉斯学派认为，美以事物形式各部分之间的和谐、对称和适当比例的方式存在着，可以用严格的数量表达出来。他们发现按照1:0.618"黄金分割率"（图1-3）呈现的形状是最容易让人产生美感的。亚里士多德又进一步把大小、体积和安排看做美最本质的标志。

近代英国美学家伯克也主张美是物体的属性，他从实际经验出发，最后把这些属性归纳为七种：第一，比较小；第二，光滑；第三，各部分见出变化；第四，各部分融为一体；第五，娇柔纤细的结构；第六，颜色鲜明柔和；第七，色彩之间富于变化而达到冲淡。伯克的归纳让人联想起穿着渐变色连衣裙的少女，只有这个形象才最契合他的七项属性，不过这只属于"优美"的范畴，意味着他至少遗漏了"壮美"这个相对于"优美"的美学范畴。

图1-1 赫耳墨斯和小酒神

图1-2 帕提侬神庙

图1-3 古希腊雅典卫城的女神柱

在我国美学界，蔡仪持有类似看法，他认为美只是事物的一个属性，不依赖于欣赏者而存在。物体是客观的，美也是客观的，美的本质就是事物的典型性。对此，有学者质疑：自然界中有"典型的苍蝇"，社会生活中则有"典型的地主恶霸"，他们可好像一点也不美呀！

二、从精神意识上探讨美的本质

由于具体事物之间的差别太大，学者们转而从更具有普遍性和稳定性的客观精神理念着手，试图从中找出美的本质。柏拉图认为，美的本质就是"美的理念"，"理念"是唯一真实的，是第一性的，具体事物则是第二性的，是由理念派生出来的。比如床有三种：第一是关于床的理念；第二，有了床的理念之后，木匠才能制作出现实生活中个别的床；第三，画家所画的床，又是模仿个别的床，所以是"影子的影子"。这样一来，柏拉图就得出了结论：具体的事物之所以美，是因为它们"分享"了美的理念。

柏拉图的理念说在西方影响很大，古罗马的普罗提诺就把柏拉图的"理念说"发展成了"流溢说"，用"太一"替换了"理念"，提出"太一"主宰着整个宇宙，是美的源泉。中世纪神学美学家奥古斯丁（Aurelius Augustinus）和托马斯·阿奎那（Thomas Aquinas）则用"上帝"来替代"理念"，声称事物的美是上帝给予的，上帝是最高的美，而具体的事物之所以美，是因为分享了上帝的光辉。黑格尔"美是理念的感性显现"仍然把美的本质归结为理念。这些看法，都是把某种客观精神当做美的本质，认为美不过是某种客观精神的显现。

随着神学思想的逐渐解体和人的自我意识的觉醒，西方近代美学家开始从人的主观心理上探求美的根源，倾向于把美的本质归结为情感、想象和直觉等心理因素。他们认为美是一种纯主观的东西，美根本就不具有客观性。18世纪英国经验主义美学的代表休谟（David Hume）就说过："美并不是事物本身里的一种性质，它只存在观赏者的心里，每一个人心里见出一种不同的美。"

我国学者吕荧则在1953年《文艺报》上撰文提出："美是人的一种观念。"他说："美，这是人人都知道的，但是对于美的看法，并不是所有的人都相同的。同是一个东西，有的人会认为美，有的人却认为不美，甚至于同一个人，他对美的看法在生活过程中也会发生变化，原先认为美的，后来会认为不美；原先认为不美的，后来会认为美。所以美是物在人的主观中的反映，是一种观念。"美的主观论的另一位代表高尔泰也持相同的看法，他更直截了当地说："美，只要人感受到它，它就存在，不被人感受到，它就不存在。"

这种把美归于主观的看法，存在着不少问题，很容易走向相对主义：我觉得美就美，觉得不美就不美。因此这种看法是相当独断的，与把美归于纯粹客观的看法相比，这种把美归于纯粹主观的看法，是从一个极端走向另一个极端。其实，探索美的本质的途径既可以从客观事物的属性入手，也可以从人的精神意识或主观方面着眼，还可以采取主体与客体互联互动的方法，力图从中找出美的本质。

三、从客观与主观之间的关系来探讨美的本质

法国启蒙运动思想家狄德罗在《论美》中提出"美在关系"的论点，认为只有事物与人发生了联系，人们才能感受到美。狄德罗曾以法国古典剧作家高乃依（Pierre Corneille）的悲剧《贺拉斯》（图1-4）里的名句"让他去死吧！"为例，说明美随关系开始、增长、变化和衰落。该剧本描写的是公元前600多年罗马发生的战斗，其中贺拉斯三兄弟为祖国的荣誉与敌人厮杀，结果两人战死，一人逃跑。老贺拉斯的女儿向父亲报告情况说，她的兄弟二死一逃。老人沉思着，然后愤怒地对女儿说："让他去死吧！"原来这句话表现的是一个老人强烈的爱国情怀。所以，狄德罗说："原来不美不丑的话'让他去死吧'，在我逐步揭露其与环境的关系后而变美，终于成为绝妙好词。"因此，只有在特定的情境和环境中，事物才能成为

图1-4 贺拉斯兄弟的宣誓_大卫（法国）

审美对象。

我国美学界，主张美在主体与客体之间的关系的是著名美学家朱光潜，他曾在其专著《文艺心理学》中指出，"美不仅在物，亦不仅在心，它在心与物的关系上面"，后来，他又进一步给美下了一个定义："美是客观方面某些事物、性质和形状适合主观方面意识形态，可以交融在一起而成为一个完整形象的那种特质。"或者说，"美是主观与客观的辩证统一"。为了形象地说明这一观点，朱光潜引用了苏东坡的《琴诗》："若言琴上有琴声，放在匣中何不鸣？若言声在指头上，何不于君指上听？"

这种观点无疑比前面所提到的纯粹主观论和纯粹客观论迈进了一大步，但是问题仍然存在，如前面吕荧曾经提到，在实际生活中，即便是同一个人，对同一样事物所持的看法，也是会发生变化的。原先认为美的，后来会认为不美；原先认为不美的，后来会认为美。因此，"主客观统一说"并不能给出完满的答案，相反，却暴露了自己的理论缺陷。为了充分地理解美，还需要把主观与客观之间的关系，放到人类社会的实践中去观察和审视，这就要涉及马克思主义的实践美学观。

四、通过对语言的分析，否定"美的本质"的存在

对于"美的本质"的探讨，总会存在着片面性，难以找到一个面面俱到的、能够用几句话就表达清楚的答案。一些学者认为探讨"美的本质"没有实际价值，不如否定它！

这种观点的代表人物是德国的语言分析哲学家路德维希·维特根斯坦，他认为"美的本质"是一个伪问题！他提到，"一张脸的美，跟一把椅子的美、一朵花的美或是一本书的装帧的美是各不相同的"，也就是说，在这里同是运用"美"这一个词，但在不同的场合中所具有的意义，却有着很大的不同。他说："我想不出比'家族相似性'更好的表达式来刻画这种相似关系，因为一个家族的成员之间的各种各样的相似之处——体形、相貌、眼睛的颜色、步姿、性情等等，也以同样方式互相重叠和交叉——所以我要说：'游戏'形成一个家族。"[1]从这一点出发，他得出结论说，"美"的概念是破碎而凌乱的，美的本质是一个伪问题。我们认为，这种消解理论是片面、偏颇的，缺乏辩证的思维。

---

[1] 维特根斯坦.哲学研究.北京：商务印书馆，1996.

第二节
美学观

一、实践美学观

马克思并没有建立完整的美学体系，后世的美学家以马克思关于美和艺术的论述为基础，建构起马克思主义美学，其中"实践美学派"是最接近马克思原著的美学学派。以著名美学家李泽厚、刘纲纪等为代表的"实践美学派"认为美既有客观性，也有社会性，是"客观性与社会性的统一"。实践美学派关于美的定义有"美是人的本质力量的对象化"，"美是自然的人化"。

李泽厚曾对美感的层次进行区分。他根据内在的"自然的人化"原则，将美感区分为三个层次：悦耳悦目，悦心悦意，悦志悦神。这三个层次共同的地方是"悦"，即都有一种愉快，否则就不称其为美感。不同之处在于美感层次高低的差异。悦耳悦目处于最低层次，即感觉层次；悦心悦意处于中间层次，即知觉层次；悦志悦神处于最高层次，即精神层次。

美是"人的本质力量的对象化"则包含了以下几个方面的要点：

（一）审美活动中的主体，其实是一种社会实践的产物

首先，人的审美意识并非与生俱来，而是人类长期发展和进化的产物，所以寻找美的根源，需要从人类社会实践开始。人的审美意识是人类通过实践活动，把自己掌握真和实现善的进行自由创造的本质力量，在对象世界中感性显现出来的结果。

动物固然也生产，它替自己营巢造窝。动物只制造它

图1-5 部落首领

自己及其后代直接需要的东西，它们只片面地生产。被本能束缚的动物是不会去欣赏美的。当人类刚刚诞生的时候，有些自然物还威胁着人类的生存。为了生存，人类不得不通过劳动来同自然界作斗争。他们发明了工具并以此猎获野兽。人类从这些工具和猎获物中看到了自己具有比某些自然力更强大的力量。于是他们在食用这些动物的肉之后，继而把这些动物的残留物佩戴装饰在身上当做确证（图1-5），包括凶猛的野兽，譬如狮虎的牙

图1-6 珠穆朗玛峰

图1-7 琵琶演奏

齿、爪子、骨头；灵巧的走兽，比如狐狸、貂等的皮毛和鸟的羽毛之类，使这些东西成为最早的审美对象。野兽的牙齿、爪子、骨头，代表"体力的充沛"，因为猎取这些体形庞大的野兽，没有健壮的体魄是不可能的；而灵巧走兽的皮毛和鸟的羽毛则代表了智慧，因为这些机灵的动物仅凭蛮力是捕捉不到的。因此，这些动物的特征物在原始人类眼中之所以美，是因为其中已经凝聚了人类创造性劳动的本质力量，所以才能引起人们的愉快，才能变成美。可见美从一开始就是在劳动过程中产生的。后来随着人类劳动过程的发展，范围不断扩大，可以引起人们愉快的现象和事物也越来越多，美也就越来越广泛地存在于自然界之中了。所以，马克思《1844年经济学哲学手稿》中提出了"劳动创造了美"的美学命题。

其次，人的审美意识还需要在后天实践中发展和完善。马克思指出，"如果你想得到艺术的享受，你本身就必须是一个有艺术修养的人"，"对于没有音乐感的耳朵来说，最美的音乐也毫无意义"。实践告诉我们，对音响的感觉是人类的共有本能，任何一个听力健全的人都可以不受任何训练而倾听音乐，但是，对音乐美的感悟却是因人而异的，它取决于个人的审美能力，依托于人的想象力、理解力、感受力等心理功能的综合。如果你对音乐

没有欣赏力，没有感情，那么你听到最美的音乐，也像是听到耳边吹过的风，或者脚下流过的水一样。

所以，审美者要想具有良好的审美意识，还需要在后天实践中不断地进行练习和积累。

（二）美是自然向人生成的产物，是人的本质力量的对象化

单纯的自然事物是没有审美意味的，只有当它们与人联系起来的时候，才成为了审美对象。比如，到野外去搞春游活动时，有的同学会感叹："啊，前面那一座山好高好雄伟呀！"认真追问起来，我们之所以说山峰很高很雄伟，那是因为我们从我们自身的角度来观察山的。试想一下，相对于地球来说，那座山还很高很雄伟吗？不，它只不过是个稍微凸起的土包罢了。（图1-6）

诗人白居易曾把歌女弹奏琵琶描写成"小弦切切如私语"（图1-7），意思是说小弦发出的音色，就好像人们在窃窃私语一样。而实际上，弦的响动与人的私语毫无因果关系，声音的产生是由于物体的振动，这是一种自然现象，和人的私语无关。人们之所以感觉它好像私语一样，那是因为人们把它拟人化了，这才觉得它是美的。还有所谓"风在吼"、"黄河在咆哮"，都是这个道理。

马克思指出，人不是一般的生命个体，而是"有意识

的生命个体"，也就是说，人在进行审美活动的时候，其实隐含着一种潜在的动机，那就是寻找机会满足"自我实现"的需求。审美者之所以在亲身参与和体验中感到快乐，是因为他通过自己一定的努力，在某种对象上留下了自身能力的印迹，从而在心理上产生一种满足感。

正是由于这一特性，才使人从本质上超越了动物而成为了大自然的主人，因为他能够不断地超越客观对象，并最终超越自身，从而向自然界全面展开自己作为人的本质力量。

（三）美的生成过程，具有条件性、历史具体性

美的生成过程，是有条件性的、历史具体性的。美的观念、美的趣味受时代、民族、阶级、文化教益等的影响。马克思说："忧心忡忡的穷人甚至对最美的景色都无动于衷。"车尔尼雪夫斯基在《生活与美学》中说，劳动人民觉得具有"红润的面色"、"体格强壮"和"长得结实"的特点的女孩子才是美的，但上层贵族却觉得那些具有"苍白的面色"、"忧郁的神情"和"纤细的手脚"的女子才是美的。

因此，我们必须认识到，美是随着社会、历史以及当时具体情境的变化而变化的，但这不等于说美就没有一个相对固定的标准，更不像维特根斯坦所说的那样，"美"的概念是破碎而凌乱的，美的本质是一个伪问题。

二、主体间性美学观

我们需要注意的是，"实践美学派"所依赖的主体性哲学思维方式，在很大程度上依然是一种"主客二分"、"主客对立"的思维模式。在对待自然方面，过分强调自我主体对客体自然的征服、改造，极易导致"人类中心主义"思想的泛滥，把自己当成了整个生态系统的"中心"和"世界的绝对的主人"（图1-8）。在对待人与人的关系方面，也往往会把他人视为异己的"他者"，导致人

图1-8 被砍伐的树木

与人关系的紧张、冷漠和疏离。此外，过分强调理性，将导致"工具理性"的膨胀。

以李泽厚先生为代表的实践美学学派的历史局限性也在于此，如过分强调理性的作用，忽略了审美的超理性特征；强调实践的物质性，忽略了审美的精神性，结果用外在的实体或物质实践作为审美的根据，强调审美的社会内容，忽视了人的精神生活。

主体对世界（"客体"）的认识、征服、占有、同化并不能达到自由，因为世界仍然与主体对立，抵抗主体，不可能完全成为主体的化身。正因为如此，主体性哲学没有解决如何实现超越、达到自由的问题。

针对以李泽厚为代表的"实践美学派"理论体系所存在的问题，学者杨春时建立了"主体间性美学"的理论体系。[①]他指出，审美是一种生存方式，而且是独立的、超越现实生存方式的自由的生存方式。在这个自由的生存方式中，主体获得了自由和全面发展，成为审美主体。同样，审美对象也不再是与人分离、对立的客体，而成为与人交往、对话并达到充分地互相理解、互相融合的另一个主体，它成为自由人交往的对象。主客对立的世界是死寂的客体，是人的对立物，人类占有和征服它，它也抵抗和威胁着人类。现实主体必须放弃片面的主体性

---

① 杨春时.美学.北京: 高等教育出版社, 2004.

地位,改变"世界的主人"态度,把异化的、现实的人变成自由的、全面发展的人;同时,现实的、异己的客体世界也变成有生命的、与自我主体平等的主体世界。两个主体通过交往、对话、理解、同情融合为一体,成为自由的、超越的存在。

综上所述,审美活动中的主体是一种社会实践的产物,但是社会实践本身并不是美;美是自然向人生成的产物,不过人的本质力量对象化之后,仍需要再迈进一步:把人与世界的关系,从主体与客体的关系提升为主体与主体的关系,即上升为审美的主体间性。

"美的本质"是确实存在的,并不是一个伪命题,只是这种存在不是像"美的风景"和"美的女孩子"那样是一种固定的、实体性的存在。"美的本质"不是实体或实体的属性,而是一种意义,一种立足于日常生活而又超越了现实的存在,具有动态开放性的意义,人从中体悟到生活世界和人生的意义与价值,思想得到净化、提升,最终达到主体与客体、现实与未来、有限与无限、具象与空灵之间的统一。美的意蕴是动态生成的,随着主体间互联互动关系的变化,随着时空的变换,美的周延性就会产生,甚至让人捉摸不定,感到妙不可言。

思考练习

● 思考题
1. "什么是美的"和"美是什么"这两个提问有什么区别?
2. 美的本质是一个伪问题吗?

● 练习题
1. 李泽厚实践美学观有什么缺陷?
2. 如何理解"美的本质不是实体或实体的属性,而是一种意义"?

相关链接

● 延伸阅读
1. 《美学》 黑格尔 商务印书馆
2. 《美学》 杨春时 高等教育出版社

● 学习网站
1. http://www.aesthetics.com.cn
2. http://www.aeschina.cn/

第二章
美的根源

要点提示

○ **学习目的**

通过本章的学习，了解模仿说、游戏说、巫术说、劳动说等古今中外比较有代表性和影响力的几种观点。理解审美活动是在劳动实践过程中产生的，但审美起源却有着多种复杂原因，并非单个简单原因能够解释的。

○ **学习重点**

了解模仿说、游戏说、巫术说、劳动说等观点的理论要点。

○ **学习难点**

理解"羊大为美"、"羊人为美"两种说法对我们了解审美起源的启发意义。

○ **参考课时**

2课时

第一节
模仿说

要探讨"美"的根源，首先要了解艺术的起源，因为美和艺术是同根同源的孪生兄弟。宗白华说："历史上向前一步的进展，往往是伴随着向后一步的探本穷源。"人类不但有追寻事物现象背后稳定、确定的规律，把复杂性还原为简单性的精神需求，而且也有顺着历史的脉搏去追根溯源的感性好奇和理性冲动，那么美和艺术的根源究竟是什么呢？这与"美的本质"问题一样，也是一个众说纷纭，各有其独到和精辟之处，各有其存在的漏洞和不完美之处的学术论题。正因为如此，更赋予这一提问以巨大而微妙的魅力，激发一代又一代人以多种角度、从不同学科、用各种理论去解答。

在美与艺术起源的理论中，"模仿说"是最早提出且长期占据统治地位的一种理论。该理论认为，在人类的原始意识中，存在着一种模仿身边天地万象，如自然界中的飞禽走兽的神情姿态（图2-1），山川河流的形貌特征，以及风雷雨电的声光巨力等的本能冲动。

在古希腊，其主要代表人物有赫拉克利特（Heraclitos）、德谟克里特（Democritos）、苏格拉底（Socrates）、柏拉图、亚里士多德等。哲学家赫拉克利特和德谟克里特都认为艺术出于人对自然的模仿，赫拉克利特曾说："造型艺术模仿自然，显然也是如此：绘画混合白色和黑色、黄色和红色的颜料，描绘出酷似原物的形象。"他的观点即：艺术是对现实的模仿。而德谟克里特则说："在许多重要的事情上，我们是模仿禽兽，做

图2-1 华佗创造的"五禽戏"

禽兽的小学生的。从蜘蛛那里我们学会了织布和缝补，从燕子那里学会了造房子，从天鹅和黄莺等歌唱的鸟那里学会了唱歌。"[1]亚里士多德进一步提出，模仿是人的本性，他说："一般说来，诗的起源仿佛有两个原因，都是出于人的天性。人从孩提的时候起就有模仿的本能，人对于模仿的作品总是感到快感。"[2]把模仿视为人的本性，强调模仿是人类由于内在需要而进行的高级生命活动，是人作为高等动物固有的审美倾向的体现。

①、② 伍蠡甫.西方文论选.上卷.上海：上海译文出版社，1979年.

柏拉图认为，理念是唯一真实的存在，自然只是理念的影子，而模仿自然的艺术只不过是"影子的影子"、"模仿的模仿"，和真理隔了三层，是次等的存在物。与自己的老师柏拉图不同，亚里士多德认为艺术模仿的世界同样可以达到真理的境界，诗甚至可以比历史记录包含更大的真理性，因为"诗人的职责不在于描述已发生的事，而在于描述可能发生的事，即按照可然律或必然律可能发生的事。历史学家与诗人的差别不在一用散文，一用'韵文'；希罗多德（Herodotos）的著作可以改写为'韵文'，但仍是一种历史，有没有韵律都一样，两者的差别在于一叙述已发生的事，一描写可能发生的事。因此，写诗这种活动比写历史更富于哲学意味，更受到严肃的对待，因为诗所描述的事都有普遍性，历史则叙述个别的事"。[①]与柏拉图相比，亚里士多德强调了审美、艺术和现实世界之间的联系，肯定了文学的价值和作用，对后世影响深远。他的模仿说成为后来现实主义文艺观的判断根据，俄国美学家车尔尼雪夫斯基赞誉道："亚里士多德是第一个以独立体系阐明美学概念的人，他的概念竟雄霸了两千余年。"[②]

尽管如此，"模仿说"仍然有着自己的局限性。首先，"模仿说"虽然承认艺术来源于生活，但它将模仿归结为人的本能天性，忽略了人后天的社会实践因素和情感因素，不能解释这种本能天性是如何发展进化来的。其次，"模仿说"强调艺术描模自然生活的再现性，却有意无意地忽略了艺术的表现性，这当然就很难全面把握艺术的起源和人们从事艺术活动的基本动机，在理论上依然存在着不完整性和片面性。

在中国古典美学中，虽然没有古希腊那种系统的"模仿说"，但还是存在着文艺起源于模仿的观念，如《易传》述曰："圣人有以见天下之赜，而拟诸其形容，象其物宜，是故谓之象。"《吕氏春秋·古乐篇》也传说："帝尧立，乃命质为乐。质乃效山林谿谷之音以歌，又以麋鞈置缶而鼓之，乃拊石击石，以象上帝玉磬之音，以致舞百兽。"

需要注意的是，中国古典美学的"观物取象"观并不简单等同于西方的"模仿说"，因为"象"更多地包含了创造性的因素，并非对客观自然作镜像般的模仿，"观物取象"最终原因是为了"立象尽意"。到了《乐记·乐本》论述"乐"产生的根源时，曰："凡音之起，由人心生也。人心之动，物使之然也。感于物而动，故形于声。"更多的是在强调音乐的产生，其根本在"人心之感于物也"，突出人的主观创造性。

中国古代画论中的"师造化"说与西方"模仿说"最为相似。"师造化"说具有强烈的唯物主义色彩，"造化"泛指天地、自然界和一切主体之外的事物，"师造化"说认为现实（"造化"）是艺术的根源，强调画家要向自然学习，深刻、本质地反映现实事物。如隋初姚最在其《续画品》中，首次提出山水画创作要"心师造化"，"动必依真"，唐代张璪提出"外师造化，中得心源"，五代荆浩在其画论《笔法记》中主张"度物象而取其真"等。

① 亚里士多德.诗学.北京: 人民文学出版社, 1963.
② 朱光潜.西方美学史.上卷.北京: 人民文学出版社, 1979.

第二节
游戏说

"游戏说"认为审美活动起源于人类意识中的游戏本能，由于受到各种来自物质和精神的局限性的束缚，现实生活并不完满，而人类又不满足于不自由的现状，于是利用过剩的精力来进行自由、愉快的游戏。这种自由游戏的冲动，成为艺术创作和审美活动的初始动机。

德国哲学家康德最早从美学理论上分析"游戏说"。康德在《判断力批判》中提出审美判断是一种超越利害关系的快感，认为艺术是一种"自由的游戏"，即不带任何功利目的的纯粹审美活动，其本质特征就是"无目的的合目的性"或"自由的合目的性"。

在康德美学的基础上，席勒系统阐述了审美游戏说，指出在人与世界的关系中，人具有三种冲动：感性冲动、形式冲动和游戏冲动。感性冲动和形式冲动在人的身上同时起作用，感性冲动"把我们自身以内的必然的东西转化为现实"，形式冲动"使我们自身以外的实在的东西服从必然的规律"。当这对立的两者达到了统一时，便出现了一种新的冲动：游戏冲动。游戏冲动也就是审美冲动，以自由为其精髓，既把握了对象的生命，又把握了对象的形象，从而产生出作为审美对象的"活的形象"。（图2-2）

席勒在一系列的论述后得出结论："只有当人是完全意义上的人，他才游戏，只有当人游戏时，他才完全是人。"[1]也就是说，人生的最高境界是自由游戏，作为游戏的审美活动创造出了形式与内容、感性与理性、客观

图2-2 舞蹈_马蒂斯（法国）

与主观相统一的美的形象。在审美游戏里，感性冲动和理性冲动之间的矛盾得到调和，而人性升华到完美实现的自由状态，于是人也成了自由和真正的人。

英国学者斯宾塞（Herbert Spencer）认为，游戏和艺术创作都是过剩精力的发泄。人作为一种高等动物，不像低等动物那样，把全部肌体力量都消耗在维持生命所必需的活动上，而是在维持和延续生命之外，还有充足过剩的精力，可以从事游戏和艺术创作等非功利性的生命活动。游戏的主要特征在于，它对维持和延续生命所必需的实践活动没有直接的帮助，人并不是为了某种实用的目的而去进行游戏和艺术创作。游戏和艺术创作这种脱离实用功利目的的活动就是艺术的起源，它具有"无目的性的目的性"：虽然游戏者参加游戏时是

---

① 席勒.审美教育书简.北京：北京大学出版社，1985.

无实用目的的，但游戏活动本身却自然而然地使游戏者的各种器官得到了练习，这对游戏者个人以至对整个部族都是有意义的。"游戏说"提出后，不少赞同者在继承上述观点的基础上又对其作了补充。如德国学者谷鲁斯（Karl Groos）认为游戏也有功利性目的，其目的即为游戏者将来的生存进行模拟和训练。比如小猫抓线团是为了练习抓老鼠，小女孩给布娃娃喂饭是在练习将来做母亲，男孩子在一起玩打仗游戏则是为了练习自己的战斗本领和培养勇敢作战的精神等等。

游戏说确实在某些方面揭示了艺术生成的一些重要条件，因为游戏和艺术与审美有许多重要的共同特征，如它们都没有直接的实用价值，能够让人在其中感觉到精神的愉悦等等。但游戏说也有着与模仿说类似的倾向，那就是脱离了原始社会生活的实际。尽管所有艺术在其娱乐功能的意义上都有游戏的因素，但艺术与游戏有着本质的区别：游戏的愉悦往往是即兴的、轻松的，而艺术则追求长久的魅力和丰富深刻的内涵。与模仿说一样，游戏说作为艺术起源的学说，也只是基于推理性的假设，缺乏对原始社会和原始艺术的实际考察。

第三节
巫术说

"巫术说"是目前较有生命力和影响力的一种关于美与艺术起源的理论。此学说认为审美活动与艺术源于原始先民的巫术仪式、图腾崇拜和雕刻文饰等活动，巫术向审美活动与艺术的转变，是作为人类希冀借助巫术控制生产活动的一种实践手段发展起来的。(图2-3)

"巫术说"最早由英国人类学家爱德华·泰勒（Edward Taylor）在《原始文化》一书中提出，在该书第四章中，他指出："野蛮人的世界观就是给一切现象凭空加上无所不在的人格化的神灵的任性作用……古代的野蛮人让这些幻想来塞满自己的住宅，周围的环境，广大的地面和天空。"[1]

图2-3 连云港将车崖岩画

之后法国艺术史家弗雷泽（James George Frazer）在对古代原始部族的巫术、祭礼、宗教进行了广泛的调查研究的基础上，在其名著《金枝》中提出了人类文化起源于"交感巫术"的理论。弗雷泽认为原始部落的一切风俗、仪式和信仰，皆源于交感巫术："人在努力通过祈祷、献祭等温和谄媚手段以求哄骗安抚顽固暴躁、变幻莫测的神灵之前，曾试图凭借符咒、魔法的力量来使自然符合人的愿望。"[2]法国考古学家萨蒙·雷纳克（Salmon Reinach）在研究《金枝》的基础上，分析了大量欧洲原始洞穴壁画和原始雕刻，提出艺术起源于狩猎巫术，原始人绘制强壮的动物形象是为了保证狩猎的成功，因此艺术由巫术祈求手段发展而来。

在原始人看来，周围世界的一切都是可畏、异己和神秘的。自然界的种种奥秘变化，如日月星辰的升降圆缺、风云雨雪的起落纷飞、万物的周而复始等等，都是他们的理智无法解释和认识的。他们想象性地认为，或许在冥冥中存在一种奇异的神秘力量，这种力量在左右、控制着整个宇宙的发展变化。人类有支配的欲望，早期人类不具备足以使自然力顺应自己要求的物质手段，他们相信可以通过巫术实现同自然的交感从而对其加以控制，于是，他们试图借助巫术来达成其目的。祭品的贡献和虔敬的礼拜所要求的无非是与神的一种交易，祭礼的过程意味着请神接受自己的要求，借用神的力量，达到一

① 泰勒.原始文化.桂林：广西师范大学出版社，2005.
② 弗雷泽.金枝.北京：大众文艺出版社，1998.

图2-4 三星堆青铜人面具

种间接控制自然的目的,文明社会中的宗教祭祀也未超出这一框架。(图2-4)

在原始人思维中,日月星辰、山川草木、鸟兽虫鱼等自然物和自然现象都是有着自己的生命和意志的,并且都可以与人相互交感,而他们描绘的动物图符,与动物的实体之间存在着某种不可思议的联系。原始人相信描绘动物就能够影响动物,或者获得动物的力量,比如羚羊的奔跑速度、大象的蛮力、鸟儿的灵巧等等。在"万物有灵"思想影响下的史前时期,人们往往倾向于将狩猎的成功归因于巫术,因此洞穴壁画作为原始艺术最杰出的成就之一,内容多以动物题材为主,反映原始人狩猎生活的场面。史前壁画这种原始形象符号活动的直接目的,并不在于模仿,而是出于实施巫术和图腾崇拜的需要,或者是作为一种标志和记录以启示后人。这就是为何许多壁画被画在洞穴深部黑暗的地方和危险的岩壁上,有的动物形象被画成身落陷阱,口鼻流血,或者身上有被长矛和棍棒戳刺打击过的痕迹。

在西班牙的阿尔塔米拉洞穴壁画(图2-5)中,描绘有成群野牛、野猪、野马和赤鹿等。这些动物形象描画得

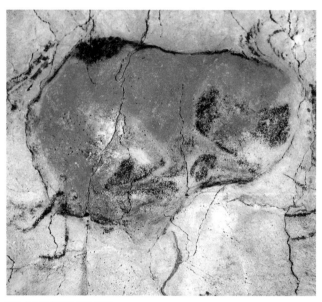

图2-5 阿尔塔米拉洞穴壁画

细腻生动,栩栩如生,颜料是用动物的脂肪和血调和过的,其中包含着浓重的交感巫术意味。与其类似的还有法国的拉斯科洞窟画、中国的阴山岩画等。

萨蒙·雷纳克指出,岩绘、舞蹈、歌唱等活动在原始社会里具有双重意味:既增加了现场的巫术活动气氛,又通过现场的情绪渲染将人们带入一种幻觉状态,从而导引出一种愉快的感觉,最终又使之转化为审美愉快。这种源于巫术的活动越来越脱离实用、功利性的目的,最终发展成独立的艺术审美活动。

较之模仿说和游戏说,巫术说在理论推导和实例论证上更为可靠,并且高扬了作为促成艺术产生的最主要的要素:联想和主动性。尽管如此,艺术的产生受到了巫术的影响,并不能直接说明艺术产生于巫术,因为没有确切的证据证明,所有原始的艺术形式都与巫术有密切关系。有的艺术形式比如求爱的舞蹈、作为装饰的花纹等,与巫术无关。

第四节
劳动说

　　"劳动说"认为审美活动是在劳动实践过程中产生的，主张劳动能使人意识到自身创造性的本质力量，在自己所取得的成功面前感到无比的高兴，因而引起自豪、喜悦以及狂欢等感情，最终产生了审美活动。新中国成立后，该学说在我国文艺理论界占据主导地位。

　　19世纪末叶以来，欧洲大陆许多民族学家、艺术史家开始关注并主张艺术起源于劳动。芬兰学者希尔恩（Y.Him）在1900年出版的《艺术的起源》中就曾经列出专章来论述艺术与劳动的关系。他指出，在劳动中人们的相互协作往往受到歌唱和舞蹈的节奏因素的影响，从而像节奏感这样的审美因素也正是适应实用方面的需要而发展起来的，因此当我们在"艺术"的意义上去解释原始歌舞之类活动时，首先必须注意到它的作用，一是个体劳动所需要的刺激和协调，二是不同个体之间在劳动中互助合作的需要。（图2-6）

图2-6　禾楼舞

　　俄国学者普列汉诺夫（Georgii Valentlnovich Plekhanov）是"艺术起源于劳动"理论的提倡者，他在《没有地址的信》一书中阐述了这一理论。他先引述德国人类学者卡尔·毕歇尔（Kar Bicher）在《劳动与节奏》一书中的话："在其发展的最初阶段上，劳动、音乐和诗歌是极其紧密地互相联系着，然而这三位一体的基本组成部分是劳动，其余的组成部分只具有从属的意义。"之后指出，"楚克奇人的图画描绘的是什么东西呢？是狩猎生活的各种不同的场面。很明显，楚克奇人最初从事狩猎，后来才在图画中再现了自己的狩猎"，"我坚决地相信，如果我们不把握着下面这个思想：劳动先于艺术，总之，人最初是从功利观点来观察事物和现象，只是后来才站到审美的观点上来看待它们，那么我们将一点也不懂得原始艺术的历史"，"在原始部落那里，每种劳动有自己的歌，歌的拍子总是十分精确地适合于各种劳动所特有的生产动作的节奏"。[1]

　　这是符合人类历史发展的，文艺的发生原因之一即为生产劳动的需要，用以协调动作、提高效率、减轻疲劳等。在我国古代典籍中很早就有这方面的记载，原始诗歌有云"断竹，续竹，飞土，逐肉"，《淮南子·道应训》也写道："今夫举大木者，前呼邪许，后亦应之。此举重劝力之歌也。"

---

① 普列汉诺夫.普列汉诺夫美学论文集.曹葆华，译.北京：三联书店，1973年.

　　鲁迅受到普列汉诺夫的影响，也主张艺术起源于劳动，他在《门外文谈》中说："我们的祖先的原始人，原是连话也不会说的，为了共同劳作，必须发表意见，才渐渐地练出复杂的声音来，假如那时大家抬木头，都觉得吃力了，却想不到发表，其中有一个叫道'杭育杭育'，那么，这便是创作；大家也要佩服，应用的，这就等于出版；倘若用什么记号留存了下来，这就是文学；他当然就是作家，也是文学家，是'杭育杭育派'。"

　　由此可见，原始艺术是适应着劳动实践的需要并在劳动实践过程中产生的，它与生产劳动密切结合在一起，其作用就在于组织生产、减轻负担和提高效率，只是后来才逐步具有了相对独立性，在生产劳动中逐步独立出来，成为文艺最初的萌芽。

第五节
美与艺术起源的 "多元决定论"

法国结构主义学者阿尔图塞（Louis Althusser）认为，任何文化现象的产生，都有着复杂的原因，而非一个简单的原因所造成。社会发展不是一元决定的，而是多元决定的；在此基础上，阿尔图塞提出了多元决定的辩证法。同理，美和艺术的起源是多种动因共同作用的结果，或者说不同艺术类型的起源有着不同的动因。

辩证地看，美与艺术起源的 "多元决定论" 应当是所有学说中最为合理和可信的。以汉语为例，如果从 "美" 的词源学来探究的话，最能窥见美与艺术起源的这种多元性、混沌性和交融性：（图2-7）

羊大为美。"美" 字最早见于殷代的甲骨文。汉朝许慎在《说文解字》中是这样解释 "美" 字的："美，甘也，从羊从大，羊在六畜中主给膳，美与善同意。"唐代徐铉注曰："羊大则美。"即是说，羊长得肥大，则味道甘美。这生动说明了美是人类社会生活的产物，实用劳动先于艺术审美活动。

羊人为美。康殷在《文字源流浅释》中说到，"美" 的本意是指头戴羊冠或头部作羊形装饰，翩翩起舞，祈祷狩猎的成功。即人戴着羊头（或者是羊角、羽毛等装饰物）跳舞是 "美" 字的起源。

图2-7 甲骨文 "美" 字

综上所述，我们可以看出，艺术与审美意识是人类文明发展历史进程中的必然产物，美与艺术的产生经历了一个以劳动为物质基础，以巫术为起源形式并从而得到高度发展，由实用到审美、神秘到愉悦的漫长历史发展过程，其间渗透着人类模仿自然的需要、游戏的本能等等。艺术的发生是多元决定的，但从根本上讲，美与艺术源于人类实践活动，并在这种实用功利实践中产生自由和超越的意识，最终从各个方面汇聚成为美与艺术的现实生成。

思考练习

● 思考题

1. 美与艺术起源理论中，最早提出并且长期占据统治地位的一种观点是什么？

2. 游戏说与模仿说共同的问题是什么？

● 练习题

"羊大为美" 和 "羊人为美" 两种词源学观点相互抵触吗？

相关链接

● 延伸阅读

1.《审美教育书简》 席勒 北京大学出版社

2.《艺术的起源》 希尔恩 人民美术出版社

● 学习网站

http://www.mayixing.com

第三章
什么是设计美学

要点提示

○ 学习目的
通过本章的学习,了解设计的本质以及设计美学与传统美学的区别,并掌握设计美学应具备的
本质要素。

○ 学习重点
掌握设计美学应具备的本质要素。

○ 学习难点
理解设计美学的概念理解。

○ 参考课时
2课时

第一节
设计的本质

一、设计是伴随着"制造工具的人"而产生的

设计作为人类生物性与社会性的生存方式,是伴随着"制造工具的人"的出现而产生的。人类开始制造和使用工具,是人类区别于动物的重要标志。"当人类开始打造第一块石器的时候,设计的历史就开始了。"[①]三棱状的石器也许是为了刨坑,更尖利的也许是为了合伙砸死对面的野猪。

造物的起源伴随着人类审美意识的萌芽。有据可查的是北京周口店山顶洞人(旧石器时代晚期)的遗物,从中可发现很多装饰品,有钻孔的小砾石、石珠和穿孔的狐、獾或鹿的犬齿,刻沟的骨管,穿孔的海蛤壳和钻孔的青鱼眼上骨等。所有的装饰品都相当精致。小砾石装饰品颇像现代妇女胸前佩戴的鸡心,小石珠中间钻有孔,穿孔几乎都发红色,估计它们的穿戴都用赤铁矿染过。这些遗物说明我国原始先民对人体装饰物的外形、光洁及色彩等,已具有一定的审美意识。

设计是人类根据自身生活目的、需求进行预先筹划的过程,是人心理底层结构的外在表现,因此可以定论所有器物的设计最初是建立在实用功能基础之上的。进入文明时代,设计造物的功能形式会发生转变,比如早期的日常生活用器开始转换成为礼器(图3-1、图

图3-1 簋   图3-2 鼎

3-2),这一变化,反映了造物设计主体——人的思维观念掺合了天圆地方(图3-3)、四方神祇的伦理观念(图3-4),原有的单一功用性从此蕴涵了精神的、宗教的因素,标志着设计审美意识从自发性向自觉性发展,设计审美逐渐开始支配并影响造物的最终样式。随着这种自我意识的觉醒,人类也开始了不断创造、创新发展的新局面。

图3-3 琮

① 余玉霞.中外设计史.沈阳:辽宁美术出版,2005.

图3-4 四神瓦当

二、设计的核心是一种创造性行为

设计一词虽然是英语Design在现代汉语中的反映，但其英语词源学上的含义，在古代中国的文献中早已有了相对应的词义。用现代汉语中的"设计"这一双音节词来对译英语的Design，从其各自的语源背景及文化背景来看都毫无歧义，这似乎可以说明"设计"作为人类生活行为的共性特征。总之，设计就是设想、运筹与计划，它是人类为实现某种特定目的而进行的创造性活动。

设计的核心是一种创造行为，一个解决问题的过程，是人对物的认识而改变物的性质，通过造物的方法，形成物品而为人所用。[①]

设计又是一种艺术性的造物活动，其本质是"按照美的规律为人造物"。它是艺术和科学思想的融合，是一门综合性极强的学科，它涉及社会、文化、经济、市场、科技等诸多方面的因素，其审美标准也随着这诸多因素的变化而改变。[②]

设计的本质具有功能性、精神性、象征性三方面特征。设计是物质形式，它创造新的物品，满足人的生活需要，改变人的生活。设计亦具精神效应，它实现人与人之间的交流，或者说，它实现了设计师与大众进行信息情感的交流，它传达着设计师的审美观念，能提升大众的审美能力，因此设计能促进精神文明的建设。从这个角度看，设计必须服从社会管理，要用相应的设计政策法规来规范设计市场。

① 赵农.设计概论.第2版.西安:陕西人民美术出版社,2005.
② 诸葛铠.图案设计原理.南京:江苏美术出版社,1998.

第二节
设计美学的概念与特点以及应具备的本质要素

一、关于设计美学的概念理解

设计美学是美学的一个分支，是研究物质生产和器物文化中有关美学问题的应用美学学科。这一学科在国际上没有统一的名称，前苏联把"工业设计"称为"设计美学"，法国则采用"工业美学"的名称，有的则采用了"技术美的美学"或"技术美学"等。①

设计美学是把美学原理应用于生产技术领域，最终在物质产品功能与形式上体现美学与技术的和谐统一。它不同于以往将艺术形态作为美学的视觉落点，它是功能与形式的统一。设计的出现，从人的本质角度来看，将技术纳入了美的视野。了解设计美学也必须从技术美学入手，从美学的角度研究和探讨人类的设计行为、日用器物以及生产生活环境，寻找其规律性的东西，都是设计美学所要研究的问题。

以前，一般都把产品设计较多地限于技术设计的范围。随着现代社会的发展，设计发生了根本性的变化，艺术和技术越来越有机地结合和统一起来，通过工艺技术和艺术手段体现出一定的社会审美观念，这就是设计美。日本工业发展令人瞩目，其重要的原因之一就是重视艺术设计。有人这样形容日本艺术设计人才之多：站在东京街头，你随便往哪个方向扔一块小石头，准会打在一个设计师的头上。②

二、设计美学与传统美学的区别

现代设计美学独立发展的历史并不长，从1944年12月英国创立第一个有关技术美学组织开始，至今也不过六十余年时间，在这短短的几十年里，各类设计运动、设计风格变化万千，呈现出令人眼花缭乱的设计局面。

如果说19世纪以前人们谈论美学问题，包括理论家、批评家在内，都习惯性地将绘画、建筑、雕塑、音乐等传统经典艺术作为研究对象，甚至历史上曾出现了"言必称希腊"的说法。那么现在再次谈论美学，已经不是这种只诉于感觉、感情、知觉和想象的单一艺术形态了，人们可能会对艺术产品额外地增加一种理性思考。比如人们在选择艺术品的时候不仅仅是喜欢，同时也根据自己家庭环境乃至公共设施布置的需要来选择。中看不中用或者中用不中看的物件都成了大家难以接受的事实。正如威廉·莫里斯（William Morris）所说的：不要在家里放一件虽然你认为有用，但你认为并不美的东西。

因此，如果说传统艺术的美是视觉欣赏的愉悦和听觉上、心理上的极大满足的话，那么设计美学除了具备这些特征之外，还具备了产品设计美的功能性和技术美的社会性的统一。尽管有一阶段，人们曾经为艺术与设计两个概念争得面红耳赤，但今天设计美学作为一门学科，有机地融合了艺术形式和技术含量，才迎来了今天设计艺术的新空间。

---

① 张晓婷.论设计美学的产生与发展.科技信息（科学教研）.2008（4）：189
② 巩庆海.设计美简论.山东科技大学学报（社会科学版）.2001（2）：92

三、设计美学的本质要素

设计是人的创造性活动，其根本目的是为了满足人的物质生活和精神生活的需要，提高生活的质量和品位。无疑，设计更应该按照美的规律来进行。设计，既是技术问题，又是美学问题。虽然"美"并不是设计的唯一属性和最终目的，但就设计成果而言，美的因素却成为考察其优劣程度的重要标准。随着工业化程度的不断加深以及科学技术的日新月异，设计对美的需求也越来越高，究其根本，乃人们日益增长的物质和精神需求使然。

事实上，在实用价值功能之外，设计还存在着非实用的价值功能，这种非实用性即审美，是人的另一种需求，是对实用功利的超越。这种非实用功能维系着造物活动与人的精神生活的基本联系。正是这种基本关联，才能使设计活动为人的生存历史增添绚丽的色彩。一件设计作品，当包含有审美精神内涵时，就不再是一个单纯的实用品，而成为一个将功能美、材料美、技术美、形式美相结合的"用"与"美"的统一体。

（一）形式美

现代生活中离不开设计，我们所谈到的设计，往往指设计美，任何一种设计都离不开形式。"设计和形式的关系特别密切，设计师是形式的守护者，是再现、重塑形式的一种机制。斧子锈蚀了，房屋倒塌了，然而它们的形式保留了下来。"[1]

形式设计是设计美的重要组成部分，任何产品都要通过人的感官去直接感知形象，设计美和其他形态美一样，具有强烈的视觉感受，而且具有特殊的形象性。[2]

从功能上讲，悉尼歌剧院（图3-5）可能是个糟糕的作品，但不可否认它取得了巨大的成功。整个歌剧院分为三个部分：歌剧厅、音乐厅和贝尼朗餐厅。歌剧厅、音乐厅及餐厅并排而立，建在巨型花岗岩石基座上，各由四块巍峨的大壳顶组成。这些"贝壳"依次排列，前三个一个

图3-5 悉尼歌剧院

盖着一个，面向海湾，最后一个则背向海湾侍立，看上去很像是两组打开盖倒放着的蚌。高低不一的尖顶壳，外表用白格子釉瓷铺盖，在阳光映照下，远远望去，既像竖立着的贝壳，又像两艘巨型白色帆船，漂泊在蔚蓝色的海面上，故有"船帆屋顶剧院"之称。悉尼歌剧院的空间形式已经超越了歌剧院的本身，成为一个人造景观、一个旅游点、一个标志，人们来这里不一定是听歌剧，大多是看外观。据设计者晚年时说，他当年的创意其实是来源于橙子，正是那些剥去了一半皮的橙子启发了他。而这一创意来源也由此刻成小型的模型放在悉尼歌剧院前，供游人们观赏这一平凡事物引起的伟大构想。

形式和功能是现代设计所面对的主要问题，设计作为造物的艺术，两者必然是合二为一的。然而，当前有一种现象，是不能忽视的，即在城市建设上重"形象工程"，建筑设计上追求"形式美"，而不重视建筑功能，忽略技术经济。建筑的科学技术，被用来为追求奇巧的形式服务，甚至到了荒诞的地步。没有功能的形式设计是纯粹的装饰品，而没有形式的功能设计则是难看的粗陋之物。两者之间没有孰高孰低及主次之分，形式与功能是一对相辅相成的统一体。形式和功能无非是一个方式方法的问题，一个从何处入手的问题，我们尽可以根据具体情况大胆地进行取舍。[3]

① 凌继尧,徐恒醇.艺术设计学.上海:上海人民出版社,2000.
② 李超德.设计美学.第四版.合肥:安徽美术出版社.2008 .
③ 朱单群,满意.设计美的形式要素.南通航运职业技术学院学报.2008（2）:14

图3-6 克莱斯勒流线型车

（二）功能美

艺术设计不同于纯美术的创作。在艺术设计中，美感与效用是不可分离的。美感受到产品内在结构、功能要求、工艺条件等的制约。从严格意义上说，设计美属于人类的物质生产领域，与人的需要、生产和消费紧密联系在一起。因此设计产品作为设计审美价值的承担者，它的审美价值必须体现在产品的功能之中。[①]

历史上曾有过教训：在美国，1927年的经济衰退使许多企业家认识到艺术设计的重要性，但最初的设计，曾流行"玩弄完全与产品或它的应用毫不相干的装饰"的风气。如出现以古希腊科林斯柱式装饰起来的蒸汽机，饰以繁缛铁质常春藤支架的锯木机等。到了20世纪30年代，人们开始纠正这种风气。1934年，美国设计生产出"克莱斯勒流线型车"（图3-6），把审美和效用完美地结合起来，使美国的汽车工业在国际上一跃而处于垄断地位。[②]

巧妙的设计，不仅具有很高的审美价值，而且更有利于体现产品的功能效用，这是设计师创造才能的重要表现。

（三）技术美

"技术美"则主要指机械工业技术产生的"美"。直到近代，人类才产生了真正意义上的自然科学，自然科学在机器大生产中的应用就成了这里所特指的"技术"，它有别于传统意义上的手工技术。手工技术产生的美多存在于造型艺术的领域，其表现特征常常以个人的情趣贯穿始终，经验和感性因素起决定作用。技术美侧重解决物与人的关系，首先必须满足人们的物质需要，满足其实用功能，同时注重其美观。

现代科学技术在造物活动中产生的美具有特殊性，它是一种技术手段在对象物上的反映，是以实用为目的的产品在使用过程中发挥功能并自然流露出来的合秩序、合规律的审美愉悦。但"技术美"的概念始终是抽象的，它必须和对象物结合才能被表现出来，而对产品的功能、形式和工艺材料等方面的规定则是如何表现技术美的具体要求。

如现代工业产品在技术的表现上很大程度依靠对材料的运用和加工。先秦古籍《考工记》（成书于春秋末

图3-7 埃菲尔铁塔

① 李超德.设计美学.第四版.合肥：安徽美术出版社.2008.
② 巩庆海.设计美简论.山东科技大学学报（社会科学版）.2001（2）:93

年，是我国的第一部手工业专著）曾著："天有时，地有气，材有美，工有巧，合此四者，然后可以为良。"可见用材料的性能和特点来表现美的特征由来已久，这也是现代设计的主要表现手段之一。选择合乎目的的材料有助于体现技术产品所固有的功能特征。

到过巴黎的人都会对埃菲尔铁塔（图3-7）有深刻的印象，1884年，法国政府为了庆祝法国大革命100周年，决定在1889年举办一个轰动全球的万国博览会，并修建一座永久性的纪念建筑。最终，建筑师居斯塔夫·埃菲尔（Alexandre Gustave Eiffel）运用当时的新兴工业材料——钢铁，以技术结构的精湛设计，确保了这一工程的顺利完成。埃菲尔铁塔占地一公顷，耸立在巴黎市区塞纳河畔的战神广场上。除了四个脚是用钢筋水泥之外，全身都用钢铁构成，塔身总重量9000吨。塔分三层，第一层高57米，第二层115米，第三层276米。除了第三层平台没有缝隙外，其他部分全是透空的。埃菲尔铁塔的金属制件有1.2万多个，施工时共钻孔700万个，使用铆钉250万个。由于铁塔上的每个部件事先都严格编号，所以装配时没出一点差错。

现代的工业技术为我们创造了一个日新月异、丰富多彩的物质产品的世界。古代神话中的千里马，飞行毯，哪有今日的越野车、喷气式飞机和航天飞机更有气势和魄力？这些产品不仅是科学技术和理性的逻辑

图3-8 听戏

产物，具有明确的技术目的，而且融合了人的情趣和理想，体现出社会前进的历史内容。

技术表现的本身也具有审美价值，并构成了艺术中的"技术美"。这在中国传统艺术中体现得尤为清楚。中国戏迷看戏曲演出，不叫"看戏"，叫"听戏"。为什么叫听戏呢？因为这出戏他已经看过无数遍了，人物、情节甚至连演员的表情他都早知道了。他来戏院，就是要听不同流派演员的演唱技巧。因此，他是侧着身，只用耳朵听（图3-8）。唱得好，他鼓掌叫好；唱得不好，他鼓倒掌，叫倒好。而有些著名演员，一出场，刚唱一句，观众就会叫好，这叫"碰头好"，被观众叫好的演员有时便会退出角色，向观众鞠躬致谢——感谢观众对他演唱技巧的欣赏。可见，中国戏迷是世界上最优秀的观众，因为他们着重欣赏艺术中的技术美，是内行审美、专业审美。

思考练习

● 思考题
1. 设计美学与传统美学有什么区别？
2. 设计美学应具有哪些本质要素？

● 练习题
1. 为什么说"设计是伴随着制造工具的人而产生的"？
2. 举例说说设计的核心是一种创造性的行为。

相关链接

● 延伸阅读
1.《设计美学》 李超德 安徽美术出版社
2.《设计概论》 赵农 陕西人民美术出版社

● 学习网站
http://www.051986.cn/ViewInfo.asp?id=169)

第四章
设计类型

要点提示

○ 学习目的

通过本章的学习，了解各种设计类型的定义和特征。

○ 学习重点

了解各种设计类型的特点。

○ 学习难点

了解各种设计类型的特点。

○ 参考课时

2课时

第一节
视觉传达设计

一、视觉传达设计的定义

视觉传达设计（Visual Communication Design）这一术语源于1960年在日本东京举行的世界设计大会，它是指把有关内容传达给眼睛从而进行造型的表现性设计。简而言之，视觉传达设计就是"给人看的设计，告知的设计（日本《ザイン辞典》）"，是利用视觉符号来传递各种信息的设计。

视觉传达设计主要以文字、图形、色彩为基本要素进行艺术创作，在精神文化领域以其独特的艺术魅力影响着人们的感情和观念，在人们的日常生活中起着十分重要的作用。主要包括标志设计、广告设计、书籍设计、包装设计、店内外环境设计、企业形象设计等方面，由于这些设计都是通过视觉形象传达给消费者的，因此称为"视觉传达设计"，它起着沟通企业——商品——消费者的桥梁作用。

视觉传达包含了"视觉符号"和"传达"这两个基本概念。

所谓"视觉符号"，顾名思义就是指人类的视觉器官——眼睛所能看到的表现事物一定性质的符号，如摄影、电视、电影、造型艺术、建筑物、各类设计、城市建筑以及各种科学、文字，也包括舞台设计、音乐、纹章学、古钱币等，这些都是用眼睛能看到的，它们都属于视觉符号。

所谓"传达"，是指信息发送者利用符号向接受者传递信息的过程，它可以是个体内的传达，也可以是个体之间的传达，如所有的生物之间、人与自然、人与环境以及人体内的信息传达等。它包括"谁"、"把什么"、"向谁传达"、"效果"、"影响如何"等程序。

二、各类视觉传达设计的含义和特点

（一）招贴设计

招贴的英文名"poster"，意为张贴在大木柱、墙上或车辆上的印刷广告；在《牛津英汉词典》中，意为展示在公共场所的告示。近年来，由于社会的进步和人类文明程度的提高，招贴以各种形式展示在大众面前，并越来越受到人们的关注。（图4-1）招贴被称为"一张充满信息情报的纸"，在设计领域占有"设计王座"的地位。人们可以从中获取大量信息，很大程度地影响自己的生活观念和生活方式。

（二）书籍装帧设计

书籍装帧设计是指对书籍的封面及排版的具体设计，包括装帧设计中的护封、封面、环衬、扉页、正文、插图、封底的系列设计，以及对书籍的开本、装订、纸张、字体、排版等的良好设计，使书籍的发行出版锦上添花，以提高读者的阅读兴趣，从而加深对其思想性、文化性和知识性的认识。（图4-2）完整的书籍装帧是一种统一的风格，绝不是徒有其表的封面设计，书籍装帧设计受到书籍内容的制约。

（三）标志设计

标志设计是指以特定的图形象征或代表某一国家、机构、团体、企业或产品的符号。（图4-3）它包容了

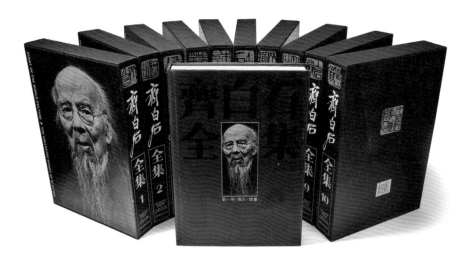

图4-1 第一届维也纳分离派展览_克里姆特（奥地利）　图4-2 齐白石全集_郭天民

较大的信息量，传达着企业的精神理念，简明而丰富，易记而便识，对人们有持久的感染力。简明、直观、易识别，是其重要特征。

（四）企业形象设计

企业形象设计识别系统（Corporate Identity System），指将企业经营理念与精神文化，运用、整合传达给企业内部与社会大众，并使其对企业产生一致的认同感或价值观，从而形成良好的企业形象和达到促销产品的目的的设计系统。（图4-4）

（五）广告设计

广告设计指运用各种手工或电脑的绘画手段或影像技术，以及利用复合方式进行创造性的图像设计，将广告主的广告信息，设计成易于接收者感知和理解的视觉符号（或结合其他符号），如文字、标志、插图、动作、声音等，并通过各种媒体（或组合媒体）传递给接收者，达到影响其态度和行为的广告目的。（图4-5）其可细分为印刷品广告、影视广告、户外广告、DM广告等。

广告有五个要素：广告信息的发送者（广告主）、广告信息、信息接收者、广告媒体和广告目标。

（六）包装设计

包装设计是指对制成品的容器及其他包装的结构和外观进行的设计。良好的商品包装成为产品与消费者的媒介，它起着保护商品、介绍商品、美化商品、指导消费、便于储运、销售、计量等方面的作用。（图4-6）

图4-3 北京申奥标志_陈绍华

图4-4 马自达汽车

图4-5 甲壳虫汽车广告

图4-6 酒鬼酒包装

图4-7 上海世博会中国馆_何镜堂

（七）展示设计

展示设计，是指将特定的物品按特定的主题和目的加以摆设和演示的设计。（图4-7）

展示设计包括"物"、"场地"、"人"和"时间"四个要素。成功的展示设计，必须建立在综合处理好这四个要素的基础上，必须在形态、色彩、材料、照明、音响、文字插图、映像及模型等多方面充分利用新技术、新成果，借以全面调动观众的视觉、听觉、触觉，甚至嗅觉和味觉等一切感知能力，形成"人"与"物"的互动交流。此外，还应充分考虑展示时间的长短、展品的视觉位置、人流的动向、视线的移动、兴奋点的设置以及观众的年龄、性别、兴趣、职业等因素，把展示场地设计成为一个理想的信息传达环境。

第二节
工业设计

一、工业设计的概念

目前被广泛采用的工业设计的概念是国际工业设计协会联合会（International Council of Societies of Industrial Design, 简称ICSID）在1980年巴黎年会上为工业设计下的修正定义："就批量生产的工业产品而言，凭借训练、技术知识、经验及视觉感受而赋予材料、结构、形态、色彩、表面加工及装饰以新的品质和资格，叫做工业设计。"工业设计是运用美学的观念，增进产品的亲和力及可用性的一种应用艺术。

二、传统工业设计与现代工业设计

（一）传统工业设计

工业设计真正为人们所认识和发挥作用是在工业革命爆发之后，依托于大批量工业化生产而发展起来。当时大量工业产品粗制滥造，已严重影响了人们的日常生活，工业设计作为改变当时状况的必然手段登上了历史舞台。

传统的工业设计是对以工业手段生产的产品所进行的规划与设计，使之与使用的人之间达到最佳匹配的创造性活动。从这个概念分析工业设计的性质：第一，工业设计的目的是获得产品与人之间的最佳匹配。这种匹配，不仅要满足人的使用需求，还要与人的生理、心理等各方面需求取得恰到好处的匹配，这恰恰体现了以人为本的设计思想。第二，工业设计必须是一种创造性活动。

工业设计的性质决定了它是一门覆盖面很广的交叉学科，涉足众多研究领域，有如工业社会的黏合剂，使原本孤立的学科诸如：物理、化学、生物学、市场学、美学、人体工程学、社会学、心理学、哲学等等，彼此联系、相互交融，结成有机的统一体。

（二）现代工业设计

传统工业设计的核心是产品设计。伴随着历史的发展，设计内涵的发展也趋于广泛和深入。现在，人类社会的发展已进入了现代工业社会，设计所带来的物质成就及其对人类生存状态和生活方式的影响是过去任何时代都无法比拟的，现代工业设计的概念也由此应运而生。现代工业设计可分为两个层次：广义的工业设计和狭义的工业设计。

广义工业设计（Generalized Industrial Design）是指为了达到某一特定目的，从构思到建立一个切实可行的实施方案，并且用明确的手段表示出来的系列行为。它包含了一切使用现代化手段进行生产和服务的设计过程。

狭义工业设计（Narrow Industrial Design）单指产品设计，即针对人与自然的关联中产生的工具装备的需求所作的响应。包括为了使生存与生活得以维持与发展所需的诸如工具、器械与产品等物质性装备所进行的设计。产品设计的核心是产品对使用者的身、心具有良好的亲和性与匹配性。

狭义工业设计的定义与传统工业设计的定义是一致的。由于工业设计自产生以来始终是以产品设计为主的，因此产品设计常常被称为工业设计。

图4-8 悍马汽车

（三）工业设计的内容

工业设计在企业中有着广阔的应用空间。因此，从企业对工业设计的需求层次角度来分析工业设计的内容，对企业更好地运用工业设计，创造更大的价值，将提供极大的便利。

工业设计的最终目的是满足人的生理与心理等多方面的最大需求，它就是为现代人服务的，它要满足现代人的要求。所以工业设计首先要满足人们的生理需要。一个杯子必须能用于喝水，一支钢笔必须能用来写字，一辆自行车必须能代步，一辆卡车必须能载物等等。工业设计的第一个目的，就是通过对产品的合理规划，而使人们能更方便地使用它们，使其更好地发挥效力。在研究产品性能的基础上，工业设计还通过合理的造型手段，使产品极具时代精神；符合产品性能、与环境协调的产品形态，使人们得到美的享受。（图4-8）

产品设计是工业设计的核心，是企业运用设计的关键环节，它实现了将原材料的形态改变为更有价值的形态。工业设计师通过对人生理、心理、生活习惯等一切关于人的自然属性和社会属性的认知，进行产品的功能、性能、形式、价格、使用环境的定位，结合材料、技术、结构、工艺、形态、色彩、表面处理、装饰、成本等因素，从社会的、经济的、技术的角度进行创意设计，在企业生产管理中保证设计质量实现的前提下，使产品既是企业的产品、市场中的商品，又是消费者的用品，达到顾客需求和企业效益的完美统一。

工业设计是工业现代化和市场竞争的必然产物，其设计对象是以工业化方法批量生产的产品，工业设计对现代人类生活有着巨大的影响，同时又受制于生产与生活的现实水平。

第三节
环境艺术设计

环境艺术(Environment Art)是一个大的范畴,综合性很强,是指环境艺术工程的空间规划,艺术构想方案的综合计划,其中包括了环境与设施计划、空间与装饰计划、造型与构造计划、材料与色彩计划、采光与布光计划、使用功能与审美功能的计划等。其表现手法也是多种多样的。著名的环境艺术理论家多伯(Richard P.Dober)解释道:环境设计"作为一种艺术,它比建筑更巨大,比规划更广泛,比工程更富有感情。这是一种爱管闲事的艺术,无所不包的艺术,早已被传统所瞩目的艺术,环境艺术的实践与影响环境的能力,赋予环境视觉上秩序的能力,以及提高、装饰人存在领域的能力是紧密地联系在一起的"。

一、环境艺术设计的内容

环境艺术设计作为一门新兴的学科,是第二次世界大战后在欧美逐渐受到重视的,它是20世纪工业与商品经济高度发展中科学、经济和艺术结合的产物。它一步到位地把实用功能和审美功能作为有机的整体统一起来。(图4-9)

环境艺术,它是依据环境而存在的艺术形式,作品强调与环境的依存、融合关系,强调作者艺术观念的表达,以材质肌理、空间体形、光影色彩、比例尺度等造型语言的表现,使作品融于环境的氛围之中。其表现形式除具有艺术审美和精神需求之外,具体的功能、技术、经济等因素也制约着设计与创作,事实上它已是跨

图4-9 长隆酒店大堂

越艺术与科学之间具有综合性和边缘性的设计分支学科,具有多种专业内涵和属性。

二、环境艺术设计的核心要素

设计师们认为环境艺术设计是艺术和技术完美结

合的创造性活动。正因为这一特性，使环境设计师在长期的设计工作中，培养了对技术发展前沿的关注，以及对其探索和创造的兴趣。无论是建筑设计师、工程师、雕塑家、画家、音乐家，还是灯光师、园艺家、工艺匠师，都可把环境艺术视为己任，并且基于各自的专长，从不同角度理解环境艺术，共识之处包括以下几个方面：

（一）大自然是天然环境

大自然是天然环境，即第一环境；城乡建筑及其建筑的室内空间是人造环境，即第二环境；园林、农场、水库之类是利用自然，略施人工的第三环境。一般意义上的环境艺术是指人造环境。

（二）以美术为骨架

造型、光色、尺度、比例、体重、质地等形式美，是环境艺术的基本语汇。功能、空气、声音、温度、气味等因素，也须综合考虑。因而所谓"艺术"既有视觉的，也有听觉的和嗅觉的，既是静态的，也是动态的，它是一项非合作不可的综合创造。

（三）建筑是主要载体和体现者

对环境而言，建筑侧重处理自身与第一环境的关系（切不可理解为艺术只是建筑完成后的添加和补缀）。这一特性决定了建筑师和艺术家各自的分工，也暴露了各自的才智缺憾。只有把建筑师侧重的功能和艺术家侧重的审美完整地、有机地统一起来，环境艺术才能成功。新一代的环境艺术人才，应具有综合才智，避免建筑师多注重单体、规划师不顾及细节、艺术家漠视实用与技术的通病。

（四）"景"与"情"的统一

"景"是指自然景观的选择和人文景观的营造，使环境融入风物，成为民族传统的缩影或现代文明的集锦。鉴于环境艺术的巨大体量包含的丰富信息，存在时限的相对长久性，它不啻为一个国家、一个民族的最直观的表征。在环境艺术的设计与创造中，设计师们总会不失时机地输入情感，体现人情味，把造境上升至造意境，追求环境中的情调，烘托民族的风格，抑或也体现设计者的个性。（图4-10）

（五）人与自然的和谐融处

"人是自然之子"这句话，揭示了人与自然须臾不可分离的关系。另一方面，一切建筑又都是以使人与自然相对分离和隔绝来保护人，避免人"风餐露宿"、"星月披肩"的。但凡人造环境，都意味着对自然环境的改造和破坏。环境艺术正是要在这种改善与破坏中，重建人与自然的和谐关系。"以人为主，物以人用"，建筑选址更应益于人的身心健康。形、色、声、光、气的处理均为使人愉悦；道路、楼梯、门窗要方便人的出入；家具、商场、车库、垃圾站等配套设施，也得考虑人的行为习惯。

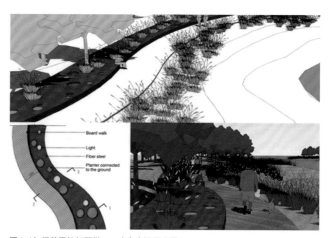

图4-10 绿荫里的红飘带——秦皇岛汤河公园

第四节
建筑设计

一、建筑设计的科学范畴

广义的建筑设计是指设计一个建筑物或建筑群所要做的全部工作。由于科学技术的发展，在建筑上利用各种科学技术的成果越来越广泛深入，设计工作常涉及建筑学、结构学以及给水、排水、供暖、空气调节、电气、煤气、消防、防火、自动化控制管理、建筑声学、建筑光学、建筑热工学、工程估算、园林绿化等方面的知识，需要各种科学技术人员的密切协作。

但通常所说的建筑设计，是指"建筑学"范围内的工作。它所要解决的问题，包括建筑物内部各种使用功能和使用空间的合理安排，建筑物与周围环境、与各种外部条件的协调配合，内部和外表的艺术效果，各个细部的构造方式，建筑与结构、建筑与各种设备等相关技术的综合协调，以及如何以更少的材料、更少的劳动力、更少的投资、更少的时间来实现上述各种要求，其最终目的是使建筑物做到适用、经济、坚固、美观。

二、建筑设计的发展历程

在古代，建筑技术和社会分工比较单纯，建筑设计和建筑施工并没有很明确的界限，施工的组织者和指挥者往往也就是设计者。在欧洲，由于以石料作为建筑物的主要材料，这两种工作通常由石匠的首脑承担；在中国，由于建筑以木结构为主，这两种工作通常由木匠的首脑承担。他们根据建筑物的主人的要求，按照师徒相传的成规，加上自己一定的创造性，营造建筑并积累了建筑文化。

在近代，建筑设计和建筑施工分离开来，各自成为专门学科。这在西方是从文艺复兴时期开始萌芽，到产业革命时期才逐渐成熟的；在中国则是清代后期在外来的影响下逐步形成的。

随着社会的发展和科学技术的进步，建筑所包含的内容、所要解决的问题越来越复杂，涉及的相关学科越来越多，材料上、技术上的变化越来越迅速，单纯依靠师徒相传、经验积累的方式，已不能适应这种客观现实；加上建筑物往往要在很短时期内竣工使用，难以由匠师一身二任，客观上需要更为细致的社会分工，这就促使建筑设计逐渐形成专业，成为一门独立的分支学科。

三、建筑设计的工作核心

建筑师在进行建筑设计时面临的矛盾有：内容和形式之间的矛盾；需要和可能之间的矛盾；投资者、使用者、施工制作、城市规划等方面和设计之间，以及它们彼此之间由于对建筑物考虑角度不同而产生的矛盾；建筑物单体和群体之间、内部和外部之间的矛盾；各个技术工种之间在技术要求上的矛盾；建筑的适用、经济、坚固、美观这几个基本要素本身之间的矛盾；建筑物内部各种不同使用功能之间的矛盾；建筑物局部和整体、局部和局部之间的矛盾等。它们构成非常错综复杂的局面，而且每个工程中各种矛盾的构成又各有其特殊性。

图4-11 国家体育场——鸟巢

　　所以说，建筑设计工作的核心，就是要寻找解决上述各种矛盾的最佳方案。通过长期的实践，建筑设计者创造、积累了一整套科学的方法和手段，可以用图纸、建筑模型或其他手段将设计意图确切地表达出来，才能充分暴露隐藏的矛盾，从而发现问题，同有关专业技术人员交换意见，使矛盾得到解决。此外，为了寻求最佳的设计方案，还需要提出多种方案进行比较。方案比较，是建筑设计中常用的方法。从整体到每一个细节，对待每

一个问题，设计者一般都要设想好几个解决方案，进行一连串的反复推敲和比较。即使问题得到初步解决，也还要不断设想有无更好的解决方式，使设计方案臻于完善。（图4-11）

　　总之，建筑设计是一种需要有预见性的工作，要预见到拟建建筑物存在的和可能发生的各种问题。这种预见，往往是随着设计过程的进展而逐步清晰、逐步深化的。

第五节
服装设计

一、服装设计的概念

服装设计是以服装为对象，运用恰当的设计语言，完成整个着装状态的创造过程。服装是与人类生活休戚相关的物品，设计是其产生过程的第一步，虽然从服装的原始状态开始，设计便包含其中，但是，服装设计的现实概念，则是在服装进入生产设计阶段以后才被确立的。由于人文思潮、时尚内容和法律道德等社会因素对服装的限定，不同历史时期服装设计的手法与内容也不尽一致。本节涉及的是现代意义上的服装设计概念。

二、服装设计的要素

一般印象当中，服装设计似乎就是指服装的款式设计。其实，服装设计还包括服装的结构设计和服装的工艺设计，它们与款式设计相结合形成设计中的三个分工。虽然这三个分工可以由一位设计师统一完成，设计师也应该掌握这三个方面的技能，但是，由于社会分工的不断细化，人们开始强调用个人的最强项共同组合完成一个产品。因此，服装的设计工作也顺应社会发展的需要，分化成款式、结构、工艺三个设计方面。

（一）款式设计

社会上常常误将款式设计看成是造型设计。其实，款式是由造型和色彩两部分组成的，在现实生活中，造型和色彩是无法完全分离的，所谓"无形不成色，无色不成形"，物体是通过造型与色彩给人完整印象

图4-12 Versace

的。款式设计的任务是解释流行概念和提供服装的具体式样。款式设计是一种创造性活动，款式设计师必须掌握人们的消费心理，熟悉人们的生活习俗，并掌握美学、绘画等多种技艺。通过款式设计能够影响服装流行、美化生活、指导消费、推动生产等。（图4-12）负责款式设计的人就是通常所说的服装设计师。

（二）结构设计

结构设计是将服装款式图分解展开成平面的服装衣片结构图的一种设计，它的任务是将款式设计的结果演绎成合理的空间关系，通常以绘制服装裁剪制图的形式反映，是款式与工艺之间的过滤环节。这一环节非常重要，它既要保证实现款式设计的意图，又要弥补款式

设计的某些不足，同时还要考虑到工艺设计的合理性和可实现性。

（三）工艺设计

工艺设计的任务是将结构设计的结果安排在合理的生产规范中。服装工艺设计包括服装工艺操作流程与成品尺码规格的制定、辅料的配用、缝合方式与定型方式的选择、工具设备与工艺技术措施的选用以及成品质量检验标准等。工艺设计的合理性不仅影响服装的品质，还影响到服装厂商最为关心的生产成本。合理的工艺设计还能反映出设计者的智慧，最有效地发挥企业有限的生产设备的功效。工艺设计往往兼任样衣制作。负责工艺设计的人就是通常所说的工艺师或样衣师。

三、服装设计的特点

（一）以人体为基础

服装被誉为人的第二层皮肤，服装的造型基础是人体，所以在进行设计时，必须以人体为设计依据并且受到人体结构的制约。任何服装最终都要穿在人身上经过人体的检验，人体是检验服装设计好坏的最佳尺度，完全脱离人体的设计是缺乏功能意义的。但是服装和人体也不是简单的对应关系，设计的造型并不是完全顺应人体的外形。尤其在现代服装设计中，服装除了其基本的防护功能外，其审美功能已经越来越重要，好的设计可以突出人体的优点，还可以遮盖人体的某些缺陷。如传统的中国旗袍，就强调了女性的曲线美，男士西装的垫肩是为了衬托男性阳刚挺拔之美，而胸部有体积感的皱褶设计可以让胸部平坦的女性找到自信。服装设计师们采用各种各样的手法创造服装，无非是为了更好地塑造人体美。

（二）织物的雕塑

服装不同于一般的设计，其作用的对象是织物，从造型角度来说，服装就是织物的雕塑。像所有的空间造型艺术一样，要有一个支撑造型的基本构架，人体就是服装造型的构架体，否则服装就没有了支撑。1982年皮尔·卡丹（Pierre Cardin）在巴黎举办题为"活的雕塑"时装表演，展示的女性造型的抽象、现代，被誉为法国时装的"先锋派"。意大利名师罗伯特·卡布奇（Robert Kabuki），1995年初在北京的服装展示会上展示的服装，个性独特，被誉为"软雕塑"。

四、服装设计中的三个前提条件

服装所具有的实用功能与审美功能要求设计者首先要明确设计的目的，要根据穿着的对象、环境、场合、时间等基本条件去进行创造性的设想，寻求人、环境、服装的高度契合。这就是我们通常说的服装设计必须考虑的前提条件——T. P. O. 原则。

T. P. O. 三个字母分别代表Time（时间）、Place（场合、环境）、Object（主体、着装者）。

时间，简单地说不同的气候条件对服装的设计提出不同的要求，服装的造型、面料的选择、装饰手法甚至艺术气氛的塑造都要受到时间的影响和限制。服装行业还是一个不断追求时尚和流行的行业，服装设计应具有超前的意识，把握流行的趋势，引导人们的消费倾向。

场合、环境，是指人在生活中经常处于不同的环境和场合，均需要有相应的服装来适合这不同的环境。服装设计要考虑到不同场所中人们着装的需求与爱好以及一定场合中礼仪和习俗的要求。一项优秀的服装设计必然是服装与环境的完美结合，服装充分利用环境因素，在背景的衬托下更具魅力。

主体、着装者，指人是服装设计的中心，在进行设计前我们要对人的各种因素进行分析、归类，才能使人们的设计具有针对性和定位性。服装设计应对不同地区、不同性别和不同年龄层的人体形态特征进行数据统计分析，并对人体工程学方面的基础知识加以了解，以便设计出科学、合体的服装。从人的个体来说，不同的文化背景、教育程度、个性与修养、艺术品位以及经济能力等因素都影响到个体对服装的选择，设计中也应针对个体的特征确定设计的方案。

第六节
戏剧舞台美术设计

一、戏剧舞台美术设计定义

　　戏剧是综合艺术，它综合了文学、音乐、美术与舞蹈等艺术成分。现代戏剧中的舞台美术又是一个综合体，它包括舞台美术设计、灯光、音响、服装、道具、化妆、美工、装置、特技及舞台技术管理等。这些艺术成分在戏剧中不是简单地组合，而是在戏剧的一度创作、二度创作、三度创作中的有机融合。它们在特定的艺术构思中使各种艺术成分发生质变，从而形成一个新的戏剧实体。这个戏剧实体在演出中与观众一起完成它的艺术审美价值。中国导演焦菊隐在《略论话剧的民族形式和民族风格》中说："一出戏演出的成功与失败，舞台美术几乎是起着一半的决定性作用的。"

　　对于舞台美术设计，世界各国的戏剧家都有精彩的论述。德国戏剧家、导演布莱希特（Bertolt Brecht）认为：舞美设计"不是提供布景的框架式背景，而是建立起一个空间，让人物在其中经历一些事情"，"布景也要有艺术的价值，而且要有个性特色"，"布景应该在演员排戏过程中产生，因此在效果上它应该是演员的一个伙伴"。中国传统戏曲艺术家梅兰芳认为：中国戏曲是一种综合性的艺术，它包含着剧本、音乐、化妆、服装、道具、布景等因素，这些都要通过演员的表演，才能成为一出完整的好戏。

　　总体而言，舞台美术兼有时间艺术和空间艺术的性质，是四维时空交错的艺术，具有很强的技术性和对物质条件的依赖性。它在艺术创作上属二度创造，具有从属

图4-13 戏剧舞台设计

（演员表演）的性质。在演出中它具有多方面的功能：通过人物造型和景物造型塑造人物形象，创造和组织戏剧动作空间，表现动作发生的环境和地点，创造剧情所需的情调和气氛；通过形象的创造帮助演员揭示人物的内心世界和剧本所表现的思想内容等（图4-13）。

　　舞台美术的这些功能，是历史发展的产物和结果。最早出现于演出中的是和演员直接有关的化妆、服装和随身小道具。后来才逐渐有了布景。演出进入室内后又逐渐有了灯光照明。在很长的历史时间，它主要是在演出中发挥"实用"性功能。随着各种演出技术条件的日趋完善，艺术造型手段逐渐增多，它的艺术作用也逐渐加强，艺术创作的价值和品位也愈来愈高，遂成为戏剧综合艺术中重要的有机成分。在现代的戏剧演出中，舞台美术成了决定和左右演出艺术形式的重要的，甚至是决定性的因素。

二、舞台美术设计的发展

东西方戏剧都起源于原始时代的宗教仪式与庆典活动，那时已有了服装、化妆与道具。在人类戏剧艺术形式中最早出现的希腊戏剧里，服装与面具（化妆的一种）已成为戏剧的六个成分之一，正如亚里士多德所指出的"形象的装扮多依靠服装与面具制造者的艺术"，演员手持的小道具由于表演的需要而出现，最早使用的神杖与盛满祭品的花篮就是其中的两种。而东方戏剧，以中国传统戏曲为例，早在秦汉的"乐舞"、"俳优"与"百戏"中，已有了涂面化妆、手持道具与非常优美的服装。到了12世纪中国传统戏曲正式形成时，服装、化妆与切末（道具）已经与表演艺术融为一体，达到了很高的综合水平。

随着科技进步，舞台表演手段日趋现代化，电影、电视所能表现的场面，在戏剧舞台上同样可以出现。而这一切与演员的表演融合在一起时，在时空逼真性与时空假定性的碰撞中所形成的魅力，是电影、电视所不可替代的。

三、舞台美术与戏剧的关系

舞台美术设计是二度创作，它不能脱离剧本所规定的内容、动作、冲突与人物形象。这一点与绘画、雕塑完全独立自主的自由创作相比，它的创作自由是相对的。舞台美术设计是受到种种限制的实用艺术，这种限制与实用设计中的广告、环境艺术、建筑设计相比，可以说是有过之而无不及。仅就戏剧这个综合体内部而言，剧本的水平、导演的水平、演员的水平限制着舞台美术设计。同时舞台美术内部灯光、服装、音响、美工、道具、装置、化妆、特技人员的水平，以及他们所用器材的水平也都大大限制着舞台美术设计，更不用说剧场的条件。尤其是一部戏经济预算受到限制，即使一个很小的问题，如这部戏是在固定剧场演出还是巡回演出，都影响着舞台美术设计的构思与体现。

可以说，舞台美术设计工作从开始到结束，都是在无数的限制之中进行的。但是这种相对受限制的创作自由，并没有使舞台美术设计丧失创造性地反映生活和表达自己独特的富于个性的艺术思维的自由。

思考练习

● **思考题**

1. 视觉传达设计的特点是什么？
2. 传统工业设计与现代工业设计有什么区别？

● **练习题**

1. 举例说说舞台美术与戏剧的关系。
2. 建筑设计的工作核心是什么？

相关链接

● **延伸阅读**

1. 《设计美学》 李超德 安徽美术出版社
2. 《设计美学导论》 武星宽 武汉理工大学出版社
3. 《设计艺术学十讲》 诸葛凯 山东画报出版社

● **学习网站**

1. http://baike.baidu.com/
2. http://www.dolcn.com/
3. http://www.chinavisual.com/

第五章
设计文化

要点提示

○ **学习目的**

通过对设计文化理论知识的系统学习,了解设计文化的人本理念和产品三个方面的价值;并对
中西方的设计文化做一个简单的介绍,为专业的学习奠定基础。

○ **学习重点**

掌握设计文化中有关产品所具有的三个方面的价值,以及中西方设计文化的相关知识。

○ **学习难点**

熟练运用中西方设计文化的相关知识。

○ **参考课时**

8课时

第一节
设计的价值

设计所创造之物都是人类利用自己的大脑和双手为自己创造的物质财富,这一切都属于文化范畴,文化有物质文化和精神文化之分,而设计是对造物活动所做的规则,所以设计创造的一切就是物质文化。

环顾人类生活,谁也无法否认这个事实。语言就是人类编织的一个人造的文化世界,通过语言而无须重现现实世界的活动,就能阐明现实世界的一切事件。产品也是人类在设计中所创造的一种人造物,人们也能生活在由这些产品构建而成的人造的文化世界之中,这个由产品构建而成的文化世界成为介于人类与严酷自然世界之间的一个人为世界。

一、设计的人本理念

并不是一切的有用之物都必然被纳入文化世界,被赋予文化价值。天上的雷电,具有无比的威力,但是只要它不能为人所控制和利用,就不具备对人而言的价值。原子裂变也一样有这般威力,它最先成功地发挥其威力却是一次能杀害成千上万人的原子弹,在人类文明史上写下了不光彩的一页,谈何文化价值呢?

在文化价值面前,所有的设计又应如何呢?人类造物活动的进步,尤其是进入工业文明之后,机械的进步给人类的生活带来了种种便利。于是人们乐观地深信:造物活动越是进步,越是设计出结构复杂和功能强大的机械,人类的生活也就必然随之变得越来越幸福,同时产品也就必然具有更高的文化价值。

但遗憾的是,历史给人们留下的是惨痛的教训。当人类进入一定阶段的工业文明,造物技术也强劲到一定的程度后,对使用者的身心相应提出越来越高的要求。而人类自身,不论是肉体还是精神的能力,并非随着所造之物同步进化,最后人类终于被机械逼上了自身能力的极限,乃至超越了这一极限,甚至走上崩溃的边缘。

在这惨痛的教训中,终于使人们认识到人类所创造的任何产品,尽管它们对于外部的自然世界具有多么强劲的功能,但它们决不能在被使用中有任何超越人类正常功能的非分要求。只有这样,人类所造之物才能成为人类与严酷自然之间的一个良好界面,成为人类面对严酷自然的真正帮手,才能使物的可用性或物的技术功能演化为对人类自身不足功能的延伸。

综上所述,设计就是创造具有弥补或延伸人类自身某种功能不足的物,作为人与自然间的新界面,使人类不必直接面对严酷的自然。所以,任何设计决不能让所设计的产品对作为其使用者的人也显现出同样的严酷面貌,而必须让产品与人的身心之间具有良好的匹配关系。只有这样才能真正地实现人本位设计理念,只有这样才能使造物活动具有真正的意义,使设计成为一种以人为本的物质文化的创造手段。

二、产品的实用价值

(一)什么是实用价值

人们可以明白地了解到,除了贵族工艺之外,人类之所以要造物、要设计，不仅是为了创造物的可用性和功能，更主要的还是为了创造物对人的一种价值和具有的意义。那么究竟产品对人而言具有一种怎样的价值呢？这正在于产品的可用性可用来有效地延伸或弥补人类自身功能的不足，提升人类在面对严酷自然时的能力。所以技术产品对人来说是一种具有重要价值意义的对象，这种价值就是产品的实用价值。

这种实用价值的创造正是人们进行造物的前提，失去了这个前提，人类的设计和造物就失去了全部的意义，尤其在以具有使用产品的创造为目的的现代设计中更是如此。所以设计中创造产品的技术功能就是为了取得重要的实用价值。如何能从这种功能取得实用价值呢？就是要充分地取得产品对人正常的躯体、生理、心理等方面的良好匹配关系，这样才能使产品真正成为人类与严酷自然之间的一个良好界面，一个物质文化的界面。对外，它极大提升了人类对付自然的巨大力量；对内，它充分地体现了人类对这个物的主宰。

由此可见，人类通过设计所创造的一切对象，不用说像汽车、计算机等高科技、高投入的产品，即使日常用品或小工具，他们都可能具有重大的意义。概括这种创造物的意义包括两方面：一是物的技术功能，一是物在使用过程中对人的良好匹配关系。有了这两方面，人类所创造的物就能有效地成为自己不备或不足功能的弥补或延伸。所以人类所创造的这些物的实用价值正是设计给人类带来的无与伦比的文化价值。这种实用价值正是设计所要创造的文化价值的主体价值，也是它的主要方面。

（二）设计是物质性文化价值

正因为太司空见惯的缘故，人们往往没有真正地认识到这种了不起的价值，往往出现这样的误区：似乎非上层建筑就休谈文化价值；或为了创造文化价值，就非要把产品也整个地从经济基础中拽到上层建筑去不可。竟然对一个无时无刻不在人们身边的、与人类接触最广、对它需求最高、关系最密切、作用最巨大的文化价值视而不见。难道非让它也埋藏地底里千年之后，才能发掘它所蕴涵的文化价值吗？

文化价值的高低，不是取决于产品科技含量的高低或投入成本的高低，而是在于它对人类生活与生产活动所起的作用大小，所以凡与人类生活密切的程度越高、带来的影响越大的产品往往也就会有越高的文化价值。

三、产品的象征价值

（一）什么是象征价值

俗话说，地不分东西、人不论古今。当基于客观的、基本物质性要求达到了一定程度的满足之后，必然还会在主观上萌生出对该事物的相应程度的情感需求。对人类所创造的产品也是如此，当人们从产品中取得使用价值满足的同时，还必然会追求从产品中也能取得某种情感上的满足。这种满足虽然不像实用价值那样能取得某种客观上明显的实效，但对人而言，它仍是一种心理满足的重要价值，一种基于主观心理认知的情感价值，这种情感价值作为产品的一种内涵当与使用者的主观心理渴望相一致时，使用者就将得到某种心理情感的满足和欢愉，而该对象则被视为这种内涵的象征，就是我们所说的象征价值。

早在远古时代，人们就已经怀着美化自己的生活、美化世界的强烈愿望与执著追求。据考古发掘可知，早在旧石器时代的北京山顶洞人就已经开始利用骨质或石质制作装饰品。虽说当时的制作技术还是比较粗陋，但已经充分体现出远古人们在生产力还如此低下的年代就不辞辛苦地为之付出努力。如图5-1所示的精美玉龙饰物就是在技术和高度上呈现象征价值的进步和强化。

除此之外，还创造了几乎仅具象征价值而没有实用价值的各种祭器。在商周等时代争相铸造的如图5-2所示的作为祭器的青铜器，虽然失去了它原有的绝大部分实用价值，却带来了它作为财富、地位甚至权力的象征价值。

上古人类为了美化生活，除了制作种种饰物以外，还

图5-1 内蒙古出土的玉龙

图5-2 带饕餮纹的青铜器

创造出被后人称为自由艺术的、没有任何实用价值的岩画（图5-3）。而图5-4所示的打制石器和图5-5所示的不断发展出来的磨制石器，在改善了与人的匹配关系、提高了它的实用价值的同时，也给人们增添了几分造物之美，还给使用者增添了几分情感的欢愉。

在新石器时代，人类还掌握了比打制与磨制石器更省时省力的陶制技术（图5-6），也更全面地体现出了受约束更少、更为自由的创造，更强烈地体现出人类的主体意识，赋予造物更深层次的象征价值，即技术之美。在半坡原始先民时代的人们就制造出了既有高度实用价值又有高度审美价值的尖底瓶（图5-7），还赋予瓶体表以美丽的旋涡纹彩绘，进一步美化了自己所造的实用之物。

综上所述，尽管美化生活、美化世界是人类的共有天性，但是对于有实用价值的产品来说，还是以实用价值的存在为产品的前提。

（二）造物艺术与自由艺术的分化

尽管在设计与自由艺术中都要创造象征价值，但自他们诞生之日起，设计与自由艺术就走了两条完全不同的道路。就设计而言，当然要遵循人们的主观需求来创造象征价值，但它首先是为了创造实用价值而塑造技术产品，并且这一实用价值还是创造产品象征价值的基础与前提，所以在设计中它的造型不是目的而是创造实用价值的手段。而自由艺术则不然，它的文化价值只有唯一的象征价值，而完全没有赋予物以实用价值的这种功利目的。

归纳上述美化生活、美化世界的活动，可以发现两种本质不同的设计形式：其一表现为直接与创造实用价值的造物活动相结合，具有强烈功利目的的设计形式；其二表现为与造物活动相脱离的、没有实现功利目的的绘画、音乐等自由艺术形式。前者始终与科学技术的造物活动不曾有过一刻分离，逐渐形成了各类设计所不能不考虑的重要方面；而后者则形成了独立化的各种自由艺术。

四、产品的文化价值

现代设计的道路并非一开始就明确以实用价值为主、以象征价值为辅的设计理念。长期多次地在强调这一价值或那一价值之间摇摆，甚至两种价值处在相互排斥状态。在产品工业化生产最初的年代里，生产的分工、工程知识的膨胀，带来了共同诞生于工匠的手工坊中的两个孪生姐妹的分家，两者"老死不相往来"。工业化产品在设计中片面追求实用价值的实现，甚至还仅仅考

图5-3 内蒙古阿拉善岩画狩猎图

图5-4 旧石器时代打制石器

图5-5 新石器时代磨制石器

图5-6 新石器时代的陶器

图5-7 仰韶文化的尖底瓶

虑物本身的可用性而已，更不用说象征价值的考虑。终于招致了社会的非议和罗斯金（John Ruskin）、莫里斯等人的抨击。

在1919年，历经诸多困难确立了包豪斯的设计理念。但始于20世纪20年代末的经济大萧条，使得扩销无门的企业家们黔驴技穷，又一次掀起了片面追求审美功能的浪潮，从而招致了卓别林（Charles Spencer Chaplin）的无情鞭笞。直至第二次世界大战后，才最终在先进的工业化国家确立了现代设计的理念，也就是实用价值与象征价值并举，以实用价值为主的现代设计理念。

现代机械化、大工业、大批量、按工种分工的互换式生产方式终于成了生产力提高的必然，而工业设计则成为这种新兴的生产方式下设计实用之物的唯一手段。在生产力高度发展的同时，还必然导致商品的全球性大循环、商品竞争的白热化。所以，工业设计又成了生产力高度发展情况下商品竞争的重要手段。因而还可以说工业设计是商品经济的必需。工业设计正是工业化背景之下满足这两种需求的响应手段。在商品竞争日趋白热化的今天，产品文化价值的优劣、高下，就成了产品能否立足于现代社会的关键。

所以，工业设计的诞生不是出于某些人的主观愿望，而是出于一种社会发展的必然需求。产品文化价值的创造不是设计师的自我表现，而是为了满足最广大消费者对使用产品中以实用价值为主、象征价值为辅的文化价值的需求。

第二节
中西设计文化概述

在对设计美学本身进行的深入研究之前，简单地回顾一下设计文化发展的历程是有必要的，它可以为我们更好地理解设计艺术的审美内涵打下基础。但鉴于已有专门的设计艺术文化史专著，此处我们仅粗略地勾勒一下中国和西方的设计文化发展历程。

一、中国设计文化

由于生产力发展水平的不同，在不同的时期，都有与一定的技术和材料相对应的、特有的设计艺术类型，类似于中国古代文学发展历程中的楚辞、汉赋、唐诗、宋词、元曲等。

（一）原始石器

人们经过长期探索，开始较普遍地采用石器的磨制技术，即把经过选择的石块打制成石斧、石刀、石锛、石铲等各种工具的粗坯后，再用研磨的方法进一步加工，使器形更加规整，尖端与刃口更加锋利，表面更加光洁，更加符合使用的要求。在石材的选择上，已十分注意石材的硬度、形状和纹理的选择。石斧选用长形的石块，以便稍加打磨，石刀呈片状，所以选用片页岩，以便于剥离。例如制作石斧、石锛的石材硬度很大，器形必须设计成扁平利刃；石镞的硬度较小，镞头必须犀利尖锐。经过不断的观察、揣摩和实践，人们的审美意识也得到了初步的萌芽和发展，发现并掌握了诸如对称、节律、均匀、光滑等多种形式美的规律，并且应用于设计活动中。原始社会的人们，在石器的设计上，经过艺术思

考，具有了朴素的审美观念和艺术手法。

（二）原始彩陶

半坡型彩陶的鱼形花纹，从起先的写实手法，逐渐演变为鱼体的分割和重新组合，例如，"人面鱼身"纹是人面与鱼形合体的花纹，在一个人头形的轮廓里面，画出一个鱼纹，具有"寓人于鱼"的特殊意义，是最具有代表性的装饰纹样。仰韶文化半坡类型的尖底瓶汲水器，其基本形状为小口、尖底，腹部置有双耳。双耳除了系绳之用，还具有平衡重心的作用，使注满水后的容器能自动在水中直立，尖底便于下垂入水，也易于注满，造型设计可谓轻巧实用。

马家窑型彩陶则采用点和螺旋纹的装饰手法。点的运用，成为这个时期装饰的主要特点。在点的外面装饰螺旋纹，有动的感觉。因此，马家窑型彩陶的艺术风格可用旋动、流畅来形容。

（三）商周青铜器

商周时期的设计艺术，最有代表性和具有突出艺术成就的是青铜工艺，三千多年前出现的中国青铜工艺，它的突出成就反映了中国奴隶社会手工业发展的最高水平。

到春秋晚期和战国时代，人们开始用失蜡法制作铜器，也称蜡模法。能烧铸出复杂多变的造型体。失蜡法是用蜡来制造模型，然后在模型内外各敷泥，成为泥范，最后再浇入铜溶液进行铸造，蜡则熔化流失。失蜡法可以制造极为精细或镂空等造型的装饰，甚至鸟兽象形的容器也铸造得十分准确生动。湖北随州出土的战国

图5-8 虎座鸟架鼓

图5-9 汉代四兽

图5-10 仰覆莲花瓷尊

图5-11 唐三彩 骆驼载乐俑

时期曾侯乙墓铜尊盘，上有玲珑剔透的装饰，就是用失蜡法铸造的。用失蜡法制造的铜器，层次丰富，精巧细致，具有特殊的立体装饰效果。

饕餮纹是商周青铜器的主要纹样。饕餮纹，又称兽面纹，采用抽象和夸张的手法，营造狰狞恐怖的视觉效果。夔纹，是一种近似龙纹的怪兽纹，常见于商代铜器纹饰中。

（四）战国漆器

战国时期我国漆器工艺就已开始发展，漆器已部分取代了粗笨的青铜器。漆器胎骨也向轻巧的方向发展，战国以纻麻贴在泥或木胎上数层，形成外胎，干后去掉内胎，再加以鬃漆，是后世脱胎漆器的前身，美观豪华。江陵是春秋战国时期的楚都，出土的著名漆器有虎座鸟架鼓（图5-8），造型优美，极富装饰性，以双凤首悬一圆鼓，用双凤作为鼓架，鼓座为两兽。汉代漆器多子盒的设计，亦即多件盒，它从实用出发，在一个大的圆盒中，容纳多种不同形式的小盒，既节省位置，又美观协调，体现了卓越的设计思想。

（五）秦汉瓦当

瓦当艺术是一种造型艺术，中国古代瓦当一般都是半圆形和圆形，是一种富有运动感和韵律美的圆，著称于世的秦始皇陵出土的夔纹"瓦当王"，直径61厘米、高48厘米、边轮宽2.5厘米，其形体庞大、造型独特、纹饰精美、气势雄伟，立体效果极佳，具有很高的实用和装饰艺术价值，可谓古代艺术作品中运用圆弧装饰美的典范之作。

四神纹在汉代极为流行，汉代的人们把四神当成辟邪求福之物，它又表示季节和方位。在石刻、砖瓦等各种工艺品的装饰上，被广泛应用（图5-9）。四神纹，也称四灵纹，即青龙、白虎、朱雀、玄武。汉代瓦当以四灵纹最为出色，可称汉图像瓦当的代表之作。四神与龙凤一样，也是我国古代人们文化心态的典型代表，有多重含义。首先是表现了古代人的地理观念，以青龙指东方，朱雀指南方，白虎指西方，玄武指北方。其次它代表四个不同的季节，青龙代表春季，白虎代表秋季，朱雀代表夏季，玄武代表冬季。这四种动物中，玄武比较奇特，它是龟和蛇的合体。"玄武谓龟蛇，位在北方故曰玄，身有鳞甲故曰武。"这可能与古代图腾信仰有关，是氏族外婚制的反映。另外四神都与辟邪求福有关，反映出我们的祖先对生活的良好意愿。

（六）古代瓷器

瓷器早在商代就已出现，瓷器是我国古代文明的一个重要标志，在长期历史进程中，先后出现过青瓷、白瓷、彩瓷、青花瓷等。

在南北朝时期有一种具有较高艺术性设计的瓷瓶，又名仰覆莲花瓷尊（图5-10）。该瓶新颖别致，尊体以腹为中心，上、下部塑饰各为相向的三层莲花瓣，层层相接，尊底也塑成莲花瓣形，全尊共七层。肩部有耳，颈部塑出花鸟云龙。此尊高66.5厘米，口径19.2厘米，现陈列在北京故宫博物院。南北朝及其以前的瓷器基本上是青瓷。

唐代瓷器的标志性成就是唐三彩（图5-11），它吸取了中国国画、雕塑等美术的特点，采用堆贴、刻画等形式的装饰图案，线条粗犷有力。它经常采用黄、绿、褐等色釉，实际上并不限于三种色釉，它是一种低温铅釉的彩釉陶器，是用经过精炼的白黏土制胎，两次烧成的。它首先用1000摄氏度左右的高温烧成陶胎，挂釉后再经900摄氏度左右焙烧。用料精细，制作规整，所以不变形、不裂缝、不脱釉。

宋代瓷器设计高度发展，著名瓷窑有汝窑、官窑、龙泉窑、定窑、景德镇窑、磁州窑、建窑、吉州窑和钧窑等。宋代瓷窑掌握了多种烧造技术和装饰技法，产品各具特色。如定窑瓷器，装饰上有刻花、划花和印花。刻花的线条洗练流畅。又如哥窑瓷器主要特征是釉面有裂纹，即开片。这种裂纹，是由于釉和胎的收缩率不同而在冷却过程中形成的。根据开片的不同形状和大小，又赋予它们各种名称。比如，纹片极细小如鱼子的，称为鱼子纹；纹片大而呈弧形的，称为蟹爪纹；纹片大小不同的，称为百圾碎。

元代烧成的青花和釉里红，是景德镇瓷器工艺的新成就。元代青花瓷器，被称为"白地蓝花瓷"。其制作方法是将钴矿研磨成极细的粉末，再加水调成墨汁状，用它在干燥的胎表面上绘制所需要的纹饰，然后施以长石为原料的矿物釉，在1250~1400摄氏度高温下烧成。当釉开始熔融后，火焰呈现还原性，烧到最后阶段成为中性或略带氧化性，此时釉料形成具有光泽的无色透明釉层，覆于蓝色纹饰之上，这显得庄重、美丽、朴素、典雅。

釉里红是元代景德镇窑的重要发明，所谓釉里红就是釉下彩瓷，先用铜红料在胎上绘画纹饰，再盖以透明釉，放置在1200~1250摄氏度高温中烧制。它是受宋代钧窑紫红色釉斑的启发而烧造的。

（七）古代建筑

由于我国古代建筑多以木材为主材，因此不能长久留存，虽然古代建筑取得了辉煌的成就，但宋代以前的建筑基本上很少见了。我国现存唐代木构建筑仅有四处，即五台南禅寺大殿和佛光寺大殿，芮城县的广仁王庙，平顺天台庵正殿。现存下来的唐、宋以后建筑足以让我们为自己祖先在建筑上的成就而感到自豪。

宋代李诫著述的《营造法式》中制定了"材份制"和各种标准规范，还对建筑的设计、规范、工程技术和生产管理进行了系统的论述，体现出我国建筑学的高度成熟。北宋致力于总结前代建筑经验，木架建筑采用了古典的模数制。《营造法式》中规定，把"材"作为造屋的标准，即木架建筑的用"材"尺寸分成大小八等，按屋宇的大小主次用"材"，"材"一经选定，木构架的所有尺寸都随之而来，不仅设计可以省时，工料估算有统一标准，施工也方便。

明清故宫的设计思想是体现帝王权力的，它的总体规划和建筑形制用于体现封建宗法礼制和象征帝王权威的精神感染作用，为了显示整齐严肃的气氛，主要建筑严格对称地布置在中轴线上，在宫城中以前三殿为中心，其中又以举行朝会大典的太和殿为其主要建筑。北京故宫从大明（清）门至奉天（太和）殿，先后通过五座门、六个闭合空间（庭、院、广场），总长约1700米；其间有三处高潮：天安门、午门、太和殿。

明清故宫建筑组群的布局组合形式均根据中轴线发展。世界各国，唯独中国对此最强调，成就最突出。故宫是一个典范，北京故宫的严格对称布置，层层门阙殿宇和庭院空间相联结组成庞大建筑群，把封建"君权"抬高到无以复加的地步。

天坛位于北京外城永定门内大街东侧，平面北墙呈圆形，南为方形，象征天圆地方，这体现出我们祖先对天地的相互认识。天坛最突出的主要建筑是祈年殿，它优美的体形和高超的艺术处理，是中国古代建筑艺术最成功的典范之一。祈年殿前庭地面，比垣外地面提高4米多，加上三层台基，使祈年殿台基面高于垣外地平10米以上；这个高度，使得人们在穿过茂密的参天古柏林丛后，顿然超出苍翠的林海之上，有超凡出尘，与天接近的感觉；这些均是造成天坛崇高感觉的具体手法。圜丘是一座三层汉白玉石圆坛，坐落在外方内圆的围墙里，是皇帝每年冬至祭天的地点。

图5-12　赵州桥

我国古代桥梁建筑在很长时期内一直处于世界先进水平，最杰出的成就是赵州桥（图5-12）。赵州桥又名安济桥，是我国现存最古老的大跨径石拱桥，建于一千三百多年前的隋朝，是一座敞肩式单孔圆弧石拱桥，比欧洲19世纪兴建的同类拱桥早了一千二百多年。赵州桥在世界桥梁史上占有重要地位，更展示了我国古代能工巧匠的惊人智慧。赵州桥是我国隋朝时期一位普通的工匠李春设计并建造的。这座桥建造在河北省赵县城南五里的洨河上。它气势雄伟，造型优美，结构奇特，远远看去，好像一轮明月，又像挂在空中的一道雨后彩虹，十分美丽壮观。他采取单孔长跨石拱的形式，在河心不立桥墩，石拱跨径长37米多。采用这样的大跨度，在当时是一个创举。

（八）明式家具

明式家具是科学性和艺术性的高度统一。明式家具讲究选料，选材是设计意匠的重要部分之一，多有紫檀、花梨、红木等，也采用楠木、樟木、胡桃木及其他硬杂木，所以通称硬木家具。明式家具的造型安定，简练质朴，讲究运线，线条雄劲而流利。明代家具的最大特点是将选材、制作、使用和审美巧妙地结合起来。造型显得简练、挺拔和轻巧。例如椅子的靠背和扶手的弧度都基本适合于人体的曲线，触感良好。

明代家具采用木架构的结构，结构科学合理。明代椅子由于造型所产生的比例尺度，以及素雅朴质的美，使明代家具工艺达到了很高的水平。家具整体的长、宽和高，整体与局部的权衡比例都非常适宜。有的椅子座面和扶手都比较高宽，这是和封建统治阶级要求"正襟危坐"，以表示他们的威严分不开的。

（九）明清园林

明清园林特别善于利用具有浓厚的民族风格的各种建筑物，如亭、台、楼、阁、廊、榭、轩、舫、馆、桥等，配以自然的水、石、花、木等组成体现各种情趣的园景。以常见的亭、廊、桥为例，它们所构成的艺术形象和艺术境界都是独具匠心的。明末清初苏州古典园林设计最为著名的是拙政园、留园、狮子林、沧浪亭和网师园。

假山是园景中的重要因素，也是表现我国古代园林风格的最重要的手法之一。明代造园家计成的《园冶》是关于中国传统园林设计的专著，是实践的总结，也是理论的概括。书中主旨是要"相地合宜，构园得体"，要"巧于因借，精在体宜"。

中国古典园林的园景主要是模仿自然，达到明代计成《园冶》里"虽由人作，宛自天开"的艺术境界。中国古典园林是建筑、山池、园艺、绘画、雕刻以至诗文等多种艺术的综合体。

中国古典园林的借景，在《园冶》一书中，总结为五种方法，即"远借、邻借、仰借、俯借、应时而借"。比如现存苏州古典园林中建园历史最早的是沧浪亭，园门外有一清水绕园而过，该园就在这一面不建界墙，而以有漏窗的复廊对外，巧妙地把水之景"借"入园内。

（十）造物宝典：《考工记》

曾被后世奉为经典的《考工记》是中国第一部手工业专著，《考工记》总结了我国古代各种工艺制作的科学经验，最可贵的是它第一次提出了朴素的工艺观："天有时，地有气，材有美，工有巧，合此四者，然后可以为良。"这不仅在当时是一个较为系统的理论总结，即使在今天仍然可以作为工艺制作的基本法则。《考工记》也载有："都城九里见方，每边辟三门，纵横各九条道路，南北道路宽九条车轨，东面为祖庙，西面为社稷坛，前面是朝廷公室，后面是市场与居民区。"

中国古代的设计艺术虽然取得了重大成就，但由于传统文化并不重视实用艺术，在义利之辨、道器之辨中，都是标举前者而轻视后者，因而导致科学技术长期处于停滞不前的状态，而与科学技术密切联系在一起的设计艺术也因此受到阻碍。

二、外国设计艺术

如果说中国设计文化的高峰是在古代，那么西方的设计文化高峰则出现在近代，并至今引领世界潮流，因而对西方设计文化的回顾就从近代的设计改革运动开始。

（一）英国工艺美术运动

1851年，为了炫耀英国工业进步，英国伦敦举办了19世纪最著名的设计展览——水晶宫博览会。水晶宫的设计采用了玻璃和铁架结构，博览会对设计理念产生了根本影响，各国的思想争论对设计界形成强大冲击。终于在19世纪下半叶的英国引发了一场工艺美术运动。

英国工艺美术运动的价值在于它对现代主义设计运动的前驱作用与启迪意义。工艺美术运动主张美术家从事设计，反对"纯艺术"。另外，工艺美术运动的设计强调"师承自然"，忠实于材料和使用目的，从而创造出了一些朴素适用的作品。工艺美术运动的先天局限是将手工艺推向了工业化的对立面，这一观念无疑违背了历史发展的潮流，由此使英国设计走了弯路，它导致英国成为最早工业化和最早意识到设计重要性的国家，但却未能率先建立起现代工业设计体系。代表人物是威廉·莫里斯。

（二）新艺术运动

法国设计师萨穆尔·宾（Samuel Bing）于1895年在巴黎开设计事务所"新艺术之家"，决心改变产品设计现状。他们推崇艺术与技术紧密结合的设计，推崇精工制作的手工艺，要求设计、制作出的产品美观实用，力求创造一种新的时代风格。在形式设计上他们主张"回归自然"，以植物、花卉和昆虫等自然事物作为装饰图案的素材，但又不完全写实，多以象征有机形态的抽象曲线作为装饰纹样，呈现出错综复杂、富于动感韵律、细腻而优雅

的审美情趣。在1900年的巴黎国际博览会上，法国设计师的精美作品引起世界广泛关注，在欧美各国引起广泛响应，并使"新艺术之家"的名称不胫而走，故以"新艺术"命名其运动。

吉马德（Hector Guimard）是法国新艺术运动的代表人物。法国新艺术运动受到唯美主义象征主义的影响，追求华丽、典雅的装饰效果。吉马德最有影响的作品是他为巴黎地铁所作的设计，所有地铁栏杆、灯柱和扶柱全采用起伏卷曲的植物纹样。这些设计赋予了新艺术最有名的戏称——"地铁风格"。

维克多·荷塔（Victor Horta）是比利时新艺术运动的大师，荷塔是一位建筑师，他在建筑与室内设计中经常使用葡萄蔓般相互缠绕和螺旋扭曲的线条，这种线条被称为"比利时线条"或"鞭线"，它起伏有力，并成为了比利时新艺术的代表性特征。

西班牙新艺术运动以建筑师安东尼奥·高迪（Antonio Gaudí i Cornet）为代表，他吸取了东方风格与哥特式建筑的结构特点，并结合自然形式，以浪漫主义的幻想，将极力软化的曲线趣味渗透到三度空间的建筑中去，巴塞罗那的米拉公寓是一个典范。他以浪漫主义的幻想，极力使塑形艺术渗透到三度空间的建筑之中去，与比利时的新艺术运动有异曲同工之妙。

查尔斯·麦金托什（Charles Rennie Mackintosh）被公认为新艺术在英国的杰出人物，在英国19世纪后期独树一帜。1896年以他为首成立了"格拉斯哥四人"的设计小组，麦金托什设计了格拉斯哥艺术学校及室内陈设，获得极大成功。这座建筑的外观带有新哥特式的简练、垂直的线条，体现出植物生长垂直向上的活力。麦金托什设计的大量家具、餐具和其他家用产品都具有高直的风格，世界闻名的高靠椅就极具代表性。

（三）装饰艺术运动

装饰艺术运动是于1920年在巴黎首次出现的。装饰艺术风格是一种明确的现代风格，它从各种源泉中吸取了灵魂，包括新艺术、俄罗斯芭蕾、美洲印第安艺术。

装饰艺术运动传入美国，与美国大众文化相融

合，发展成为独具特色的"爵士摩登"风格。它豪华、夸张、迷人怪诞，主要表现在建筑设计和产品设计两方面。在建筑设计上，一系列的大型建筑物都是艺术装饰风格的产物，如克莱斯勒大厦等，这些建筑一方面采用了金属、玻璃等新兴材料，一方面采用了金字塔形的台阶式构图和放射线条来处理装饰。

（四）构成主义

构成主义是"一战"前后俄罗斯的一个先锋艺术流派。构成派艺术家力图表现新材料的空间结构形式，雕塑家塔特林（Vladimin Tatlin）是构成派最重要的代表，构成主义最有名的作品当属塔特林创作于1919年的《第三国际纪念塔》。按照设计，这座塔高400米，比法国的埃菲尔铁塔还要高。纪念塔完全采用钢铁作为主要的结构材料，造型上简洁的螺旋上升的几何形状，表达了一种坚定向上的政治信念。

（五）风格派

风格派是活跃于1917~1931年间以荷兰为中心的一场国际艺术运动。1917年10月，一批荷兰的设计师和艺术家发行了一本叫"风格"的杂志，风格派由此得名。这个组织以范·杜斯堡（Theo van Doesburg）为领导，风格派认为艺术应该用几何形象的构图和抽象的语言来表现宇宙的基本法则——和谐，在建筑、产品、室内等设计领域，风格派都使用着一种和谐的几何秩序来进行艺术创作，这种抽象的倾向，对后来的艺术和设计有着持久的影响。风格派艺术以一种几何和精确的方式表达了人类精神支配变幻莫测的大自然的胜利，以及寓美于纯粹与简朴之中的思想。里特韦尔（Gerrit Rietveld）的"红蓝椅"（图5-13）揭示了风格运动运动的哲学精髓，他的"红蓝椅"、"柏林椅"和茶几成为现代设计史上的经典之作。

（六）包豪斯

包豪斯一词为德语Bauhaus的音译，意为"房屋之家"。创始人是格罗皮乌斯（Walter Gropius），包豪斯学校由魏玛艺术学校和工艺学校合并而成，其目的是培养新型设计人才。包豪斯是一间设计学校，开设有纺织、陶

图5-13　红蓝椅_里特维尔德（荷兰）

瓷、金工、玻璃、印刷等科目。包豪斯在设计理论上，提出了三个基本观点：艺术与技术的统一；设计的目的是人而不是产品；设计必须遵循自然与客观的法则。这些观点对于设计的发展起到了积极作用，使现代设计逐步由理想主义走向现代主义。包豪斯的重要贡献之一就是开创了"基础课程"的教育——三大构成。包豪斯的设计教育产生了深远的影响，其课程结构与教学方式成了世界许多学校设计教育的参照系统，包豪斯的思想在相当长的时期内被奉为现代主义的经典。

（七）流线型设计

流线型原是空气动力学名词，用来描述表面圆滑、线条流畅的物体形状，这种形状减少物体在高速运动时的风阻。但在工业设计中，它却成了一种象征速度和时代精神的造型语言，冰箱、汽车的设计都受到其影响。这种外形能够符合空气动力学的原理，呈现出一种流线型，在运动中能够得到更大的速度。流线型设计最早是用在20世纪交通技术上，如轮船、飞机、汽车，以此来解决高速运动中的流体动力和气体动力性能。它不仅运用于功能改进上，还用在家居产品上，从电熨斗、电冰

箱乃至所有的家用电器，都采用了这种表面光滑、线条流畅的形式，这些产品对消费者具有更大的吸引力。不少流线型设计完全是由于它的象征意义，而非功能的形式，这些产品对消费者具有更大的吸引力。

20世纪70年代中期，德国设计界出现了一些对抗功能主义的设计师，他们希望通过更加自由的造型来增加设计的趣味性。被人称为"设计奇才"的科拉尼（Luigi Colani）就是这一时期对抗功能主义倾向最有争议的设计师之一。科拉尼出生于德国柏林，早年在柏林学习雕塑，后到巴黎学习空气动力学。在科拉尼的许多设计方案中，他都用空气动力学和仿生学知识表现出强烈的造型意识。

（八）美国的现代主义设计

现代主义随着"包豪斯"的一些重要成员迁入美国而在美国产生了重要影响。在美国本土的设计师中，罗维（Raymond Loeway）、兰德（Paul Rand）无疑最具影响力。

罗维是美国最重要的设计师，被认为是美国工业设计的重要奠基者。1935年为西尔斯百货公司设计的"冷点"电冰箱，外形简单、明快，奠定了现代电冰箱的基础。他从事工业产品设计、包装设计及平面设计（特别是企业形象设计），参与的项目达数千个，从可口可乐的瓶子直到美国宇航局的"空中实验室"计划，从香烟盒到"空军一号"飞机的内舱，所设计的内容极为广泛，代表了第一代美国工业设计师那种无所不为的特点，并取得了惊人的商业效益。罗维曾被肯尼迪总统委任为国家宇航局的设计顾问，从事有关宇宙飞船内部设计、宇航服设计及有关飞行心理方面的研究工作。在宁静的太空，如何使宇航员在座舱内感到舒适、方便，并减少孤独感，这是工业设计的一个新课题。罗维对此进行了深入研究，提出了一套航天工业设计的体系与方法，并取得了巨大的成功。

1934年罗维为宾夕法尼亚铁路公司设计的K45/S-1型机车是一件典型的流线型作品，车头采用了纺锤状造型，不但减少了1/3的风阻，而且给人一种高速运动的现代感。

罗维在20世纪30年代开始设计火车头、汽车、轮船等交通工具，引入了流线型特征，从而引发了流线风格。罗维一生有无数殊荣，在美国《生活》周刊列举的"形成美国的一百件大事"中，罗维1929年在纽约开设计师事务所被列为第87件，可见其影响之大。1949年，罗维成为第一个出现在《生活》周刊封面上的设计师。

兰德作为当今美国乃至世界上最杰出的图形设计师暨设计教育家之一，1929~1932年就学于纽约普拉特设计学院。半个多世纪以来，他在视觉设计方面的建树和前卫精神对整个图形设计领域而言，影响巨大而深远。兰德的设计实践领域极广，包括广告、杂志的艺术设计、书籍装帧及插图、字体设计、包装设计等。他多次获得由各种专业组织颁发的大奖，包括数枚"纽约艺术家协会"金奖，还被授予英国"荣誉皇家设计师"头衔。他曾受聘为美国许多著名大公司的设计师或设计顾问，其中包括美国广播公司、IBM公司、西屋电气公司等。他为这些公司所设计的企业标志，已成为家喻户晓的经典之作。

（九）高技术风格

"高技术风格"（High-Tech）是与新现代主义平行发展的另一种工业设计风格。高技术风格在设计中采用高新技术，在美学上力求表现新技术。高技术风格直接表现当时以机械为代表的技术特征。"二战"后初期，不少电子产品模仿"游击队"风格，即军用通信机器风格，以表现战争中发展起来的电子技术。"高技术"风格的发展与20世纪50年代末以电子工业为代表的高科技迅速发展是分不开的。建筑师皮阿诺（Renzo Piano）和罗杰斯（Richard George Rogers）于1976年在巴黎建成的"蓬皮杜国家艺术与文化中心"是其中最为轰动的作品。

（十）波普设计

波普（Pop）设计出现于20世纪50年代，又称为流行艺术、通俗艺术、新达达主义，代表着流行与大众化的品位。它的鼎盛时期是20世纪60年代，主要活动中心在英国和美国。它代表着20世纪60年代工业设计追求形式上的异化及娱乐化的表现主义倾向，反映了战后成长起来的青年一代的社会与文化价值观，力图表现自我，追求标新立异的心理。波普风格在不同国家有不同的形式，如美国电话公司就采用了美国最流行的米老鼠形象设计电话机，意大利的波普设计则体现出软雕塑的特点，如把沙发设计成嘴唇状，或做成一只大手套的样式。

（十一）后现代主义

后现代（Post-modernism）是指在反抗现代主义方法论的一场运动，它在文学、哲学、批评理论、建筑及设计领域中得广泛的体现。后现代主义体现于建筑界，而后迅速波及其他设计领域。后现代主义最早的宣言是美国建筑师文丘里（Robert Venturi）于1966年出版的《建筑的复杂性与矛盾性》一书。文丘里的建筑理论"少就是乏味"的口号与现代主义"少就是多"的信条针锋相对。他鼓吹一种杂论的、复杂的、含混的、折中的、象征主义和历史主义的建筑，他把后现代主义的主要特征归结为三点，即文脉主义、隐喻主义和装饰主义。查尔斯·穆尔（Charles Moore）设计的新奥尔良意大利广场是后现代主义建筑设计思想的典型体现。

后现代主义在设计界最有影响的组织是1980年12月于意大利成立的"孟斐斯"（Memphis）设计师集团。孟斐斯原是埃及的一个古城，也是美国一个以摇滚乐而著名的城市。设计集团以此为名含有将传统文明与流行文化相结合的意思。

"孟斐斯"最初由著名设计师索特萨斯（Ettore Sottsass）和其他7名年轻的设计师组成，后来设计队伍和影响逐渐扩大，成为具有世界影响的设计集团。（图5-14）。

（十二）斯堪的纳维亚设计

斯堪的纳维亚的设计将简洁与实用的设计思想与功能主义融为一体，使手工艺传统与新的严谨的理性主义并行，创造了自己的鲜明特色。它体现了斯堪的纳维亚国家多样化的文化、政治、语言、传统的融合，以及对自然材料的欣赏等。因为环境因素的影响，它将现代主义设计思想与传统的设计文化相结合，既注意产品的实用功

图5-14　孟斐斯书架

能，又强调设计中的人文因素，避免过于刻板和严酷的几何形式，从而产生了一种富于"人情味"的现代设计文化，因而受到人们的普遍欢迎。一批优秀的设计大师功不可没，如汉宁森（Poul henningsen）、克兰特、阿尔托（Alvar Aalto）等。

阿尔托是芬兰著名工业设计师、建筑师。1921～1925年间在瑞典、芬兰等地从事建筑、规划、室内设计、家具、灯具、染织、玻璃以及展示设计等工作，1923年，他研究和从事使木头弯曲的实验。这项实验促成了他后来的革命性的椅子设计。1929年，与他人合办了他第一次完整的、为斯堪的纳维亚设计的现代家具展。他最著名的建筑设计是他在土库的家，这被看做是斯堪的纳维亚现代主义的第一个代表。在选择压薄的木头与胶合板作为他设计的主要选材后，他与土库附近家具厂的技术指导奥托一起研究薄木板的结合以及胶合板成型的局限性。这些研究导致了他最具技术革命性的设计——41号和31号椅子。他利用薄面坚硬但又能热弯成型的胶合板来生产轻巧、舒适、紧凑的现代家具，已成为国际

上驰名的芬兰产品。它的设计含有芬兰设计文化的显著特征，如皱叶甘蓝花瓶。这个花瓶的设计是他受到了芬兰峡湾海岸线的启发而创作的，他的产品设计有一种温馨、人文的情调。

汉宁森是丹麦著名设计师，汉宁森的成名作是他于1924年设计的多片灯罩灯具，这件作品于1925年在巴黎国际博览会上展出，并获得好评，这种灯具后来发展成极为成功的PH系列灯具，至今畅销不衰。这正体现了斯堪的纳维亚设计的特色。PH灯具的重要特征是：所有光线必须经过一次反射才能达到工作面，以获得柔和、均匀的照明效果，并避免清晰的阴影；无论从任何角度均不能看到光源，以免眩光刺激眼睛；对白炽灯光谱进行补偿，以获得适宜的光色；减弱灯罩边沿的亮度，并允许部分光线溢出，以防止灯具与黑暗背景形成过大反差，造成眼睛不适。PH灯具的优美造型正是这些特点的直接反映。

雅各布森（Arne Jacobsen）是丹麦著名设计师，他的三个经典的椅子设计，世界闻名，即1952年为诺沃公司设计的"蚁"椅，1958年为斯堪的纳维亚航空公司旅馆设计的"天鹅"椅和"蛋"椅。这三种椅子均是用热压胶合板整体成型的。

西方近代以来的设计艺术发展，与工业化的进程、商业的普及、新技术和新材料的出现密不可分，它摆脱了传统的手工艺局限，而逐渐转为对机器美学的认可，在技术和艺术、实用和美之间建立起了联系，为生活艺术化、艺术生活化作出了可贵的探索。

思考练习

● 思考题
在产品技术功能不断强劲的同时，曾给人们留下了怎样的惨痛教训？

● 练习题
怎样才能使技术产品真正地实现与使用者的匹配关系？

相关链接

● 延伸阅读
1. 《世界现代设计史》 王受之 中国青年出版社
2. 《艺术美学》 黄海澄 中国轻工业出版社

第六章
设计的艺术美与技术美

要点提示

○ **学习目的**

通过对艺术美概念的论述、艺术美发展历程的阐述和艺术美地位的阐述,来说明艺术美的形式,为后面的专业学习打下基础。

通过对技术美概念的论述和技术美发展历程的介绍,从而提出技术美的核心。

○ **学习重点**

掌握艺术美的概念、艺术美的发展历程、艺术美的形式以及技术美的概念、技术美的发展历程和技术美的核心。

○ **学习难点**

掌握艺术美的形式与技术美的核心。

○ **参考课时**

8课时

第一节
艺术美

艺术美的创造与欣赏是人类审美活动的重要形式。美是艺术的属性,然而艺术美究竟是由哪些因素构成的? 有人认为,艺术美只是艺术形式的美,而与内容没有关系。这是一种形式主义的观点。有的人把艺术美与艺术性等同起来。这种看法不仅考虑到艺术美的形式,也考虑到艺术的内容美,即真实美。然而真正的艺术美却远远不止上面所提到的。

艺术是一个十分宽泛的概念,人们可以把历史上出于完全不同目的而制作的东西当成艺术品,不论是图腾标志或实用的陶瓷器皿,还是服装用品或建筑遗迹。当一件物品的实用功能已经消失,它的审美价值和精神内涵就成为人们关注的中心,人们便可以把它放到艺术博物馆中供人们观摩和欣赏。然而本书所要描述的艺术,并非艺术领域纯粹的艺术,而是应用于设计的艺术,体现设计美感的艺术。它所表现出来的美是设计作品中所蕴涵的艺术美,是一种人文精神、文化内涵、艺术美感与技术美感相统一的重要课题。

一、艺术美的概念

设计的艺术美是针对设计中所蕴涵的艺术美而产生的美学范畴概念。

艺术美是指各种艺术作品所具有并且显现于世人面前的美。而设计的艺术美则只是各种设计作品中所体现出的艺术气息、文化内涵和能够触动人们心灵的形式的综合的美。如中国家具设计大师朱小杰先生的设计作

品(图6-1、图6-2)。其作品传承明式家具雅、精、简、硬的艺术精髓,利用明清时期江南文人开创的玫瑰椅为原型,在500年后的今天,艺术的形式穿越时空的隧道,再一次展现在我们面前。空灵的结构、古朴而又现代的造型、优雅的材料、精细的工艺以及江南文人那种脱俗、潇

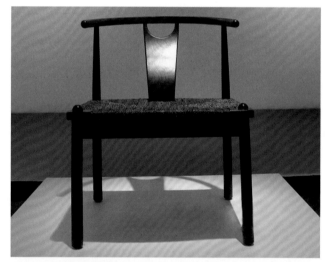

图6-1 朱小杰设计的家具之一

图6-2 朱小杰设计的家具之二

洒的气质都在其中得以体现。这就是设计中的艺术美，是集材料、工艺、技术、文化于一体的美。

二、艺术美的发展历程

设计既是艺术的，又是科学的一部分，设计是科学、技术与艺术有机统一的交叉学科。从艺术和设计的历史渊源来看，两者本是同源的，都是造物文化分合聚散所致。艺术与设计之间的紧密关系是不言而喻的。但是，艺术从设计中分离出来走上独立发展道路后，就形成了不同指向的研究体系。

艺术从设计中分离出来之后，形成了独立的学科，为艺术学，是研究纯粹艺术的学科范畴。而设计则依然是一个综合性研究与发展的学科，也依然包括艺术美的研究。下面以设计的艺术美形成的过程为线索，窥探一下艺术美与设计的无限纠葛。

上古时代，人们把凡是含有技巧与思考的活动及具体器物的制作都当做"艺术"或"技艺"。那些在今天看来应该划入技术范畴的活动，诸如制陶、铸造、纺织、巫术占卜等本领，都被看成是艺术活动，尽管这些活动中还有较强的技术因素，而且是出于实用目的，丝毫未影响先人们对艺术的理解。这个时代，艺术主要不是指那些以形象反映生活、表现感情的精神生产活动，而是指制造实用品的物质生产活动。这时期的艺术还是建立于技术基础之上。

然而，随着古希腊、古埃及、古代中国等一系列文明古国的诞生，形成了各自的文明和传统。由于科学技术的进步，人类对自然的认识越来越清楚，产生了唯心主义、唯物主义等哲学学派。在西方，欧洲大地经历了文艺复兴运动，这个时期出现了达·芬奇（Leonardo da Vinci）、拉斐尔（Raffaèllo Sanzio）等一批杰出的艺术家。正是在西方文艺复兴之际，人们才分开艺术与工艺。18世纪中叶美学运动以后，艺术真正地获得了美学意义，艺术被界定为"美的艺术"，至此，艺术的内涵发生了质的变化。从原本的技术变为真正的美学艺术。

18世纪又经历了工业革命的爆发。工业革命爆发后，人们对于技术和艺术的理解，经历了一段左右摇摆的混沌时期。一方面追求机械批量生产的高效率，另一方面因机械生产出的东西不如手工产品精致而不满，导致现代设计正式诞生。此时，以威廉·莫里斯、罗斯金等为代表的思想家掀起了工艺美术运动，开始注意艺术工业问题。到以法国和比利时为中心的"新艺术运动"的兴起，直至包豪斯学院兴起的现代主义和先进的后现代主义设计思潮的流行，一步一步更加关注历史人文和艺术个性风格，实践美学更加关注产品技术艺术与结构艺术的应用。自此，设计的艺术美的概念正式在人们心中确立。

三、艺术美的地位

如今，生活是丰富多样的，丰富的生活离不开设计师的设计，为了追求更舒适的生活环境，产生了室内设计师、园林设计师、家具设计师以及建筑设计师；为了追求生活中使用工具的便利性和人性化，产生了产品设计师；为了追求视觉的冲击性或舒适性，产生了平面设计师。如此种种，人们总是认为设计是一门时尚、艺术的事情，其实设计是一种很复杂、很大众的艺术形式，它源于生活。艺术美也源于人们对生活的深入体验。设计现在已经在各个方面融入了人们的生活，让人们感受到设计的无穷魅力。

各种风格、样式和领域的设计充斥着人们的生活，衣食住行都被设计重重包围。然而，在纷繁的设计海洋中，什么样的设计才受大众欢迎，什么样的设计才更具美感呢？艺术美在所有的设计美的属性中又处于什么样的地位？

20世纪30年代，英国美学家赫伯特·里德（Herbert Read）总结了德国"包豪斯"的经验，对现代工业设计中技术与艺术的结合、对艺术美在产品审美中的地位阐述了新的观点。他从艺术的构成因素出发，把艺术分为两类，一类是人文主义艺术，具有再现性和具象性；另一种是抽象艺术，即非具象的诉诸直觉的。他认为，工业艺术的美就在于这种抽象性因素中。对产品形式的选择，首先从功能出发，然而当功能相近形式却可以不同时，艺术美的判断就开始起作用了。过去人们把装饰本身作为艺术。其实产品本身不需要装饰也可以成为"艺术品"，即产品通过抽象而使人产生审美感受。但是，在现今追求美感的社会中，形式美、功能美、技术美、材质美和艺术美缺一不可。然而，艺术美是所有美的综合体现，没有形式、功能、技术和材质体现出的美，也就不能产生所谓的艺术美。

而今，面对产品艺术美的要求，在功能主义刚刚兴起之时，人们曾经对艺术装饰深恶痛绝，功能决定形式，合理的功能一定会有合理的形式，几乎成为功能主义设计风格遵循的准则。密斯·凡·德·罗（Ludwig Mies van der Rohe）少则多的理论就是典型的功能主义代表。虽然功能主义在历史上风行一时，但最终因其冷漠、机械而被人们舍弃。所谓的功能主义风格无法满足不同人群的消费需要。取而代之的是多样化的装饰，更具人文和艺术气息风格。

随着人们对国际功能主义风格的厌倦，到了60年代，设计师们推出了"波普设计"（Pop Design），满足大众的审美趣味，追求雅俗共赏的目的。色彩与装饰因此被重新运用。并且在70年代里兴起了多种"后现代主义"风格，反对国际主义设计的单调形式。后现代主义设计是对现代主义设计的挑战，是对现代主义、国际主义设计的一种装饰性的发展，反对设计中的国际主义、极少主义风格，主张以装饰手法达到视觉上的审美愉悦，注重消费者心理的满足。在设计上大量运用了各种历史装饰符号，但又不是简单的复古，采取的是折中的手法，把传统的文化脉络与现代设计结合起来，开创了装饰艺术的新阶段。

从本质上讲，后现代主义设计并非对现代主义设计进行推翻与否定，而是在肯定其实用功能因素的基础上，在形式上赋予其人格化、情感化的装饰效果。后现代主义设计理论的权威、美国评论家、建筑家和作家查尔斯·詹克斯（Charles Jencks）自己也说：后现代主义是现

代主义加上一些什么别的。

后现代主义设计中采用大量历史风格，比如哥特式、巴洛克式。从古典到文艺复兴，无所不包，进行装饰符号的挪用，戏谑、调侃、夸张和象征的描述，以多种历史风格的整合拼接达到装饰化的效果，它是折中主义的，许多作品都反映了这种特征。比如查尔斯·穆尔设计的美国新奥尔良的意大利广场等。

装饰在后现代主义设计中的复兴，很大程度上是为了摆脱严肃的、冷漠的、单调的现代主义与国际主义设计风格带来的压抑。最早在建筑上提出明确的后现代主张的美国建筑师罗伯特·文丘里认为，现代主义、国际主义风格是丑陋的、平庸的，对于"少即多"的教条，他诙谐地将其改为"少即厌烦"。1969年，文丘里利用历史建筑符号，用戏谑的方法设计了在宾夕法尼亚的胡桃山的"文丘里住宅"，是具有完整后现代主义特征的最早建筑。

在产品设计领域，意大利的索特萨斯等人组成的"孟斐斯"设计小组成为代表，设计作品造型独特、色彩艳丽，具有装饰化、波普化和娱乐化的特点。后现代主义设计的显著的特点在于其历史主义、装饰主义、折中主义和娱乐性。这些手法的运用适应了人们各方面需要，使人们在视觉与心理上都逐渐扫除了对工业产品中因现代主义、国际主义风格造成的理性与冷漠的感觉。意大利孟斐斯集团的设计师索特萨斯说过，设计应该是对生活方式的设计。确实，未来的设计本质上就是对生活方式的设计，而适宜的装饰正是设计美好的生活方式的重要手段，是以"宜饰而饰"达到"宜人"的目标，它会让人们走向艺术化、充满诗意的生活。

通过设计艺术的发展历史，可以看出，装饰在现代设计中是艺术化的重要途径，也是人们为了实现艺术美的方式。艺术美在现代设计中的重要地位可见一斑。

四、艺术美的形式

在绘画中，有画得像与不像之分，有写实和抽象之别。纯粹的艺术也有真实和抽象两个领域。所以，设计中体

现出的艺术美也通过真实美和抽象美两种形式表现出来。

（一）真实美

真实美是指艺术、设计方案创作过程中，作品在反映生活本质、体现特定思想内容时，所达到的真实与深刻程度的美感。有人把艺术上的"真"说成是客观世界本身。这显然是不正确的。"真"只存在于对事物的认识、表现、模拟等关系中，离开这些关系，原本的物质世界也就不具有"真"的属性。艺术上的"真"指的是价值论意义上的"真"，即艺术作品描写或表现了现实社会生活中的真实的而不是虚假的正负价值、价值关系、价值理想及其引发的感情，不论它是否取材于现实生活，采取现实或虚幻的形式，只要体现世间的善恶美丑，都可以说是设计艺术上的"真"，其本质上也就是价值的"真"。

衡量一个作品是否具有真实性，要看其所反映的社会生活是否符合生活本质及其规律，看其作品中是否体现了历史发展的大方向，看其作品是否能代表大多数人的需求、感情、生活和利益。它指的是艺术真实而非生活真实，即设计师通过，或者说揭示了社会矛盾、生活中的问题、时代精神和文化中的某些本质的方面。仅仅机械地、照相式地复写现实生活也并不一定就能获得艺术的真实。中国古代的陶器纹样都是真实生活的写照，反映真实生活的真实美。如图6-3所示，为新石器时代晚期马家窑文化的舞蹈纹彩陶盆。舞蹈纹充分反映了当时人们的生活状态，通过人们欢快的舞姿，可以看出那个时代人们生活得悠然自得，或许是丰收后的喜悦，感情饱满真实。这就是艺术真实美的体现。

设计的真实性借鉴了文学艺术中真实性的概念，同时，又不同于文学、美术、音乐等纯艺术中的真实。在文学艺术作品真实性上，起主导作用的是作家、艺术家的世界观，而艺术设计的真实性更多地体现在它的客观性上。文学艺术中的真实不是简单的、机械的真实生活，而是一种主观真实，文学艺术作品是否符合客观事物的本来形态并不重要，关键是艺术形象是否真实地反映出社会生活的某些本质方面，是否传达出作者的主观

图6-3 舞蹈纹彩陶盆

感受，以及这个主观感受是否真实。正如画家齐白石所说，在"似与不似"之间。而艺术设计的真实是建立在文学艺术中真实性表达的基础上的进一步细化，它以形式为主要内容，通过艺术设计作品形式与设计意图、材质及作品的意义三方面之间的统一性达到设计作品的真实，体现出艺术的真实美。

要体现设计的真实性，首先要达到设计意图与作品形式的统一。其中设计意图包括设计作品的使用功能和设计师自身设计意图的准确表达两个方面。而这一结果的实现必须通过艺术设计作品的形式表达出来。功能与形式是一个相对的范畴，一个合理地表达了内在结构或适当地表现了功能的形式应当是一个美的形式，如原始社会，刀、刮、削器等工具功能结构的完善是与对称、光洁的形式联系在一起的，这种建立在实用、合理甚至是典型结构上的功能形式，不仅因为好即善而美，它在自身形式上也具有美的形式要素。从美与功能的相互关系而言，只要真实而完善地表达了结构和功能的形式，没有虚饰，又充分考虑到人的合理性要求，无论形式处于什么样的层次，都可以说是一种美的形式，或具有美感的形式，这也是设计真实美的主要特征。

设计作品首先要符合历史发展的大方向，通过形式特征反映特定时代的生活、科学、技术，以及大多数人的

思想、感情、立场和利益。另一方面，艺术设计的真实性还体现在设计师能否准确地采用各种元素通过视觉语言进行真实的主观意图的表达。如菲利浦·斯塔克（phillipe starck）设计的蜘蛛榨汁机就典型地体现了设计师为个性化设计的意图。再如现代巨大的军舰船只、航天飞机都是极为实用的功能结构，其形式又使人感到美，是一种高度的技术美，合理的功能美。因此在设计领域内，合理的功能形式是一个美的形式，它是"用"与"美"的统一体，或"用"与"美"的特质结合统一的具体表现。因此，设计的真实美拥有很强的功利性，设计要充分符合生活需求、真实解决人们生活问题。

（二）抽象美

为了给包豪斯学院为代表的工业设计运动提供理论支持，赫伯特·里德写了《艺术与工业——工业设计原理》一书，他从构成中分析归纳出两类艺术，一类是人文主义艺术，另一类是抽象艺术。抽象艺术具有非具象性和具象性的特点，体现了艺术美的规律。在这里，里德把工业产品的审美性归结为形式美。他没有认识到，以实用为前提的工业制品的审美价值不能在单纯的形式美中去寻找和发现。此外，他还完全否定了工业制品中某些外加装饰的意义，摒弃了产品可能存在的一切人文主义要素以及对人情味的追求。

事实上，并不是任何作品都是通过客观现实生活中的真实美表现艺术美的，艺术的对象并不只限于美的事物，而是广阔的自然和社会人生。把产品的美单纯归结为一种抽象艺术也是不恰当的。但是，抽象美与真实美整体构成了完整的艺术美。那些以现实中其他事物为描写对象的作品，也可以是美的，但它的艺术美并不来源于普遍的生活现象，这就涉及艺术真实美的另一个方面——抽象美。具象美和抽象美，是人们在认识客观世界过程中的两种不同美感。抽象美往往从具象形式中发展、演化而来，并常常与具象美结合在一起。

我国早期的抽象美表现，可以追溯到半坡文化陶器上的鱼纹几何图案（图6-4）。在西方美术史上，独立的抽象因素从"后期印象派"作品开始出现。沃林格

图6-4 人面鱼纹彩陶盆

（Wilhelm Worringer）提出"抽象与移情作用"说，认为原始美术和东方美术是从抽象冲动出发的，其风格特征在于空间效果被压抑，超越对象世界而表现单一形态。康定斯基（Wassily Wasilyevich Kandinsky）等发起抽象主义绘画，主张艺术创作可以离开可视的客观现实，以抽象的造型语言如点、线、面、色彩等表现艺术家主观情感和内心世界。如泰山的桃花溪的形象、色彩是美的，同时潺潺流水所产生的曲线也能给人韵律美感。这是由于感受方法的不同而对同一事物产生不同的美感，一是被事物的外观形态吸引，一是为事物所蕴涵的精神状态感动。但是无论用何种方式感受，所获得的体验都是来自于客观事物的。

何谓抽象？抽象一词通常是指人类思维活动的过程，即将事物表象因素舍弃和将本质因素抽取出来并上升到理念形态的过程。作为抽象美的抽象并非是虚无缥缈的单纯理念，如果仅是理念的想象，"美"也就无从谈起。抽象美不表现具象形态的信息，也不表现事物的外在形态之美，它所表达的是客观存在的某种特性对人类精神世界的影响。

纯粹的形态要素所组成的画面，能给人以新鲜的美感，这可以从开创纯抽象绘画一派的康定斯基的描述中找到论据："有一天已是快到黄昏的时候，从野外写生回来，脑中却仍在思考绘画，这时突然被眼前看到的一幅为内在的光辉所照又无比美妙的画而震惊，在画面上只

看到彩色和形状，却不知画的是什么。当最初震惊过去之后，仔细一看原来那是自己的画，只是横着靠在墙上而已。第二天在白天的光线下，再仔细看那幅画，可就没有头一天那么迷人的力量了，那所画的对象是什么。那非常美丽的眩感，色彩的光辉，形状的新鲜感都已消失。"康定斯基从真实体验中觉察到了抽象绘画和具象绘画的不同，抽象的绘画可以给人们带来一种新奇的美感（图6-5），从而开辟造型艺术的新天地，把视觉艺术引向新的精神世界。

在丰富的精神世界中有很多东西是具象形态所无法充分表现的，但却能在抽象形式中得到很好的体现。例如，热情奔放的情感，冷静而理智的思维，以及在二度空间中突破时空的局限等。正如中世纪阿拉伯的伊本·西拿（Ibn Sīnā）认为的那样，感悟是人类认识真主和世界的一种最高能力。因此，除去外壳的抽象概念才是知识的最高形式，因为人的精神目光应从"粗糙"的物质显示、从一些具象的事物和现象上移开，去追求抽象的精神表达。伊斯兰艺术之所以能够把几何纹样发挥到极致，正是这种崇尚抽象思维智慧的结果。由此不难理解阿拉伯书法在装饰艺术中担当的重要角色。伊斯兰教不仅视书法为智慧的象征，更是真主圣意的象征，在装饰空间嵌入《古兰经》经文、圣训或箴言，与信徒无碍地交流，书法几乎成了真主的替身。而在视觉上，这种宗教符号式的书法因素的楔入，进一步强化了设计艺术的抽象特征。与其他艺术形式一样，抽象艺术也有其不足——它不能表现重大的题材。但是作为反映人类对客观世界的审美感受的一种方式，只要其确实能够带给受众以美的感受，无疑会受到人们的喜爱。

抽象美能激起审美感受，有助于拓展艺术表现领域和表现手段的多样化，它留给人们的印象是广阔而又朦胧的，能使人联想、体味、补充，从而使人们在有限的艺术空间里获得无限的艺术享受。

现代抽象艺术产生于20世纪初。机械化大生产的发展，高科技产品源源不断地流入普通家庭，改变着人们的生活方式、价值和审美观念。机械化生产的现代设计

图6-5　康定斯基的抽象画

中的抽象美特点及科学技术的进步，使产品形象更为简洁，但简洁并不意味着单调，其所表达的视觉感受则更为丰富多彩。这一切促使绘画、雕塑等艺术去寻找与变化了的社会环境相适应的新的表现形式。由此艺术界进入了一个大变动的时期，在这时期，大部分抽象派画家的创作态度是严肃、有所发现、有所创造的，并非单纯地为新而新。虽然其中难免夹杂着一些创作态度不严谨的画家，创作了一些单纯为了视觉刺激而胡乱涂抹的作品，但绝大多数作品健康向上，并为大多数人所接受。康定斯基起初也是一位写实的画家，他从1910年开始抽象绘画的探索。他用强烈的原色、具有速度感的线条画出充满激情的作品，他认为色彩和形象应表现画家内在的感情，那是潜在精神的必然产物，是一种内在美。另一位抽象派的代表人物是蒙德里安，他的作品表现为形态分析的单纯化结构和秩序，是一种几何学的抽象美感，显示了近乎极致的理智美。

就现代设计而言，由于受到康定斯基思想的影响等原因，更注重精神的描绘和表现理性化的美感，因而它的视觉语言和抽象艺术在很多方面是一致的。对于产品设计而言，虽然其形态受到功能、结构、材料、工艺等方面的限制，但还是有其相对独立的外在形式之美。只要与上述各方面相适应，其外观形态的体量、线型、材质、色彩的表现力就足以表现一定的形式美感和精神美感。现代建筑也是如此，弗兰克·劳埃德·赖特（Frank

Lloyd Wright）设计的美国宾夕法尼亚州乡间的流水别墅，横缝毛石墙和悬壁光面阳台之对比统一，长方形体的厚薄、高低、上下、进退错落，构成生动活泼的效果。更为成功的是把整个别墅十分大胆地架在瀑布之上，使之动静结合，别有一番情趣。他的另一作品纽约古根海姆博物馆（图6-6），主体是六层螺旋形向下逐层收缩、层高渐变之圆塔。不仅新颖美观，而且能满足博物馆之功能要求。博物馆原名"非物体绘画博物馆"，其中的"非物体"是强调馆藏绘画作品的抽象性。建筑设计很好地配合了这种抽象美的内涵，给人留下深刻印象。

现代艺术设计要求简洁明确，往往采取一系列假定手法，删繁就简，突出重点，把不同比例、不同环境的事物组合在一起，并运用抽象手法，启发人们的想象。因此，它要求构思奇特、构图概括集中、形象简练夸张，要以鲜明生动的色彩强烈渲染所要表现的事物，赋予作品更广泛的涵义并使人们在有限的形象中产生更丰富、更深刻的联想。

绘画、雕塑作品的存在依赖于其审美价值的体现，设计作品则偏重于其实用价值。一方面，对于外在美感，不同的地区、不同的文化观念、不同教育程度的人有不同的要求，设计者要满足多层次的审美需要。另一方面，无论什么样的设计，总是依赖于时代的科学技术和物质生产的进步。

设计作品的形象应具创造性，如何创造美的形象？这要抽取构成形态的各基本要素进行重新组合，形成具有抽象意味的形象。无论是自然还是人造形态，都是如此。必须说明的是，这种创造并不是也不可能是脱离客观世界的主观臆想，它依赖于客观形象，只是不直接运用写实手法表现，而是抽出客观事物的精神内涵，以形态要素构成新的形象。

各形态之间或形体之间的组合，会表现出一定的形式美感——节奏与韵律、对比与协调、尺度与比例、统一与变化等。但形式美不是现代设计的审美价值的全部，更为重要的是，以形态要素构成的表现力能给人诸多抽象的美感，这种美感更为深刻且更为丰富。之所以

论述抽象形态的表现，是因为现代设计的大部分作品都是以抽象形式表现的。

五、小结

现代设计已成为现代生活的一部分，种类繁多且意义巨大。不但在人们物质生活领域起着重要的作用，在精神生活方面，其审美意义丝毫不比绘画、音乐、电影等其他艺术形式逊色。必须进一步重视设计在精神领域的作用，从而改变我国设计形式单调、产品面目雷同的现状。现代人类生活在大量人造形态的包围之中，不断地被这些人造形态的形色刺激着，人们也在不断寻求将内心的感情表现在人造形态中的形式，从而进一步改善人类的生存环境。

总之，抽象美的艺术表现形式，在现代艺术设计中被广泛运用，随着科技的发展，这种艺术表现形式将会更加完善，为丰富人们的物质和文化生活，提高人们的审美情趣，起到越来越重要的作用。

图6-6 纽约古根海姆博物馆

第二节
技术美

随着人类社会的高速发展,科学技术研究的成果不断转化为实用的技术,手工业生产自工业革命开始,逐步被机器生产所取代。从手工业向机器生产的转变,就迫切需要设计者对技术的了解,并突破传统的思维方式,用符合机器生产时代要求的方式,把产品本身的美表现出来。工艺美术运动、新艺术运动、装饰主义等一系列的设计思潮的探索,归根结底是人们不满机械制造所造成的产品缺乏美感、粗烂不堪,产品不能表达出技术的优越和特长。这就迫切要求人们把审美引入技术活动中,用"美"的尺度,去衡量产品效用的功能与精神功能、实用价值与审美价值相互统一的深度。于是技术美就作为人类审美创造的内容之一,进入了设计美学研究领域。

一、技术美概述

技术美是人在生产劳动中体现出来的劳动技能美。就设计来看,技术美是一个发展的概念范畴。在我们看来,若是想讲清技术美的概念,我们应从以下两个方面来界定技术,然后再研究它的特性。

现代设计已经发展为融合高科技的新型设计方式,设计方案的实现绝大多数都依靠高科技技术来实现,或者是需要在内部设计中融合高科技,增加产品的技术含量。例如世界时尚电子消费品苹果电脑(图6-7),其产品的设计应用各项尖端科技,使其产品在时尚电子消费品中特立独行,独树一帜,整体来说就是对技

图6-7 苹果电脑

术的炫耀。

技术是指工业生产中运用的先进的科学手段,所从事的有明确目的的劳作。正如竹内敏雄(Takeuchi Toshio)所述:"按照技术对象本身的特性,技术美是以最富于代表性的形态加以实现的,因此,仍然是巧妙地用物质性很强的材料而制作出可以作为'物体'存在的技术、所谓的工程技术。"即界定技术应考量技术是与生产性方式同时存在的,依据这一尺度,技术可分为生产技术,产品技术和操作技术。生产技术是为生产某一产品所需的技术的总体,它主要处理原料、工具和设计三者的关系。它旨在追求最低成本实现最高功能。产品技术是指产品的性能,这是生产技术在产品中的体现,它影响着消费者对产品的趣味和爱好。操作技术是指产品的使用技术。操作方便、安全、舒适是评价它的标准。现代技术美就是依据这一审美标准不断改进设计,让设计更充分地大众化。更直观的说法,设计美就是把能够为

人类带来生活、工作便利的高科技，应用一个简洁、直观、易用、友好的外观呈现出来。如现代社会的遥控器、手机、电话、汽车、飞机等都是技术美的结晶。

二、技术美的发展历程

自从人类在地球上诞生，人们就通过自身的聪明才智改造自己的生活环境，提高生活质量，由此产生了最原始的技术。而那时的技术也是人类最本能的创造，通过技术的提高来追求生活物品的美感和使用的舒适度。只是那个时期人们没有形成技术创造美感的概念。因为，在人类产生到工业革命爆发这段漫长的岁月中，人们都是依靠手工生产来满足创造，没有批量化的概念。尤其是在资本主义社会没有形成之前，人们的生活都是自给自足的生活方式，一切都只是服务个人，没有形成市场规模化和生产批量化。直至工业革命的爆发，改变了人类对技术的应用和对技术的高要求。

工业革命又称产业革命，指资本主义工业化的早期历程，即资本主义生产完成了从工场手工业向机器大工业过渡的阶段。是以机器生产逐步取代手工劳动，以大规模工厂化生产取代个体工场手工生产的一场生产与科技革命，后来又扩充到其他行业。这一演变过程叫做工业革命。工业革命在1750年左右已经开始，但直到1830年，它还没有真正蓬勃地展开。工业革命发源于英格兰中部地区。18世纪，纺织机的出现，标志着工业革命在英国乃至世界的爆发。18世纪中叶，英国人瓦特（James Watt）改良蒸汽机之后，由一系列技术革命引起了从手工劳动向动力机器生产转变的重大飞跃。随后传播到英格兰进而到整个欧洲大陆，19世纪传播到北美地区，后来，工业革命传播到世界各国。英国首先进行工业革命的原因主要是因为资产阶级在英国的统治。其次，英国通过圈地运动，聚集了大量劳动力，多年的海外贸易和殖民扩张，为英国积累了原始资本和提供了广阔的原料地，更有先进的技术和经验。这是后来的法国、德国等国都无法比的。然而，随着市场需求的增大，手工生产已无

法满足需求，于是，爆发了一场机器生产革命。

伴随着工业革命隆隆的机器声，人们开始以审视的目光关注使用机器大批量制造出来的日常生活用品，发现了日常生活中关于"美"的问题。随着工业革命的爆发，机械生产作为世界主流生产工具，为了追求"美"的问题，在西方酝酿了工艺美术运动、新艺术运动、装饰主义运动，都是在探讨手工业产品的技术美和机械生产的技术美的对立和统一问题。于是乎，从审美的角度研究和探讨人类行为、日用器物以及生产生活环境，并从中寻找规律，开始纳入到美学家、设计师的思考范畴。工业革命时期典型思想代表有罗斯金、莫里斯等。他们思想的产生，就代表着所谓的现代设计美学技术美的开始。于是，技术美的概念逐渐确立——用技术生产活动所创造出来的产品，它所具有的美称为技术美。

整个世界的高速发展，科学技术越来越先进，能够为人类提供生活、工作等方面极大便利的技术也越来越多。人类逐渐意识到技术美对人类生活的质量提高的重要性。就此，现代设计美学中的技术美正式进入现代设计研究范畴。

三、技术美的审美

任何美的东西都需要人们去发现，正确的审美观对美的发现和表现有着至关重要的作用。每种审美观背后都有着自己身后的哲学和文化底蕴。综观人类社会的发展和文明的形成与传承，得出现代社会审美观。中国对于技术美的发展早在春秋时期就开始萌芽。伴随着春秋时期，中国文化百家争鸣的繁荣局面，出现了儒家、道家、墨家、法家等不同思想体系的学派。这些学派对中国后世的思想和发展有着深远的影响。儒家的兼收并蓄、仁爱天下，道家的天人合一、墨家的机械技术化和法家的依法治国等对中国的审美有着不可忽视的关系。西方的工业革命从另一个角度来审视了技术美。

"技术美"的概念产生于工业时代，而有人就以为"技术美"就是指机械工业技术产生的"美"，那是片

面的、狭隘的。难道说，工业革命之前的人类造物活动和生活中就不存在 "技术"和"技术美"了吗？在工业革命之前，手工技术创造的器物和生产、生活环境也具有其美感，而它们的一些设计思想尤其是中国传统造物观念对于认识工业设计中的技术美和理解什么样的技术美更符合工业设计还是有一定的指导作用的。

"质"——产品技术美的功能要求实用。《论语·雍也》中，子曰："质胜文则野，文胜质则史。文质彬彬，然后君子。"这段话是孔子用来讲人的修养要文采和本质，形式和内容完美统一，才可成 "君子"。这一理论用于器物的制作中，"质"对应于器物的功能，而"文"则指器物的形式。而对于器物的功能问题，著名思想家韩非子通过一段非常生动的对话进行了阐述。堂溪公问昭候说："现在有千金之贵的玉卮，是通的，没有底，可以盛水吗？"昭候说："不可以。""另外有一个瓦罐，不漏，可以盛水吗？"昭候说："可以。"于是堂溪公说："瓦罐是非常便宜的东西，但不漏就可以盛酒。而价值千金的玉卮虽为至贵，却漏，不能盛水，又怎么可盛酒呢？"由此对话可见，在古代，器物的功能是所要解决的首要问题，尤其在物质条件不甚富足的状态下，功能尤为重要，因为产品功能是人们生存和发展的物质基础和依托。不具有实用功能的物品，由于不能为人类提供克服自然困难的基本价值，而失去存在的可能，也就没有技术美可言。

工业时代背景下生产的产品，首先也是要有用的——实用，也就是它要具备基本的功能，帮助人们解决生活中的各种问题，从而达到自由生产、生活、生存的状态。这种功能是以有利作用为价值基础，并非凭空附加于产品，用来取悦消费者的手段。例如，汽车轮胎（图6-8）上的花纹，无论如何变化，都是以增加轮子与地面的摩擦，在使轮子适应速度提高的同时，保证行驶的安全性，进而达到其力量和安全的功效之美。如果真的在轮胎上雕龙画凤，极尽纹饰之美，那其后果是可想而知的。因此，"物尽其用"，可以说是造物对于技术美在功能方面提出的基本要求。

功能是个整体概念，它的体现实际上是构成整体的各个部件共同发挥作用所产生的效应。只有当部件和部件之间和谐，器物的功能美才能有所体现。这也是设计对技术美在功能方面的第二个要求。构成器物功能的各部件必须有机组合。《考工记》中关于木构车马的主要部件轮、盖、舆、辀的设计规范和制作工艺以及检验车轮质量的记载，足以说明整体功能的产生与各部件（结构）之间和谐美的关系。对于工业设计，每个构件与产品整体之间的关系也是如此。例如，现代交通工具汽车、飞机等产品，一个小小的螺丝的问题都会引起整体功能作用的发挥（图6-9）。因此技术美的产生，才能使"物尽其用"。那么"物尽其用"就是技术美的实现了吗？不尽然。器物具备基本功效作用并不能说其具有技术美。简单说，当一个器物不漏可以盛水，但是当人用其饮水时，对其外在的形式和制作的材料工艺就有了不同的要求。只有满足了人类在饮水时的方便，以及精神的愉悦，才会产生"美"的感觉。正如《考工记》中制作合度的车舟要求，弯曲适度而无断纹，顺木理无裂纹，配合人马进退自如，纵使终日驰骋，马也不会疲倦而伤到马蹄，人也不会因长时间在车上而磨破衣服。

"文"——产品技术美的形式要求美观。关于"文"，韩非子有一则《买椟还珠》的故事非常经典。在这则大家耳熟能详的故事中，韩非子指出了卖珠楚人的错误在于"怀其文而忘其质，以文害用也"。意思是说只注重表面装饰，而忘记内容实质，是以外表的装饰破坏了用途，违背了"文质相一"的原则。在古代有"买椟还珠"，然而在现在中国社会中，中秋月饼的礼品盒更是夸夸其谈，远远脱离了月饼的实质（图6-10）。过分华而不实的东西，是社会浮躁的表现，值得我们深思。

中国传统思想中的"形神兼备"影响了设计思想，要求器物的制造，强调兼养人的肉体和精神两个方面，达到"体舒神怡" 的双重效能。这个审美原则可以说是和"文质相一"相通的。这一传统思想对于理解工业设计中产品功能与外观形式之间的关系是非常有帮助的。把实用产品的美完全归结于外观形式是肤浅的，但如果完全无视外观形式的作用也是片面的。形式美与

图6-8 汽车轮胎

图6-9 汽车内部结构

图6-10 月饼包装盒

产品的功能并不注定互相排斥，它们完全可以是相辅相成的。正如，同样是汽车，家用汽车的外观与消防车的外观，则根据其功能而有所不同。但消防车并非只有功能，而不注重外观形式感，只要把消防车外观纵向发展的图片比较一下，就很容易发现其外观形式的变化。但是，需要强调的是无论产品外观形式怎么变，都应该服从于产品整体功能的设计。产品的装饰应该有助于增强产品的整体功能。这是产品外观设计的最重要的原则。在这一点上，《考工记》又提供了一个古老而完美的典范——"梓人为笋虡"。梓人为木工，"笋虡"为乐器的支架，基中横梁为"笋虡"。在制作时常在笋虡上以动物形象作为装饰。"梓人为笋虡"讲的是如何根据各种不同乐器所发出声响的不同特点，选择不同的动物形象来装饰"笋虡"，从而更能衬托和表现这种乐器的声响，增加音乐的感染力。而乐器架上的装饰物，不是孤立的、无生命的东西，而是与乐器融于一体的。乐器发出的声音就像大自然中不同动物发出的声音。这样，"笋虡"的功能就有了延伸，外观造型的美观与实用达到了完美的统一。就像消防车无论造型、外观如何变化，都得更有利于"消防"这一功能，或是在符合功能的基础上加强外观的美，同时能为产品和环境设计的整体美增色不少（图6-11）。正所谓达到"赏心悦目"和"神怡"的状态，外在形式的功劳不可抹杀。而且产品外观的设计，还有助于增强产品的个性和人情味。这也符合目前人们对工业设计

产品审美的需求。在满足实用与审美之后的产品，是否就是完全达到"技术美"的境界呢？产品或器物的实用功能与审美价值的实现都必须经过产品或器物的材料质地及其加工工艺的表现，并不能单独存在。因此，材料与加工工艺的完美结合也是要达到技术美的一部分。

"天有时，地有气，材有美，工有巧，合此四者，然后可以为良。"源自我国最早的一部工艺学著作《考工记》。"天时"、"地气"是来自大自然方面客观因素的制约，而"材美"、"工巧"则是来自主体方面主观因素的作用。这两方面因素的决定性直接体现在器物制作过程。《考工记》认为天时气候、地理因素的变化会影响器物的质量。由于"天时"、"地气"是不会依赖人的意志为转移的自然规律。很容易理解此点，南方把精美的竹制品带到北方时，没多久，就会开裂、破损无法复原。因此人只有在顺应"天时"、"地气"的前提条件下，才会更好地与生产、生活的环境相协调，利用"材美"与"工巧"制造出精良的器物。具体到某一器物制作，又涉及合理地选材和用材。"材美"的原则包含一些适应自然的要求，而"工巧"就更多的是对人的创造才能和工艺技术的肯定。如果不顺应"天时"、"地气"，不了解材料的性质，技术不够精湛，对于所产出的器物来说，最终只能是次品、废品。这无疑是对资源、人力、财富的浪费，也很有可能对人类自身造成伤害。因而，工业设计产品的生产使用的手段和材料的经济，至少不损害相应制成品的

图6-11 消防车

功能价值和质量,这是实用美的起码条件。经济作为审美设计优化标准之一,一方面是要求设计的产品非常简洁、灵巧、恰当和耐用,用最小的物质消耗获得最大的效益,尽可能减少一切不必要的浪费;另一方面,是要求设计必须尽可能符合人体工程学的要求,使人在生产和生活中,尽量减少能耗,缓解疲惫,增加舒适,以达"体舒神怡"之境界。

　　和合——工业设计对技术美的要求,即实用、美观、经济的统一。"和合"一词,"和"为和谐、和睦;"合"为结合、联合。"和合"连用,不仅代表不同质的要素联系构成的整体系统,更体现为是中国古代文化的一种思想理念。"和合"的思想广泛影响中国古代社会的技术、艺术、行为方式、心理等领域,成为中国传统文化与思想体系的重要组成部分,同时,也对现代工业设计具有令人感叹的启示。正如实用、美观、经济作为不同要素经过"和合"而构成了产品的整体技术美。片面强调其中的一个要素,而排斥另外两个要素,都对产品的整体美有必然的损伤。只有实用、美观、经济三者的和谐统一,才能使产品在满足功能需要的基础上,对人的内心产生"美"的触动,达到"文质彬彬"的同时,而对自然环境与人类生存规律无所伤害。这对于解决当今地球资源紧张、环境污染严重、人类内心浮躁膨胀等问题也应该是有所益的。正是实用、美观、经济的"和合"才使得工业设计产品的技术美在满足人类生理快感时有所超越,达

到精神上的享受,从而营造了人、物、自然的和谐状态。例如中国近年来流行的家电下乡、家具下乡活动,就是为了追求实用、经济、美观的统一。以前的家电、家具满足了使用、美观的条件,但是不经济,广大劳动人民在价格面前不得不望而却步。家电下乡、家具下乡正是实现产品经济的有效途径。(图6-12、图6-13)。

四、技术美的核心

　　从对技术的界定中,我们可以看出技术美既是工业生产的表现,又反映着人类的精神文化,现在我们来探讨技术美的特性。技术美是物质产品所表现出来的美的形态,它的价值体现直接与产品的功能和目的紧密相连。换而言之,产品的形式往往是其本身功能的体现,其形式的发展、更新换代总是沿着从功能向形式转化的路线。技术则是实现形式和功能的首要因素。由于功能决定了形式,所以技术美的核心就是功能美。

　　从人类造物的发展史来看,史前人类对石器的加工和创造,都是根据他们在日常生存过程中必须需要的功能而设计,在一步一步的探索中,人们逐步对技术创造的功能有了深刻的认识。如石斧(图6-14)是人们为了能够更好地耕种、切割野兽的肉体等功能的需求而创造出来的能够完成这些功能的技术。如轴向对称的箭镞和矛头可以平稳地射出,因为其轴向对称决定了工具的重量均衡和用力的均衡,从而满足箭镞和矛头平稳射出的功能需求。如果箭镞和矛头没有这样的功能要求,那么也不会产生轴向对称的箭镞样式(图6-15)。

　　众所周知,绝大多数的陶器和后世的瓷器的基本造型都是圆形,这并不是因为圆形具有毕达哥拉斯所称道

图6-12 家具下乡产品

图6-13 家电下乡产品

图6-14 石斧

图6-15 箭镞

的那种先天的美,而是因为圆形能够以最小的圆周构成最大的容积,最节省用料也便于旋转加工。

产品首先是按照其功能的要求来选择形式和造型的,如电话机的功能决定了它必须具备拨号、讲话、听声音、接受信号的功能,从而其形式无论如何变化都脱离不了功能的束缚,而这些功能正是技术美的体现。有些产品最初被研发者开发出来时,还没有合适的表现形式来表现自身的功能,往往就借用与已有的功能相类似或相近的产品形式,如最早的汽车就是根据马车的形式创造出来的(图6-16)。虽然20世纪后,世界各国相继开始生产汽车,汽车也改变了原来马车的样式(图6-17),但其功能依然没有变化,所有的技术美都是在体现其功能的过程中而实现的。由此可见,技术美的核心为功能美,技术为功能而服务,功能因技术而实现。

技术美是劳动者对劳动技能的充分占有。技术美体现着生产者对劳动技能的娴熟程度,他们在劳动技能中并不感到受物所役,而是从劳动条件中获得相对独立的解放,体现着对劳动规律的全面把握。这是长期劳动中培养出来的职业敏感,由于长期的经验积累,劳动者能灵敏地操作劳动工具,从中获得相对的愉快和轻松感,体现出生产劳动的一定自由度。这种劳动技能在不同的职业中,在不同的生产劳动过程中不同,虽然劳动者所表现的职业技能千姿百态,但是所体现出来的美学特征道理是一致的。英国作家爱德华·鲁西·史密斯(Edward Luxi Smith)在《工业设计史》一书中谈到这点。他说:"工业设计师所创造的东西不仅应当根据设想的意图运作,而且还必须清楚地表达它们的功能,也就是说,产品必须会说某种视觉语言,任何能使用它的人都能懂得它。"功能和意图都是设计的目的,设计本身就

是要符合规律和目的性,劳动技能同样必须合于规律和目的。人的心灵手巧的自由度始终在条件、规律、界限中施展,这是技术美的核心。所以技术美的自由度是相对的自由,而不是无条件的自由。

技术美是功能美的体现。这是设计者对材料、结构、形式、色彩、符号等占有,所创造出来的和谐化的结果,是这些综合因素在生产过程和产品上的具体表现。虽然功能不是美,但是功能的完善能服务于人的需要,满足人的实用效能,所以功能也体现着美的特征。功能之所以能达到这样的效果,重要的原因还是技术的因素决定的,因为它里面更多地凝结着人的聪明才智,功能美是形式美和谐化的有力体现。张帆先生在谈到这点时作过这样的说明。功能与美是不同的价值领域,这两个不同的质融为一体必然含有深刻的含义。

美的形式依附于产品的功能而存在,而不允许离开功能先入为主,随心所欲地追求与功能相悖的纯粹形式美。功能不是根源于它的外在形式,而是根源于它的内在的动力性,适用它的特殊使用目的。这就是说,功能美既要解决特殊的使用目的,又是通过形式美的完善体现出来的。技术的要素就是要解决功能的完善而又适用,在符合形式和功能二者的统一中,实现功能的最大体现。人类为了交通的快捷,设计飞机、火车、汽车、轮船,运用不同材料,攻破一系列的技术难关,从而解决速度的问题,虽然造型、结构、原理和材料不同,但是功能的原则是一致的,就是要实现人行走速度的"飞跃"。所以汽车、火车、飞机就尽量减少空气阻力而实现高速,其形体随着内在机件发生的变化而变化。宇宙飞船的外表适用于宇宙飞行的特殊物理功能。流线型的形式适用于汽车和收音机、计算机生产(图6-18),适用是设计技术的基础。流线型设计技术在德国发展很好,美国不加区别地蜂拥模仿,将这一技术用于冰箱,结果效果不良。所以技术美不仅仅要外观美观,更重要的是形式要适用,不适用,就不是技术美。它就不是技术美的属性。勒·柯布西耶说:"设计如不符合功能目的,一看就在使用上不方便,那不管怎样讲究外观美,加以细部

图6-16 早期的汽车

图6-17 现代的汽车

图6-18 流线型电脑

的装饰，看起来也不会是美的。"美学家帕克（De Witt Henry Parker）在论述建筑与工业美时说："你不能把一座桥梁或一座教堂的美还原为尺寸或精巧的比例之类同功用毫无关系的因素，任何先入为主的关于美的纯粹性的观念都不能破坏我们对实用的直观。"张帆先生对这作了一个发挥，他说："功能美是在有用的基础上和功能的主导地位上被确立和被肯定的。离开了功能，在理论上就会陷入形式主义，在实践上会蒙受失败。实践证明，美国功能主义建筑美学家萨里文（Louis Sullivan）的形式因循功能的原则虽有偏颇之处，但它却优于形式主义。前者坚持从技术出发，确保功能，形式随着功能的完善可以从不太美到美，逐步创造出合功能的形式，从而实现功能美；后者不顾功能，一味追求外观形式美则不能创造技术时代的功能美。"

我们强调技术美的功能原则并不是说凡是功能有用就是技术美，同时还要说明在满足功能美的同时，还必须注重形式美。产品设计要有形式，没有形式的产品实际上不存在。产品的功能既有其形式，又有着设计的高低美丑的差别。我们要求在解决功能美的同时，更多地还需关注形式美。正如竹内敏雄所说："飞机、汽车、高速列车、高速轮船具有流线的美丽外观，并且极其高速地运动飞驰前进，不只使它本来的效用受到很高的评价，而且在美的观照上也值得特别地赞赏。"

技术美是个发展的观念，它有着时代的特征。科学技术是日新月异的，人类求知是永远不会停止的。人类对新世界的探索，是实现和满足人的自身需要。这一过程的最为现实的基础是物质产品的满足。随着新科学

的产生，必有新的材料，新的能源，新的工艺连环式产生出来。这样技术美也就有相应的新成分。20世纪60年代，新技术发明使人类社会从机械化时代转向信息时代，新的技术发展产品集中在微电子技术的技术美的探索中，不再满足于机器时代的技术美，这已是明日黄花。新时代所期待的是仿生技术，生物技术，人工智能技术的伟大力量。在尖端工艺中，已经实现了机器人操作，日常生活中，机械人代替人操作也已不是新奇的事情。

人们现在已经很难预见未来技术美会呈现什么样的蓝图美景。在物质生活中，人们不再满足产品单一的功能性，　而是更多地期待技术给人带来更便捷的产品，更多地期待产品给生理、心理、情感、直观愉快的形式张力效果。人们对建筑的关怀不再仅是实用，　还有着环保意识，在室内室外注重造型的趣味性、环境美化、环保意识，人们希望生活得舒适、美观、自然，人坐在家中，日行千里，遥知世界，　办公生活，全在家中。这样技术美就有新的标准和趣味，也正是这种力量，推动着人类设计永远创新，技术美呈现流动性、变化性、丰富性。

五、小结

科学技术是推动社会发展的强大动力，早在19世纪工业技术发展的初期，马克思就有所预见。他指出："自然科学却通过工业日益在实践上进入人的生活、改变人的生活，并为人的解放做好准备。尽管它不得不直接地完成非人化。工业是自然界、因而也是自然科学界跟人

之间的现实的、历史的关系。因此,如果把工业看作人的本质力量的公开展示,那么自然界的属人的本质,或者人的自然的本质,也就可以理解了。"这里马克思说明科学技术作为生产力的职能,将为人的解放提供条件,同时科学技术作为人与自然界的现实的和历史的关系,也是人的本质力量的一种展现,由此也预示了科学技术的审美价值。总之,技术美的研究,具有巨大的现实意义和理论意义。

第一,技术美不仅是当代的一种审美形态,而且也是人类原始的审美形态。从人类原始社会的技术到目前的现代技术的特征中,我们可以看到各个技术层面或阶段都充分展示了原始人类对技术美的审美形态。第二,技术美发展的历程表明,人类技术审美意识始终受科技发展的影响和制约。在建筑方面来说,从低矮建筑到埃菲尔铁塔的落成,就是人类科技发展和审美意识共同发展的标志。第三,和谐之美。技术美强调了实用、经济、美观的统一,包括人与环境、人与社会的可持续协调发展。第四,技术美存在于人们日常生活和劳动之中,通过人对周围环境的改造和应用,可以充分发挥人类的聪明才智,发挥技术美的创造。

思考练习

● 思考题

1. 产品的美与产品的功能目的关系怎样?

2. 艺术美的地位怎样?

● 练习题

1. 艺术美的形式包括哪些?

2. 功能美的意义和内涵是什么?

相关链接

● 延伸阅读

1.《工业设计史》 何人可 北京理工大学出版社

2.《工艺与工业设计》 朱淳 上海书画出版社

3.《视觉思维—审美直觉心理学》 鲁道夫·阿恩海姆 四川人民出版社

4.《抽象艺术论》 陈正雄 清华大学出版社

● 学习网站

1. http://www.baidu.com

2. http://www.163.com

第七章
设计的形式美与功能美

要点提示

○ 学习目的

通过对形式及形式美概念的学习，了解人的形式美的形成，并对形式因素的表现性和情感意蕴
进行具体说明。

通过对美与善之间关系的阐述，以及美感的矛盾二重性的介绍，从而对功能美的意义和内涵
做出具体说明。

○ 学习重点

掌握设计形式美的概念，以及形式美中有关形式因素的表现性与功能美的意义和内涵。

○ 学习难点

掌握形式美中有关形式因素的表现性与功能美的意义和内涵。

○ 参考课时

6课时

第一节
形式美

一、形式美概述

在自然界中也许人们最容易感受到形式美的魅力。在隆冬季节，扑面而来的大雪把纷纷扬扬的雪花洒落在行人的外衣上。当你用显微镜去观察雪花的六角形针状结晶时，你会为它结构的精巧和组合的多样性而叹为观止。雪花晶体的对称性（图7-1）是自然界和谐统一的表现。自然界中的物质运动和结构形态充满了比例、均衡、对称、对比和节奏。色彩更惹人注目，著名服装设计师皮尔·卡丹说，"我喜欢运动色彩，因为色彩在很远的距离就可以为人们所看到。"在盛夏季节，蓝天绿树，如茵的草地，五颜六色的鲜花（图7-2），给人们带来一个色彩斑斓的天地。

对于形式和色彩，我国古代美学认为："人只有形、型之有能，以气为之充，神为之使"。"五色之变，不可胜观也。"（《淮南子·原道训》）指出事物的形式是与生命内容相关联的，君形者，神、气也。正是精神或生命内容才使形式相映生辉的。色彩的幻化更是不可胜数。

毕达哥拉斯学派从宇宙论的视角把一切美归结为数，从审美对象的感性形式上寻找美的特质："一切主体图形中最美的是球形，一切平面图形中最美的是圆形。"在这里，人们已经把形式从不同事物内容的联系中抽象出来，把形式的美作了比较和概括。那么人们是怎样感受到形式美的呢？

任何审美活动都离不开感性形式，这些感性形式是由体、线、面、质地色彩和音响组成的复合体，是一种在空间和时间中可以感性直观的物质存在。当然在语言艺术中也有例外，语言艺术是通过语言媒体间接地构成艺术形象的，它的感性形式只是一种观念中的存在。任何一个审美对象都是由内容与形式组成的统一体，其中审美形式既是审美对象的直观形态，又是审美内容的存在方式。

在哲学史上，形式的概念最初出现在古希腊哲学中，留基伯（Leucippos）和德谟克里特提出了物质构成的原子论，他们认为元素之间的区别有三种：即形状、秩序、位置。其后，柏拉图提出了"理念说"。这里的理念

图7-1 雪花的对称性

图7-2 鲜花

即含有形式的意思,柏拉图把它看做是具体事物的共性、概念,是永恒的、绝对的存在。他把世界分为现象世界和理念世界,认为前者只是后者的影子和模本。他没有把形式与内容联系起来,而是把形式与具体事务相区分。到亚里士多德则提出了质料与形式这样一对范畴。他所指的质料是构成世界的一切事物的最基本东西,而形式是指一事物之所以成为这一事物的东西。质料是基质,是潜在的东西,而形式是事物的本性和现实。但他又认为先于质料的形式是推动一切事物发展的动力。"内容与形式"这一对范畴,是黑格尔在《逻辑学》中明确提出的,由此使这对概念有了准确的规定。

在现实中,任何事物都是内容和形式的统一体。内容是指事物的全体组成部分,即其特性、类型和结构。同一事物,从不同的角度,既可能被看做内容,又可能被看做是形式。如思想既是反映客观现实的观念形式,同时又是神经生理过程的内容。杜威(John Dewey)认为:就某些素质和价值的表现力来说,颜色是内容,但如果用于表达精巧、鲜明、艳丽,它便是形式了。总之,事物的内容和形式是构成事物不可分割的两种要素,形式是内容向形式的转化,并且是体现着内容的形式,而内容又是形式向内容的转化,是以一定形式表现出来的内容。

形状是简单的一种形式,它是由事物的轮廓线形成的。由于物体的运动和方向变化,可以使同一形状产生不同的形式。一条瀑布看上去好像从岩石上垂下来的水帘,但实际上在半空中并不存在某种固定的水帘,是由水的流动造成的,只有运动才使我们看到一种持续的形状,这就是运动的形式。空间取向的不同,也会使统一形状获得相异的形式感受。如一个正方形,按照垂直和水平的方向取向,看上去是静止、稳定和简化的。但若将正方形旋转45°,就会变成一个正方菱形,它的对角线就变成了中心轴线,使左右两个直角等腰三角形沿中心轴线对称。由于它的平衡立足于一个点,各边是倾斜的,因而富于动感。著名建筑家贝聿铭设计的香山饭店便运用了这

图7-3 香山饭店

种正方菱形构成墙体上的窗形。(图7-3)

审美形式是指审美对象的感性形式,也就是说,作为感觉对象的形状、质地、色彩,以及构成某种空间秩序的相互关系和外在形象。对于审美形式的特点,齐美尔曼指出:"一切材料,只要是同质的,也就是说能够进入形式之中,就唯有通过某种形式才能给人以快感或不快感。美学所研究的正是这些形式。"[1]这里指出了作为审美的形式具有的两种特质:其一是材料的同质性,其二是对审美感受的激发作用。所谓材料的同质性,是说只有节奏、旋律等音响形式才能进入音乐的同质媒介中,而色彩、明暗等视觉形式并不能进入音乐中去,只能进入绘画等视觉媒介中。审美形式的同质性反映了媒介性质在兼容范围上的单一性。审美的激发作用在于,审美形式可以传达出一定的观念和情感意蕴。

人对形式的知觉和感受在人的不同行为方式中是

---

① 鲍桑葵.美学史.北京:商务印书馆,1985.

图7-4 史前绘画

图7-5 中国画_齐白石

图7-6 现代画

不同的。日常生活中人们首先是从实践态度出发,对于所看到的各种形状、轮廓、色彩和运动,往往并非当做一种独立的映像来看待,而是作为辨认事物的一种依据或符号。人们的眼睛学会了用一种极其经济的方式观看那些对其有用的东西,一旦分辨出它们是什么之后,便不再进一步做更多的观察和玩味,不太注意它们在色彩和光影上的变化以及形式在不同视角给人的感受。只有当人们采取审美的态度,才能摆脱日常的习惯,而专注于对形式的观察,并把注意力集中在视觉映像给人的感觉经验上。

此外,对审美形式的知觉感受也存在个体之间的差异。无论哪两个人在观赏同一景致时,所看到的不会完全一样。因为他们各自会根据自己的个性和习惯来选择和观察某些具有细微差别的方面。由于他们的动机、知识结构、文化素养和心境不同,对事物的理解和想象也完全不同,造成知觉的不同选择、组织和侧重。

人对审美形式的把握必然包含某种知觉的抽象,即忽略了一些感觉因素而强调另一些感觉因素。例如你到商店去选购服装,当你选中一种比较适宜的款式,但又感觉它的颜色不太理想,要换一件款式相似而颜色不同的服装时,就意味着你已经很自然地把款式从服装的实际物象中抽象了出来。在史前绘画、中国画以及现代画中(图7-4、图7-5、图7-6),其表现形式都包含相当多的抽象性质。这些形式的产生并不是经过概念的思考提炼出来的,而是在记忆表象和创造意象的基础上形成的。这是由于人的知觉首先侧重于对整体关系的把握。

人的知觉存在抽象能力并不能表明人类审美活动是从感受和欣赏抽象的形式美开始的。在原始思维中,正如列维·布留尔(Lvy Bruhl)所指出的,原始人以为物体的本性是由它的形状获得的,所以形状与物体是不可分割的。这种思想一直延续到古希腊,这就是把形式同时看做是事物本性的思想根源。因此,人类最初的审美活动总是把事物的完整视觉形象与事物本身的性质联系在一起的,把这种形象作为事物本身的一种反映。

形式美是指事物的形式因素本身的结构关系所产生的审美价值。形式美的形态特征很多,其中最基本的一种是多样统一即和谐,它体现了形式结构的秩序化作为一种形式美的法则,它恰好与自然规律相吻合。但是,这种吻合并不是形式美具有审美价值的直接原因,因为审美价值的存在是以主体需要为依据,以人的审美感觉为前提的。多样统一不是一种孤立和凝固的结构原理,它具体表现为各种不同的形态,它们作为审美存在是相对的和有条件的。

二、人的形式感的形成

形式美是事物形式因素的自身结构所蕴涵的审美价值。人的心理为什么与这些形式因素在情感上产生契合和共鸣呢?完形心理学认为,这是由于人的心理结构与外在形式异质同构形成的。但为什么会产生这种同构,却是完形心理学所无法回答的,这才是人为什么能欣赏形式美的关键。对特定形式产生共鸣,说明人们具有一种形式感,他可以通过对形式因素的感知产生特定的审美经验。形式感构成了人的审美感受的基础,它是人的审美活动的重要心理条件。因此,了解人的形式感的形成原理是认识形式美的本质和根源的前提。

首先以节奏感为例。节奏感是人的形式感中一个重要的组成部分。由于自然界运动的周期性,其中就存在许多节律现象,如日夜的交替、季节的变换等。人的生命运动也存在节律,如心跳和呼吸,它对人的行为具有一定生理上的影响。节奏是一种规则的重复,人们有节奏的行走会比不规则的行走省力得多。在劳动中,通过对工作和活动安排的秩序化,会形成劳动的节奏,他可以减轻人的劳动负担。节奏通过工具与材料的接触产生出音响,为人接受到而进入人的意识之中。劳动的节奏不仅取决于人的呼吸、体力的强弱等生理特点,还与劳动方式和社会条件有关。这是一种意识化和心理化过程,开始是一种行为的习惯,以后变为一种非随意行为,由此也产生了人的自我意识的反作用。但是,这时人对节奏的感知还是与具体劳动过程不可分割地联系着,节奏本身还不能在生活中产生其他独立的功能,也不能在别的方面被普遍地应用。

人对节奏的意识,是怎样从具体的劳动过程中分化出来的呢?在这里需要经过一些中间环节和中介因素。究竟是什么使节奏被人们普遍意识化和情感化的呢?首先,发挥了中介作用的因素是劳动效率的提高和轻松化,它使人对节奏产生出愉悦感受。在史前人的集体性劳动中,往往用“歌唱”作为协调和组织人们之间活动的手段。这种歌曲即劳动号子,是由无意义的声音序列构成的,只是用声音节奏作为运动节奏的引导。它由人们呼吸的共同频率相互联系在一起,由此把时间上的节奏与空间中的运动节奏结合起来。有各种劳动状态的差别而产生的节奏越不同,就越容易使节奏从某一具体劳动的联系中脱离出来。

另一种引起分化的中介便是史前时代的巫术模仿和礼仪。巫术是史前人万物有灵论世界观的体现,同时也是他们进行生产的组织方式。在巫术模仿操演中,人们以想象的目标为对象进行劳动和狩猎的模仿,并且十分严格地按照统一的节奏活动。由此节奏与实际的劳动过程就分离开来了,取得一种感性普遍化的表现形式。通过巫术活动,节奏成为调整和组织集体行动的一种工具,与原来的劳动分开来可以被普遍地加以应用。

节奏最初是劳动过程的组成要素,以后转化为对劳动过程的一种反映,这种转化首先是在巫术活动中形成的。这就使得人对节奏的感受,从劳动过程的轻松化产生的快感,转化为对形式表现的快感。以后随着巫术的逐渐失灵和巫术意识的淡化,便使这种形式感受向审美体验转化。因此,节奏所具有的情感激发作用,最初只是劳动过程的一种“副产品”。只有当节奏脱离具体的劳动,作为一种形式因素用于组织各种生活使之秩序化时,才使节奏变得不仅富于层次和韵律的变化,并且也使人的感受丰富起来。正如亚里士多德所说:“舞蹈者的模仿只用节奏,无需音调,他们借姿态的节奏来模仿各种‘性格’,感受和行动。”[1]

此外,对称和比例所以构成形式美,也与人的活动方式直接相关。首先,在空间的方向性上,所谓长、宽、高这些空间坐标只是随着人的直立行走才产生了不同的意义,它标志着人与动物状态的决定性分离。在生产活动中,凡是出现对称的地方,总是沿垂直轴线左右的对称。这是由于人的躯体左右两侧是对称的,才使得生产活动和工具结构也具有了这种对称性。从科学上看,左右之间并不存在任何区别。只是在人的社会中,左右中间才产生了不同,这与人手的分工及大脑功能分区的确立有一定联系,以至使左右之间含有不同的伦理意义和情感色彩。由对称造成的均衡,使人的注意力在浏览整个物体两侧时感到同样的吸引力。对称的物体有稳定的重心,使人在劳动中易于把握。这些动态感受会逐渐转化为静观感受。

同样,色彩感的形成也经历了从产生于生活实践到

---

①亚里士多德.诗学.北京: 人民文学出版社, 1962.

文化积淀的过程。色彩是人对不同波长光线的感受。由于物体的颜色通常是它反射的光造成的，光源不同就会造成物体颜色的差异。不同明度和彩度的颜色给人以不同的生理感觉，除了冷暖感受之外，还会产生不同的硬度、轻重、强弱和远近的感觉。色彩给人的生理感受，是它产生不同情感效应的基础。色彩的情感效应与人的生活经验直接相关。史前人类最先认识的颜色便是红色，它是血与火的颜色。血是生命的象征，从胎儿坠地到与敌人和野兽的拼杀，都会经受血的洗礼。红色预示着胜利，给人以喜庆的情感体验，但也会给人以恐怖和愤怒、紧张和不安的感觉。

总之，社会生产实践是人的形式感形成的根源，特别是生产方式对人的节奏、韵律和均衡等感受特性具有直接的影响。现代工业造型和现代建筑的反对称、简洁明快与古典主义建筑的对称以及巴洛克、洛可可的烦琐雕饰，正反映了不同时代生产方式和生活方式造成人的审美趣味的差异。此外，在形式感的丰富化和精细化上，艺术对人发挥了独特的培育作用。艺术把丰富的社会生活体验融入到形式因素的结构中，特定民族的习惯、传统和观念印迹都会在形式感的心理内容中得到反映。

三、形式因素的表现性

形式美是对美的形式的知觉抽象和概括。但是，无论如何，形式总是有内容的形式。一般的审美形式是与它所反映的物象的具体内容融合在一起的。艺术正是从审美形式的独特眼光去发现生活和表现生活的。"艺术的情感是创造的情感，这种情感是我们生活在形式的生活中感受的情感。每一形式都不仅是一种静态存在，而且是一种动态力量，一种它自身的动态生命。在艺术品中感受到的光色、质量、重量与在日常生活中对这些东西的感受截然不同。""在艺术中，不仅我们感性经验范围

扩大了，而且使我们对现实的景象和景色的看法也发生了变化，我们用一种新的眼光，用一种活生生的形式媒介来看待现实。"①

早期对审美形式的情感激发作用做出解释的是移情说。德国美学家里普斯（Theodor lipps）认为，知觉所引起的心理活动是注意和理解的延伸，其终点连接着思维活动，造成对事物知觉内容的统觉判断。统觉是指知觉与人已有的知识经验相融合的过程。审美移情是以统觉为前提的。对于审美对象的观照包含两种因素的合成，即感性知觉的内容和主体的统觉活动。移情是直观与情感相互结合的过程。当我们聚精会神地观察对象时，就会把我们的生命体验注入到对象的印象中，使其显示出一定的情感色彩。移情并非观念的联想，而是由人的内模仿和运动感的中介作用产生的。当你看到建筑物中的立柱时，你会将自己承受压力时的动觉感受移至立柱的印象中，从而也把激发的情感投射到对象之中。②

移情说的积极意义在于，它揭示了审美活动具有拟人化的特征，强调了审美知觉反映的主动性和积极性。但是，他把人的审美经验单纯看做是主观精神外射的结果，而看不到产生这种移情作用的客观基础。其实，审美活动中的情感共鸣，是常见的审美心理现象。杜甫的诗句"感时花溅泪，恨别鸟惊心"（《春望》），辛弃疾的"我见青山多妩媚，料青山见我应如是"（《贺新郎》），都表现出这种移情活动。

完形心理学对形式因素的情感表现性所做的解释有一定说服力。形式因素具有表现性的原因在于与人的心理结构的异质同构关系。"韦太默认为，对舞蹈动作的表现性的知觉之所以具有如此强烈的直接性，主要是因为，舞蹈动作的形式因素与它们表现的情绪因素之间，在结构性质上是等同的。"③以舞蹈为例，当要求不同演员分别表演"悲哀"这一主题时，他们的动作具有一致性，都具有缓慢、幅度小、造型呈曲线形式、张力

①卡西尔.语言与神话.北京：三联书店，1988.
②里普斯.论移情作用.‖马奇主编.西方美学史资料选编.上海：上海人民出版社，1987.
③阿恩海姆.艺术与视知觉.北京：中国社会科学出版社，1984.

小、动作的方向很不确定并缺乏自主性。这就是说，悲哀所呈现的心理情绪，其结构式样与上述舞蹈动作的结构式样是相似的。这种用人的内在心理结构与外在事物形式结构的异质同构关系来说明形式表现力和审美共鸣现象是有一定道理的。然而，完形心理学却不能说明这种同构关系产生的根源。实际上，这种同构正是由于人的形式感的形成。

形式美的表现性，其主要特征在于形式因素自身的性格特性。例如，水平直线给人以舒展感，垂直线给人以刚直感。曲线给人以柔和及轻盈感，折线给人以动感和焦虑不安感。线型的不同也体现在不同的建筑风格上：希腊式建筑（图7-7）多用直线，罗马式建筑（图7-8）多用弧线，哥特式建筑（图7-9）则多用带夹角的斜线。

形式美的运用构成了形式法则，它们体现了不同的形式结构的组合特征，可以产生各异的审美效果。

（一）节奏与韵律

节奏是事物在运动中形成的周期性连续过程，它是一种有规则的重复，产生奇异的秩序感。以其表现形式可有强弱之分：强节奏是以相同形式要素的快速重复产生明显的节奏感，给人以强烈印象，但容易引起生硬和单调的感觉；弱节奏则以多种类型的同一形式要素进行间隔性较大的重复，由于形式变化较丰富显得生动活泼。此外，还有等级性节奏和分割线节奏，前者的形式要素在重复时按一定比例缩小，从而对视觉有较强的引导作用而富有趣味，后者则以结构性或装饰性分割线本身的间隔所呈现的密集或疏散、递增或递减而形成节奏感。

韵律最初出现于诗歌领域。德国美学家毕歇尔

（K.Bucher）在《劳动与节奏》一书中指出，古代韵律学的主要形式绝不是诗人随意杜撰的，而是由劳动节奏逐渐变化为诗歌因素的，它是由夯的声音和打击节奏形成的。在原始的劳动歌声中，人的声音只能服从并伴随着劳动的节奏。作为空间关系的韵律则表现为运动形式的节奏性变化，它可以是渐进的、回旋的、放射的或均匀对称的，由此造成一种情感运动的轨迹。谢林曾经把建筑比作凝固的音乐，这便是把建筑在空间中形成的节奏和韵律以音乐在时间过程中所产生的节奏和韵律加以比拟，使人对空间感的体验更加生动和强烈。

（二）比例与尺度

比例构成了事物之间以及事物整体与局部、局部与局部之间的匀称关系。在数学中，比例是表示两个相等的比值关系如a:b=c:d。比例的选择取决于尺度和结构等多种因素。世界上并没有独一无二或一成不变的最佳比例关系。尺度则是一种衡量的标准，人体尺度作为一种参照标准，反映了事物与人的协调关系，涉及对人的生理和心理适应性。在大城市中，如天安门广场等空间环境所依据的是一种社会尺度，它适应于大量人群的活动需要。（图7-10）

古希腊数学家毕达哥拉斯（Pythagoras）首先发现了黄金分割的比例中项，其后欧几里德提出了黄金分割的几何作图法（图7-11）。他将一个边长为1的正方形上下二等分，以其一方的对角线作为幅长，沿等分中点向一边延长，由此形成矩形。其边长便为黄金分割比（Gold Section）1:0.618。黄金分割比与1有特殊的关系，其小数值为0.618。

图7-7 希腊式建筑

图7-8 罗马式建筑

图7-9 哥特式建筑

图7-10 大量人群形成的社会尺度

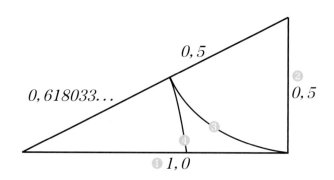

图7-11 黄金分割

13世纪时，意大利数学家斐波纳奇（Fibonacci）还发现具有黄金分割比的整数序列为8、13、21、34、55、89、144。在这一序列中，任何后面一个数均为前面两个数之和，而任何相邻两个数之比均接近0.618。古希腊的神庙建筑、雕塑和陶瓷制品以及中世纪教堂都采用过黄金分割的比例。近代的巴黎埃菲尔铁塔底座与塔身的高度也采用了黄金分割比，现代建筑大师勒·柯布西耶（Le Corbusier）利用黄金分割比构成一种建筑设计的模数。我国数学家华罗庚在推广优先选法时，也提出以0.618作为分割和取舍的根据。此外利用黄金分割比可将黄金分割矩形划分为四个小矩形，它们之间具有最大的变化和统一。

（三）对称与均衡

对称是事物的结构性原理。从自然界到人工事物都存在某种对称性关系。对称是一种变换中的不变性，它使事物在空间坐标和方位的变化中保持某种不变的性质。如人的面部是一种左右的对称，而人在照镜子时在人的形象与映象之间则形成一种镜面的反射对称，它产生左右侧面的互换。一个圆是以一定半径旋转而成，因此构成了一种旋转对称。

均衡则是两个以上要素之间构成的均势状态，或称为平衡。如在大小、轻重、明暗或质地之间构成的平衡感觉。它强化了事物的整体统一性和稳定感。均衡可分为对称的和不对称的，对称表现为中心两侧在质和量上的相同分布，给人以庄重、安定和条理化的感觉；不对称则通过中心两侧的不同质和量的分布造成均衡，给人一种生动活泼和动态的感觉。

（四）对比与协调

对比是对事物之间差异性的表现和不同性质之间的对照，通过不同色彩、质地、明暗和肌理的比较产生鲜明和生动的效果，并形成在整体造型中的焦点。由于差别造成强烈感官刺激，使想象力延伸的趋向造成张力容易引起人们的兴奋和注意，形成趣味中心，使形式获得较强的生命力。对比的形式包括有并置对比和间隔对比：前者是集中排列的，容易产生强烈效果；后者是将两种不同形式要素间隔开一定距离来排列，相互呼应可以产生构图上的装饰效果。

协调则是将对立要素之间调和一致，构成一个完整的整体，如刚柔相济、动静与虚实互补，使不同性质的形式要素联系在一起，给人一种丰富和稳健的审美感受。

（五）变化与统一

变化是由运动造成新形式的呈现，它以渐变的微差形式或序列化形式构成不同的层次。层次是变化的连续性所形成的过渡，可以将两极对立的要素通过变化组合在一起，给人以柔和蕴涵丰富的感觉。

整体的统一性是任何设计构图的基本要求。完形心理认为，知觉总是把对象看做一个统一的整体，从而形成图形和背景的分化。图形是视觉注意中心，而其余的便被排斥到背景中，成为图形的衬托。因此，多样性的统一构成和谐，有其完整之美，给人以强烈的整体感。

第二节
功能美

一、功能美概述

事实上，整个19世纪，甚至20世纪初，设计几乎都与机械化、标准化、大批量生产联系在一起，以理性分析和功能主义为特征，认为"形式跟随功能产生美感"，功能成为设计的核心。尽管功能成为设计核心的原因远比我们上面归纳的要复杂得多，但我们至少可以确定时代审美趣味在关键性的层面引导了这一变化。就当时情境看，"功能"与"美"的结合也势所必然。简而言之，功能美所展示的是物质生产领域中美与善的关系，说明对产品的审美创造总是围绕着社会目的性进化的，从而使产品形式成为产品功能目的性地体现和人的需要层次及发展水准的表征。以上两点使得我们关于功能美的阐述有别于坊间，即从美善之间以及美感的二重性来勘察，包括美善经典理论的现代批判，以及美感理论的条分缕析。当然，功能美亦可从不同的层次进行考察，不同视角的审视只不过是同一事物表现出来的不同表征而已。

二、在美与善之间

在美学观念形成的初期，人们十分注重美与善或审美与实用的联系。早在春秋时代，楚灵王修建了章华之台，与伍举登台评议。楚灵王问伍举："台美夫？"伍举回答说："臣闻国君服宠以为美，安民以为乐，听德以为聪，致远以为明。不闻其以土木之崇高，彤镂为美，而

以金石匏竹之昌大、嚣庶为乐，不闻以观大、视侈、淫色以为明，而以察清浊为聪。"伍举对楚灵王追求奢侈豪华十分不满，所以他没有直接对章华台建筑是否美作出回答，而认为贪图感官享乐、大兴土木、观大、视侈、淫色对于国家和民众来说，并非美事。他接着从美与善的联系上给下了一个定义："夫美也者，上下内外，大小远近，皆无害焉，故曰美。若于目观则美，缩于财用则匮，是聚民利以自封而瘠民也，古美之为。"（《国语·楚语上》）。这就是说，美并不仅仅在于感官的愉悦和视觉形式的感受，还要受制于社会的功利效应和伦理观念。美必须是善的，只有无害于四方才能取得各种社会关系的和谐。

墨子也正是从美与善的关系出发，提出了实用与审美的先后侧重关系："故食必常饱，然后求美；衣必常暖，然后求丽；居必常安，然后求乐。为可长，行可久，先质而后文。"（墨子·佚文）在对人的基本需要的满足上，把生存的物质需要置于优先地位，把审美需要置于其后是理所当然的。韩非子在论及工艺用品实用价值与审美价值的关系时，也把实用放在首位，这些都体现了注重美与善的联系。

无独有偶，古希腊哲学家苏格拉底也是坚持美善统一的观点，以对象的合目的性、适用和恰当作为衡量美的标准。他说："因为任何一件东西如果它能很好地实现它在功能方面的目的，它就同时是善的又是美的，否则它就同时是恶的又是丑的。"然而，内在的善与外在美，功效与审美之间并不能直接等同起来，这一点在苏格拉底

自己的言论中也可以看出。色诺芬在《会饮篇》卷五中曾经记述道：一次苏格拉底拿自己与同席的一位行将接受美貌奖的青年相比较，说他自己更美，更配桂冠之奖。因为效用造成美，像他那样眼睛浮突出来，最有利于看东西；像他那样大鼻孔，舒畅通气，最适合嗅东西；像他那样口深嘴大，最适合饮食和接吻。显而易见，这样一副尊荣即使效用再好，也不会给人以美的感受。

对于美与善、快感、有益、有用恰当等概念的区分，成为柏拉图《大希庇阿斯篇》的主题。文中是以苏格拉底和智者希庇阿斯双方的对话展开的，代表了不同的观点，希庇阿斯是一个功利主义者，而苏格拉底是一个道德主义者。后者在逐一地论辩中指出了美与善、有益、有用、恰当和快感的不同，但仍然未能给美作出一个明确的界定。所以最后的结论是："美是难的。"①柏拉图所理解的美正是古希腊人理解的美。它把形式、色彩、旋律看做美的一部分，同时认为美不仅包含物质对象，也包含心理对象和社会对象，包含着性格和装束、美德和真理。美不仅包含着悦目的和动听的事物，而且包含着一切令人赞赏、欣赏和倾倒的东西。

在美与善之间如何作出区分，美是否具有独立的价值形态和存在依据，是关系到美学是否能够成立的问题。善就物质领域而言是指功利价值，其效用是直接满足人和社会的利益和物质需求；就精神领域而言是指道德价值，它为人们的行为和品质提供良好的范例。美和善不仅具有联系，而且有明显区别，因此两者并不具有统一性。外表美的人可能道德卑劣，而品德高尚的人可能其貌不扬。正如有实际效用的东西不一定美，而外表美的假冒伪劣产品却必定功能效用差。

对美作出全面分析，从而使人能够区分美与善、审美价值与功利价值的第一位哲学家要算康德，在《判断力批判》一书中，他对审美经验的性质从质、量、关系和情状四个方面作出了规定。

首先，就质的特征来说，美不同于功利的快感，它是超功利的，审美不涉及直接的利害感。"那规定鉴赏判断的快感是没有任何利害关系"，"一个关于美的判断，只要夹杂着极少的利害感在里面，就会有偏爱而不是纯粹的欣赏判断了"。②因为审美是对形式的观照，它并不涉及对象的实在，不是对于对象的实际用途存在价值的判断，所以具有超功利的性质。

其次，就量的特征来说，作为审美对象的都是单个的具体事物，审美判断也是一种单称判断。审美活动区别于科学认识的地方在于它不是借助概念进行推理的，因此"美是那不凭借概念而普遍令人愉快的"。这就将审美判断与逻辑判断区别开来。然而这感性的、个别的判断却又具有社会的普遍性。这种普遍性并不是来自概念，而是来自普遍赞同的一种心意状态。这无疑是审美的重要特性，但为什么个体的审美判断会具有社会普遍性的认同，这是康德所无法回答的。

再次，就关系特征来说，审美对象与它的目的之间没有客观联系。这种客观的合目的性的外在表现是它的有用性，内在表现是它的完满性，这两者都不是审美所追求的，因此"美，它的判断只是以一单纯形式的合目的性，即一无目的的合目的性为根据的"。也就是说，审美是一种主观的目的性判断，这种判断不是将外在目的联系于对象，而是将对象联系于主体，使主体从形式从知觉到目的性的存在，美是对象的合目的性的形式。这一点成为中心的规定。

最后，就情状特征而言，审美的快感具有必然性，"美是不依赖概念而被当做一种必然的愉快的对象"。这种必然性体现了人的一种主观范性，来自于一种"共通感"，实际上它取决于人类的审美心理结构。

在上述对美的界定中，康德实际上割裂了形式与内容、概念与对象的联系。为了缓解这种矛盾，它提出了"两种美，即第二种却以这种的一个概念并以按照这

①北大哲学系美学教研室主编.西方美学家论美和美感.北京：商务印书馆，1980.
②柏拉图，文艺对话集，北京：人民文学出版社，1980.

概念的对象底完满性为前提"。他举例说,花是自由的自然美。因为花究竟是什么,除掉植物学家很难有人知道,即使是知道花是植物的生殖器的人,当他对花进行鉴赏时也不会顾及到这种自然的目的。而一个人、一匹马或一座建筑物的美,则是以一个目的的概念为前提的,这概念规定这物应该是什么,因此这些便是附庸美,或称依存美。在现实生活中,这种依存美才是大量存在的,而且更接近于理想美。

康德对美的分析,实际上是对审美经验特性的分析,由此说明美与真和善的区别。由于审美经验是以个体心理形式呈现出来的,在这里他忽视了审美与社会的联系以及个体心理的社会历史形成过程。他对审美的无利害感的强调,往往使人忽视了美的社会功利性。因此,审美经验的这种超功利性和无利害感与美的社会功利性之间的关系,成为近代美学争论中一个新的焦点。

三、美感的矛盾二重性

审美经验即美感,是人们日常生活中大量出现的一种心理现象。"这个环境真美","那个产品造型很有魅力",日常生活中的美正是通过这些审美经验或美感为人所把握。人们的审美感受具有直觉的性质,他在欣赏时并没有首先联系到实用的、功利或道德的目的,没有自觉的逻辑思考活动。但是在美感直觉的"超功利"、"非常实用态度"、"无所为而为"的表面现象背后,是否潜伏着审美价值的功利的社会性质呢? 为什么以个体心理形式表现的审美经验,在它的个性和偶然性中却具有人类性和必然性的东西?

对于美感的直观性质和美的社会功利性,鲁迅先生曾经作了肯定。他说:"普列汉诺夫之所以研究表明,是社会人之看事物和现象,最初是功利的观点的,到后来才移到审美的观点去。在一切人类所以美的东西,就是于他有用——于为了生存而和自然以及别的社会人生的斗争上有意义的东西。功用有理性而被认识,但美则凭直感的能力而被认识。享乐着美的时候,虽然几乎并不想

到功用,但可由科学的分析而被发现。所以美的享乐的特殊性,即在那直接性,然而美底愉快的根抵里,倘不伏着功用,那事物也就不见得美。"

这一问题,李泽厚先生把他概括为"美感的矛盾二重性","就是美感的个人心理的主观直觉性质和社会生活的客观功利性质,即主观直觉性和客观功利性。"他认为,这是美学的基本矛盾,这一矛盾的分析和解决是研究美学科学的关键。

美感的社会功利性与个体心理的直觉性的并存,说明审美活动是在漫长的人类历史过程中形成的一种特有的反应方式。它的形式是社会生产实践和文化发展对人的教化作用。这种作用是一种心理的建构过程。它把历史的成果积淀在人的个体心理结构中,把人类理性的成果转化为人的一种感性官能,把社会性的内容以个体的行为和反映方式表现出来。

康德在分析审美判断的量的特征时,曾经指出它虽然是单称判断,不凭借概念却能产生普遍的快感。在对情状特征的分析中还指出,这种审美愉快具有一种必然性,它来自共通感,是人的多种心意能力共同活动的结果。那么,这种审美愉快的普遍性和必然性究竟是从哪里来的呢? 这是康德的时代所无法回答的问题。

历史唯物主义为我们揭示了社会实践与人自身发展以及社会发展的辩证关系。个体感官的生理特性,有与动物感官相通的一面,它是与个体生存直接相关的,从个体利害关系出发,表现出人的感官与人的各种生存和享乐的欲望的联系。感官的超功利性的呈现也是感官社会化的结果。这正是人类的审美,即自我意识的形成过程。它是人的社会生产实践在使外在自然人化的同时,也使人的内在自然达到人化的结果。内在自然的人化,包括人的感官和人的心理的人化。这种人化使人与物之间也建立起真正属人的关系,这时"需要和享受失去了自己的利己主义的性质。而自然界失去了自己的赤裸裸的有用性,因为效用成了属人的效用"。

人的感官虽然是个体的,受生理欲望的支配,但经过长期的文化教养,也成为一种具有社会性的感官。感

官和情感的人化是形成人的审美需要的前提。审美的形成,使人与世界的关系不再只是直接的消费关系,因此也不只是与个体的直接功利和生存相关。物对人的效用,成为对人类社会发展目的性的一种展示。这时人的感官的个体功利性的消失,恰恰是社会功利性的呈现,使人的感性具有了社会性和理性的内涵,使人的感官具有了超生物性的功能。"审美就是这种超生物的需要和享受","这里超生物性已经完全融解在感性中。它的范围极为广大,在日常生活的感性经验中都可以存在,它的实质是一种愉快的自由感"。

同样,人的各种情感表现,虽然有它的生物根源和生理基础,但也都积淀了理性的东西,有着丰富的社会历史内容。在这里,社会的、理性的、历史的东西积淀为个体的、感性的、直观的东西,这便是审美心理的形成过程。它是审美判断的价值主体由个体转化为人类,正如席勒所说的是个人同时又作为人类的代表来进行审美的。李泽厚先生将这一过程称为积淀。无疑,这是一种个体习得的社会化过程。例如,人的形式感的形成,是在社会生活和生产劳动中逐渐习得的,由此人们对于节奏、比例对称或多样统一会产生审美愉悦。这种形式美构成了社会生活和环境的秩序感。它为社会带来明显的功利效果。这里便体现了美感的二重性,即主观直觉的非功利性与客观的社会功利性的并存。

人的审美需要的满足,给人带来一种审美愉快,它是审美经验的产物,是人的理解、感知、想象和情感等多种心理功能共同作用的结果。在这种审美享受中,人以形象感知的方式获得人生意义的领悟和生命价值的体验。

四、功能美的意义和内涵

20世纪初叶建筑和工业设计领域对"形式依随功能"的倡导,可以看做是对功能美的一种追求。由于当时对产品功能概念的理解过于狭隘,使它发展为一种技术功能造型,限制了功能的开拓。随着工业设计的发展,深化了人们对于功能美的认识,并为各国美学家所普遍重视。

1962年李泽厚先生在《略论艺术种类》一文中,谈到实用工艺品时指出:"注意功能美便成为一个突出的问题。认为物品的功能就是工艺的美,这是错误的;但不顾物品或远离物品的功能来追求工艺美,也是错误的。现代健康的倾向是,注意尽量服从、适应和利用物品本身的功能、结构来形式上的审美处理,重视物质材料本身的质料美、结构美,尽量避免作出不必要的雕饰、造型。这就是说,功能美要体现产品的功能目的性。工艺品首先是实用物品,它的美不能脱离它的实用目的,因此它既要服从于自身的功能结构,又要与其应用环境和场合的气氛相符合。这种美必须与科学技术的发展、与现代物质生活的要求相适应。

同样,罗兰·巴特(Roland Barthes)在20世纪60年代为埃菲尔铁塔(图3-7)所写的解说词中也提到了功能美。他说:"功能美不存在于对一种功能的良好结果的感受之中,而存在于产生功能之前的某一时刻被我们所领会的功能本身的表现之中;领会一部机器或一种建筑的功能美,便是使时间暂时停止和延迟其使用,以便凝视其造术。"这里他强调了功能美的感受也是通过对形式的观照获得的,由此把产品的审美功能与其实用功能,即审美价值与功利价值作了严格的区分。

对于产品的美与产品的功能目的关系,往往存在着不同的理解和认识。

其一,有人认为产品的美与产品的功能目的无关。例如,一把椅子只要符合形式美的规律,就可以给人以美感,而无须与它供人坐靠的功用相联系。即便要表现什么,也不一定与坐靠的目的相联系。如皇宫的龙椅(图7-12)只是表现了皇帝的威仪和至高无上的地位,却与坐靠的使用目的相去甚远。人们很难设想,坐在这样的椅子上有舒适可言。实际上龙椅提供的并非功能美,而是一种认知功能即皇帝权威的符号象征。在一般情况下,当产品的美与产品的功能目的毫不相干时,可能造成产品的物质效用与精神效用之间的相互干扰和抵触,如市场上一度出现的儿童文具玩具化,它既分散了儿童

图7-12 乾清宫皇帝宝座

的学习和精力，又不便于使用。但某些家庭用品的装饰化，可能有助于家庭氛围的改善，如台钟或挂钟的艺术化造型。因为钟表本身具有展示和陈设功能，当人们将这一功能外延扩大，变为一种雕塑或艺术陈设时，它的实用（时间指示）和审美（表现）功能之间并不产生干扰。但产品的这种美并非功能美，而是艺术美。

其二，有人认为一把椅子如果好看，也可以增加它的使用效果，使人坐着感到舒适。在这里，论者颠倒了物质效用与精神效用之间的关系。椅子的适用性首先取决于它的物质功能，与它的技术质量和对人的生理适应性相关。由于好看而产生的舒适感，并不能让使用人坐着也感到舒适，如靠背弧度与人的脊柱的关系、椅子高度与人的身高和腿长的关系，都是直接影响使用的因素。

其三，有人认为功能美是由于产品实用功能的发挥，给人造成的舒适感和满足感心理产生的结果，这便等于说适用就是美。在这里混淆了功利价值与审美价值的关系，使人忽视审美特质自身的规定性。如"一把椅子坐着很舒适，你就认为它美"这句话包含了两种不同的情况：一种是指共时性的直接感受，这是把审美简单化和庸俗化了；而另一种是指发生学的历史性的过程，它说明美的因素中包括了人们过去生活经验中取得肯定性情感的因素，这正是一种文化积淀。

其四，功能美是形式观照的产物，这种形式可以成为某种功能的表现或符号，它是那些功能好的产品形式的体现。也就是说，一把椅子的功能美，主要是人们看上去觉得这把椅子坐着很舒适。这是对功能美的一种通俗表述，它说明功能美是通过产品形式对功能目的性的表现，而与产品实用功能的发挥是两码事。那么人们会问：一个假冒伪劣的产品是否也会给人一种功能美的感受呢？功能美的概念是否与"货卖一张皮"的"商业经"如出一辙？其实这种顾虑是大可不必的，假冒伪劣的产品可能给人一种功能美的假象，但是真实性又是审美的基础，当人们了解真相以后，这种审美感受便会荡然无存。

功能美的概念具有重大的意义和丰富的内涵。

第一，人工环境和产品构成了我们的生活空间，它们所具有的功能美把社会前进的目的性和科技进步直观化和视觉化地呈现在我们的面前。由此使得对功能美的观照成为人们对社会进步的一种感性和精神的占有。

第二，功能美通过物的组合秩序体现出生活环境与人的生理的、心理的和社会的协调，给人一种特有的场所感和对人类时空的独特记忆。产品是一种适应性系统，成为沟通人与环境的中介。产品作为人的生活环境的组成部分，起着减轻人们生活负担和提高生活质量的作用。具有功能美的产品所体现的人性化特征，使人在接触和使用时不会产生陌生感和对失误的恐惧心理，同时又能使产品与人在精神上保持沟通和联系。

第三，产品是人们日常生活的依托，产品的功能美成为人们生活方式的表征和审美心理的对应物，成为人们自我表现和个性美的一种展示。现代设计把注意的中心由静态的产品转向动态的人的行为方式，从而使产品的生态定位和心理定位成为设计和功能美创造的重心。设计对人们的生活方式发挥着引导作用，功能美有助于人们的生活方式更加科学、健康和文明。

第四，产品的功能通过人与物的关系体验使人感受到社会生活的温馨和人间亲情。设计是通过文化对自然物的人工构筑，它总是以一定的文化形态为中介和表现的。一定的领域文化反映了特有的社会习俗，通过人们的生活方式和习惯、价值观念等反映在产品之中。所以产品的功能美也成为社会习俗美的表现。产品中材料运用的真实感和适宜性、细节处理的精巧和独特、组合配置的均衡等都表现着人们对生活的热爱、勤劳朴实和乐观向上的精神。

第五，产品的功能美是激发人们购买欲和促进商品流通的重要因素。它可以成为产品使用价值的一种展示和承诺，从而不仅满足人们的审美需要，而且传达出产品对人的效用和意义，成为一种实体的广告。

思考练习

● 思考题

1. 为什么说人的形式感的形成是审美以及形式美产生的根源？

2. 对称与均衡在设计中要怎么利用？

3. 产品的美与产品的功能目的关系怎样？

4. 功能美的意义和内涵是什么？

相关链接

● 延伸阅读

1. 《美学新概念》 徐岱 学林出版社

2. 《设计美学》 李超 安徽美术出版社

3. 《设计美学》 徐恒醇 清华大学出版社

4. 《艺术美学导读》 李嘉珊 中国人民大学出版社

第八章
设计的材质美

要点提示

○ **学习目的**

通过对材料的概述和材料的发展历程的说明, 从而得出材质美的概念和内容, 为后面的专业

学习打下基础。

○ **学习重点**

掌握材料的发展历程, 以及材质美的概念和内容。

○ **学习难点**

掌握材质美的概念和内容。

○ **参考课时**

4课时

第一节
概述

材质，即材料和质感。材料，对任何人来说都不会陌生，日常生活中无时无刻不接触到各种材料，应用各种材料来创造价值。设计的材质，就是在设计工作方案实施阶段，能够满足方案、实现方案所有的材料。如完成陶瓷设计需要黏土作为材料，完成机械设计需要金属作为材料，完成家具设计需要木材、人造板、五金等材料。

随着材料在设计中的渗透和发展，材料的生产和研究逐渐走向科学化、现代化的发展路线，形成了材料科学与工程学科。例如很多大学中有木材科学与工程、高分子材料等专业。这只是材料现代化、科学化的方向，可谓理性路线。但是材料的人文化、感性化，即"质感"，却渐渐地被人们忽略。这就要求设计师必须深入研究材料的特性和美的所在，挖掘出材料的感性美，开辟材料的感性路线。

一、材料概述

在人们生活的空间环境中存在着各种各样的材料。它们不仅存在于人们的现实生活中，而且也扎根于人们的文化和思想领域，事实上，材料与人类的出现和进化有着密切的联系，材料的发展也就成为人类文明进步的标志。人类经历了石器时代、陶器时代、青铜时代、铁器时代，现在到了复合材料时代。可见人类文明史的断代也是根据材料来划分的。材料应用和发展的进步，同时也是人类生产力发达的体现。然而材料的质感却往往被人忽视。石头的冰冷原始、陶器的古朴低调、青铜的稳重浑厚、铁器的冷酷坚强、复合材料的柔美多样这些脱离材料本身的质感是不容忽视的，从另一个角度来说，正是这些材料质感决定了材料的应用。

在设计的活动中，每一种新材料的发现或发明，都会在设计界引发一场新的设计思潮或是设计风格。如曲木技术的发明，在家具设计领域就掀起了一场轩然大波，逐渐形成现在的北欧设计流派。由此可见，材料是形成设计文化发展的动力之一。人类在发掘和认识新材料中提高设计的进取意识，为设计者提供灵感和创作基础。

材料无非就是木材、钢材、石材、塑料、混凝土、玻璃等。构筑建筑物和用于内部装饰的材料，在由它们形成的描绘建筑空间实体的形态语言中，包含了形体、光照、色彩、肌理等"材料的语言要素"，建筑师需要通过对这些素材的组合运用，体现出不同的文化和精神内涵。

在设计中，设计师会根据不同的情况运用不同的材料来营造不同的空间气氛：和谐或对比、温暖或清凉、回归自然或高科技。通过材料传达给我们精神意识方面的信息，使设计师的抽象理念超越物质本质而转化为一种具体可视的事实并与所有人进行交流。一件成功的作品要想获得成功，必须有它与众不同的表现形式，而这种不同的形式都必须以材料为载体，通过材料的设计和运用达到表现的目的。

二、材料的发展历程

古代埃及的金字塔及其阿蒙神庙用石材砌成的密

不透风的巨室向世界炫耀着它的力量；古希腊、古罗马对于石材的运用则注入了更多的人文色彩，细微精确的卷杀、收分和比例等，向后人展示人类对石材艺术的驾驭；古老中国对木材的应用突出体现在功能形式相统一的斗拱上，这种结构不仅合理地传达了屋顶与梁柱的关系，而且表现了一种古代东方人特有的内在秩序感。在这辉煌的世界文化遗产中，石头、木材，不单纯以其物质本身的具体形态存在，而是以其被加工过的姿态向后人讲述着漫长古老而又深邃隽永的故事，令每一位观赏者在它面前驻足、沉思。

如果说由于生产力水平限制的影响而导致古人的创作仅以石头、木材构筑他们的理想。那么工业革命后，新技术新材料的诞生则为设计者提供了无比广阔的设计天地。威廉·莫里斯发起的"工艺美术运动"开始把材料提到了设计的高度，伴随科学技术的发展，越来越多的新材料、新技术不断涌现出来，从而使建筑艺术、室内设计、产品设计等产生一系列深刻的变化。

首先是钢筋混凝土的发现和应用，使过去不曾出现过的结构形式生动地立于世人面前，现代主义建筑大师勒·柯布西耶设计的朗香教堂等作品展示了钢筋混凝土的力量。钢铁、玻璃这两种材料有其他材料没有的韧性和光洁，在巴黎蓬皮杜艺术中心中，这两种材料的特性发挥得淋漓尽致。贝聿铭设计的卢浮宫新入口，是由钢架与平板玻璃构成的现代金字塔。

随着科学的进步，新型材料的不断涌现，每一种材料都有其特有的个性，它给设计师带来了无限的想象力。20世纪初的钢管椅子的出现，打破了原有木质椅子的造型，利用钢管的高强度产生了弯曲，形成了那个时代的风格，正是充分运用了钢管这一材料的特点与美——力量、挺拔与流畅。20世纪40年代美国人发明的压模成型的胶合板椅，又创造出了一种家具风格。

第二节
材质美

一、材质美的概念

材质美是任何工艺美术、工业产品设计的基础。"材有美"在《考工记》中认为是艺术作品成功的关键之一。美国著名哲学家桑塔亚那（George Santayana）在《美感》一书中强调材料的审美价值时，把材料的审美效果视为形式的审美效果的基础。他说："假如雅典娜的帕提侬神殿不是大理石筑成，王冠不是金子制成，星星没有火光，它们将是平淡无力的东西。"在全世界享有盛名的明式家具，除了其完美简洁的造型、严谨合理的结构外，自然亮丽的质感是明式家具的重要特征。

二、材质美的内容

材质美包括自然美和社会美两个方面的属性。

自然美和社会美这两种美的存在形态的界限是非常难以划分的，因为有人生活着的自然界，已经不是人类出现之前的自然界，而是作为人类的生存环境同人类组成了一个大的系统。在自然美之中，隐含着人文内容。在新的时代背景下社会美又衍生出代表高科技发展的科技美。在时代的发展趋势下，各种新的审美属性得以产生。

（一）材质的自然美

材质的自然美，简单地说就是材质天然存在的美，即天然形成的而非后天人工创造的。古今中外一件好的设计作品都和材料的发现、利用、创造分不开，材料

本身有其自然美，同时也在很大程度上决定了它的造型美。这里我们又会重复到美国哲学家的思想：材料的审美效果是形式的审美效果的基础。最受青睐的是用黄花梨木制作的明式家具，这是因为黄花梨木质地优美，它的色泽、纹理、气味等都是其他木材无法相比的。这里特别值得一提的是它的纹理美，不论是纵切纹还是弦切纹都很流畅、生动、自然，有的呈现出行云流水的视觉效果，有的呈现山峦层叠的自然形式，有的则是云和风的千变万化，给人以自由奔放的涌动联想。因此受到古今中外收藏者的喜爱。这里材料的自然美也起了关键性的作用。

材质的自然美有情感联想性、真实性、生命性和纯净性四个方面的属性。每个属性都是材质美的体现。

1. 材质的情感联想性

材质的情感联想性即材质会使人产生许多感觉方面的联想。如看到石头，有的人觉得石头冰冷，有的人觉得石头理性，有的人觉得石头永恒；看到木材，有的人觉得很温馨，有的人觉没有安全感，有的人觉得很平静。这些感觉都是由于材质本身给观察者造成情感联想之后产生的，所产生的情感联想与观察者本人的人生阅历、人生观、价值观等相关。如看到黑底描红的材料便想起汉代的恢弘与伟大，看到金黄的丝绸便联想起君临天下至高无上的尊贵。将这样的材质运用到设计中，会使设计作品或多或少地带上情感倾向。历来经典的设计作品，都是能够使材料诱发观察者感情的缺口，或是情感的需求，触动观察着的内心，从而成为所谓的永恒经典。

材质的情感联想性就像颜料的色彩一样。运用材

图8-1 米拉之家　　　　　图8-2 沙发"妈妈"

质进行设计制作与作画很相似,都是为了表达一定的创意,塑造一定的角色形象。材质的相互配合也会产生对比、和谐、运动、统一等意义。一种好的设计有时亦需要好的材质来渲染,诱使人去想象和体味,让人心领神会而怦然心动。西班牙著名设计师安东尼奥·高迪设计的米拉之家(图8-1)就充分体现了材料的情感性。外观是令人难以置信的白色波浪形建筑,配上精雕细刻的锻铁阳台,显得雄伟大气而且豪华精致。外观所用材料是采用当地采石场的石材,石头的肌理让人很容易联想起西班牙当地的海滩、波浪等。使观者见到建筑外观就被其材料深深地触动,这种最原始的感受,就是建筑本身的材质给人情感的联想。

沙发产品(图8-2)虽然造型非常普遍,但是设计师对这一设计的材质却让其声名大噪,柔软舒适的材质使其身价倍增。他把这一作品叫做"妈妈",意味着这一沙发能提供给人以保护感、温暖感和舒适感,就像躺在妈妈怀里一样。材质在展示其设计的实用功能的同时,还给我们提供了许多实用之外的东西,带给我们许多思考和梦想,其给人的心灵震撼和情感联想是不言而喻的。

2. 材质的真实性

材质的真实性即真实本质的展现就是一种美。材质设计中效果与投入的时间不一定成正比。经过刻意加工过的材料,表面效果丰富了,但设计的价值不一定被提高。在很多情形下,强加的颜色和纹理反而显得矫揉造作,带来相反的效果。例如清代家具秉承明朝家具的特色,采用高档硬木为材料,但由于清代家具的过度雕刻,使得木材本身的真实性丧失,其天然的真实美已经被雕刻掩盖。同样,一只出窑的瓷碗,因手工的操作产生了一些变形和色变。在一些人看来,成为了次品,但若是

很有代表性、很真实的话,有时亦是上等的佳作,耐人寻味。因为它真实地记载了工艺的自然流程,表达了材质的本性。在社会鉴赏力不断提高的今天,产品的美学观不仅仅局限于大工业时代的整齐划一的工业美学,能够体现材质自然真实的本质美也需关注,这种材质的本质感美学不断地得到世人的认可。

日本设计师安藤忠雄(Tadao Ando)以清水混凝土结构而闻名于世,真实清水混凝土墙面,在混凝土施工中经脱模之后所呈现的自然纹理在禅缝与螺栓孔的划分限定下,传达出一种其他人工建筑材料无法模仿的天然质朴与厚实,借四季的变化呈现不同的气质。不加任何的表面处理,真实地体现了材质真实的本质美感。(图8-3)

3. 材质的自然生命性

材质的自然生命性即许多材质来源于美丽的有生命的物体。古代中国人所崇尚的天人合一境界,就是对自然生命性的尊重和敬仰。在古代中国的设计历程中,因地制宜的设计哲学观影响着一批又一批设计者。究其本质来说,是中国从古代就有了崇尚自然生命美的设计观。如中国造园讲究山、水、树、石、路、屋,所有的用材,都是为了体现自然中孕育的生命。有山水,即有生命;有路屋,即有人;有树石,即有情趣。

一片布满粗细叶脉的树叶,一片叶生叶落春绿秋黄的森林,自然界的一切无不向人揭示在自然力量支配下的生物世界充满神秘的多样性和复杂性。这是一种自然生命的美。现代设计师常在工业产品中融入这种自然材质,使生命的神秘性和多样性能够在产品中得以延续。通过材料的调整和改变以增加自然神秘或温情脉脉的产品情调,使人产生强烈的情感共鸣。大自然是最伟大的设计师,它所创造的壮观、迤逦、神奇,任何设计师都无法与之比拟。应县木塔(图8-4),在中华大地挺拔屹立950多个春秋,体现其不息的生命力。这种美在于它深厚的历史厚重感,它的多样性和复杂性是经千百年来的生命活动而逐步形成的。它的背后映射着一种历史沧桑感,上面记载了无数被遗忘的故事。

图8-3 光之教堂

图8-4 应县木塔

图8-5 澳珀家具

图8-6 苹果电脑

中国著名家具设计师朱小杰设计的家具（图8-5），以乌金木为主材，浅黄色的肉质，深咖啡色的年轮线，以其横切面直接展示于世人面前。一圈一圈的年轮，仿佛诉说着时光的流动和历史的沧桑，同时也诉说着生命的延续，更是大自然生命美的凝固。

4. 材质的纯净性

材质的纯净性即纯净整洁的美。现代社会推崇纯净、简约、大气、整体的风格。材质运用要保证材质的纯净性，将材质本质美真实地表达出来。纯净本就是一种美，清澈的山间小溪，万里飘雪的北国风光，出淤泥而不染的荷花，洁白无瑕的羊脂玉，光亮闪闪的钻石，都映射出一种动人的纯净美，这种美来源于纯洁，在产品中亦然，晶莹的水晶，光洁的表面，均匀的光影过渡都是纯净美在产品中的表现。

闻名世界的苹果电脑（图8-6），其产品用材严格体现简约、大气、通透的标准，如上图的机箱，采用铝合金外表，整个外表力求表达铝合金的洁净，看上去没有一丝瑕疵，给人一种时尚简约的纯净。上图的一体机所用的复合材料，整体半透明的质感，配以海蓝色的颜色，整个电脑犹如受过海的洗礼，不带一丝尘埃。它们外观材质都是其材质的完美表达，给人以纯净的美感，显示出一种晶莹剔透的美。

（二）材质的社会美

材质的社会美，简而言之是指材料在社会生活中表现出来的美。其不仅根源于实践，而且本身就是实践最直接的表现。社会生活丰富多彩，社会事物的美也千姿百态。各种各样的事物都需要运用材料来表现。由于社会生活是由人组成的，一切社会事物都与人有关，社会美总是和人与人的活动紧密相连，直接或间接地以感性形式显现人和人的理想内容。所以，材料的社会美从本质上讲就是人与材料，人与人之间的关系。

材质的社会美具有独立的审美价值，是材质美的重要体现之一。材质的社会美具体包括：绿色性和亲和性两个方面。

1. 材质的绿色性

材质的绿色性即材质使用的道德和社会责任。绿色材质的美源于人们对于现代技术文化所引起的环境及生态破坏的反思，体现了设计师和使用者的道德和社会责任心的回归。在很长一段时间内，工业设计在为人类创造了现代生活方式和生活环境的同时，也加速了资源、能源的消耗，并对地球的生态平衡造成了巨大的破坏。特别是工业设计的过度商业化，使设计成了鼓励人们无节制消费的重要介质，"有计划的商品废止制"就是这种现象的极端表现，因而招致了许多的批评和责难，设计师们不得不重新思考工业设计的职责与作用。用新的观念来看待耐用品循环利用问题，真正做到材质的回收利用。当产品使用后，将回到工厂翻新，维修保养，再回到市场，再次被使用，直至报废，然后用于材料回收再利用。这样就改变了人类对耐用品的理解和认识。把资源滥用的旧观念引向资源保护的新观念。绿色材质

图8-7 坂茂设计的纸管建筑

图8-8 青砖地面与水泥地面

石头——古朴、沉稳、庄重、神秘

木材——自然、温馨、健康、典雅

金属——工业、力量、沉重、精确

玻璃——整齐、光洁、锋利、艳丽

的美着眼于人与自然的生态平衡关系,在设计过程的每一个决策中都充分考虑到环境效益,尽量减少对环境的破坏。对材质设计而言,绿色设计的核心是"3R",即Reduce、Recycle和Reuse,不仅要尽量减少物质和能源的消耗、减少有害物质的排放,而且要使产品及零部件能够方便地分类回收并再生循环或重新利用。在这种道德观的指引下,很多高品质的铅笔都打上了使用人造可再生资源的标签。环保的绿色材质产品是设计者和使用者美丽灵魂的展现。因而绿色的环保材质产生了美。

日本建筑设计师坂茂(Shigeru Ban),以"纸管"建筑(图8-7)闻名世界。坂茂把纸管当做建筑材料是有着明确的理由的。首先,乍看起来很是脆弱的纸管,其实具有惊人的强度和耐久性,更重要的是纸管用简单而低廉的设备就能生产出来,最重要的是纸是可以回收利用的,废弃的纸随时都可以再利用。其环保绿的属性,使纸管建筑成为建筑史的奇葩。这就是材质绿色性的一个经典范例。

2. 材质的亲和性

材质的亲和性是指材质与人的亲和力、材质对人的心理和生理上的关怀。美来自于了解,材质美所体现的是人对材质的熟悉和了解,呈现了材质与人的亲切程度。一般说来,传统的自然材质朴实无华却富于细节,它们的亲和力要优于新兴人造材质。新兴的人造材质大多质地均匀,但缺少天然的细节和变化。

从建筑材质上可以明显地感觉到不同材质亲和力所带来的不同心理体验。一条街道或广场,如果是一大片的水泥地,立刻会给人一种压抑感,感到窒息、缺乏生机,如若青砖铺地,则给人一种平静、放松、悠然自得的感觉(图8-8)。这就是水泥与砖石材质的亲和力差别。设计在经历了现代科技主义的风格后,逐渐地向后现代人文情趣风格转变。材质的审美标准也随之发生了相应的变化。材质在经历了20世纪的科技崇拜后,材质的亲和美重新被人们所审视。在建筑产品上,上海的新天地、南京的1912等,都重新启用传统砖石材质,设计没有选用玻璃和铝合金框架,而采用古典的砖石和木材制作,再涂上平和美丽的油漆,配上一些较有情趣味道的小物品,工艺古老而简单,却受到国际设计界的好评,其根本原因在于设计者通过对材料的用心选择、色彩的精心搭配和功能的合理配置,表现了一种正直的思想和对人性的关怀:没有冰冷的钢管和铰链,让人所感到的不是单调生硬的建筑,而是令人亲近和叫人喜爱的休息环境,从而打消压抑感,增加生活的乐趣,也有利于健康人格的形成。

材质在特定的环境中有一定的亲和力,如日本设计师原研哉(Kenya Hara)为山口县的梅田医院设计的标志系统(图8-9),就充分体现了材质的亲和性。这家医院是一所妇科和小儿科的专门医院,其标志系统最大的特征,就是标志本身是用布做成的。因为只有用白色的布才能传达出柔和而又具亲和力的空间感觉。到这家医院

图8-9 日本梅田医院标志　　图8-10 北欧家具

住院的人并不仅仅是病人，还包括前来静养的产妇。如果是普通的医院，则要保持表意的严肃性和紧张感。因为值得信赖的高超的医疗技术以及那种医院天生的独具的紧张感能够给身体上受伤的患者带来很大的心理安慰。然而，妇幼医院则需要一个邻居般的亲和空间。用纯棉布作为医院标志系统的材料，首先，布料的柔软会给空间带来一丝柔和亲切，最重要的一点是，用白色的纯棉布做成的标志本身就很容易脏，同时会随风飘动，能够吸引好奇地小孩子的眼球，小手很可能就去触摸标志。这对于小孩子来说也是一种心理上的亲和。之所以选择如此容易脏的材料，道理与酒店里用白色的餐布是一样的，无形中传达给人一种清洁、柔和、亲切的感觉。

在产品设计中材质亲和力较强的是北欧家具（图8-10），它采用天然的材料，如木材、皮革、藤条等。一般木质家具多不上油漆，而采用磨光上蜡的工艺，以保持木材的自然纹理与质感。普通北欧人的家居设计大都十分简洁而实用。由于偏爱自然的色彩与质感，给人一种温馨、宜人的感受，为家庭成员度过漫长而寒冷的北欧严冬提供了重要的心理依托。北欧人把设计作为一种生活方式，一种物质文化，因而在居家环境的每个方面都体现出设计的匠心，许多家庭用品既是世界各地博物馆中的藏品，又是寻常百姓家中的生活必需品，创造了一种精致的生活情调。材质精到地使用使得北欧家具具有一种自然、令人亲近的气息，家具本身显示出一种柔和的亲和力美感，因而

广受世界人民欢迎，在市场上占有很大的份额。

（三）材质的科技美

很少有人把科技与美丽联系起来，科技常常被人为地赋予精密、高端甚至神秘的色彩。实际上，科技难道不美吗？从抽象地提高人们生活品质的功能，到具体的某一科技产品的时尚质感，当后台的复杂度与前台的易用性持续地同比例上升，我们看到了科技为了缔造美丽生活的不懈努力和非凡成就。

方便是美，快捷是美，安全是美，通俗易懂也是美。事实证明，凡是不美的，不以人为本的科技就无法红火，生物识别，原本就承担了科技美到极致的使命，从存储你的个人资料，到记住你的使用偏好和习惯，到干脆你一按指纹或者叫唤一声，PC马上就说hello，某某某，我认识你，你好久没来了！那场景，那亲和力，简直是美不胜收。

材质的科技美就是材质本身的易用、方便，并能够给人以视觉享受感觉的审美。具体包括光学效应美、工艺美和实用美。

1. 材质的光学效应美

材质的光学效应美即材质的光泽源于材质对光的反射和折射形成的美感，属于视觉范畴。材质的视觉设计其实就是光的设计，每一种材质的光学效应是不同的，材料的不同，带给人视觉和触觉上的感受不同，人们对材料的认识大都依靠不同角度的光线。光是造就各种材质美的先决条件，光不仅使材质呈现出不同的光泽度，而且，由于材料本身所具有的特性，也会有不同的光学效果。如图8-11所示，拉丝的金属和半透明的塑料相得益彰，显示出一种光学效应的美感。

2. 材质的工艺美

材质的工艺美指材质美的来源是对材料工艺的遵循。良好的工艺对设计作品品质的提高有决定性作用。在世界上久负盛名的索尼、松下、奔驰、宝马、劳斯莱斯等世界大品牌的产品，都是依靠高端的工艺提升自己在美学方面的筹码。虽然历经多年，但是其精良的工艺美，依然使他们继续扛着时尚、高端的旗帜。

图8-11 钢笔

用最简单的方法解决最复杂的问题。这就是说材质的使用力求吻合材质的加工工艺。如以前的金属钣金件是由锻打工人手工打造。而随着自动控制的运用，新材料工艺的形成，对材质美也产生了影响。如：冲压成型、拉伸成型工艺等，也带来很多的改变，从而使形态、肌理多样化。这些进步都是建立在对材料加工工艺的遵循的基础上的。它们是真实的、合理的，因而也是美的。这种材质的美感来源于材质细致精湛的工艺。

三、小结

产品的材质美，主要体现在科技、自然和人文社会因素中。在产品设计中材质的美感有着重要作用，材质的美感直接影响产品的艺术风格和人对产品的感受。优秀的设计离不开优美的材质，但这不是说材质的美感可以凌驾于其他的设计要素之上，产品美感是造型、材质、功能、风格的平衡与和谐。

材料是自然物通过人类的不断发现和利用，而成为能够设计和制作各种物体的基础，材料就具备了社会性和自然性，同时，也是科技的产物。材料的可视性和可触感都属于自然美范畴，并形成了材料抽象的视觉要素与触觉要素。另一方面，材料内部充满张力，这种隐藏的内在张力，形成了一种重要的心理因素。当然，材料的自然美还有无生命和有生命，新颖与古老，舒畅与恶心，轻快与笨重，鲜活与老化，冷硬与松软等不同的心理效果。任何材料都充满了灵性，任何材料都在静默中表达自己，艺术的创作也越来越重视材料的表达，越来越重视材质美的体现。

随着时代的发展，现代人们的人生观、价值观、审美观都决定了设计必将朝着多元化、综合性的方向发展。现代设计已越来越重视材料的语汇表达，使用材料的广泛性已经成为一个显著的特点。最后，新型材料的出现及加工工艺技术的进步，无疑对推动设计的发展起着重要作用：像欧洲教堂中的彩色玻璃就体现了当时人们对材料美感及生产加工技术的利用；工业时代的到来，各种新材料以及新工艺，形成了设计的新面貌。对材料美感的挖掘和表现将是未来设计的趋势。

思考练习

● 思考题

1. 材质的社会美包括哪两个方面的内容？
2. 材质美的内容是什么？

相关链接

● 延伸阅读

1.《设计材料及加工工艺》 江湘芸 北京理工大学出版社
2.《设计材料基础》 王峰 上海人民美术出版社

第九章
影响中国设计的美学思想

要点提示

○ 学习目的
通过本章的学习，了解影响中国设计的儒家美学、道家美学思想与意境，并能用一系列的作品理解"任何一部设计史都是一部物化的文化史"。

○ 学习重点
了解影响中国古代设计的儒家美学思想以及意境说对现代设计的影响。

○ 学习难点
理解礼制性的中国古代设计。

○ 参考课时
4课时

第一节
儒家美学思想对中国古代设计的影响

中国古代设计思想中的审美源于中国传统美学,传统美学源于礼乐传统的儒家美学,并在发展中逐渐与老庄、玄学、佛禅等美学思想相融合,形成了一个相异于西方酒神型为主体的美学系统,这个美学系统影响到设计的各个领域。[①]

一、尽美尽善,强调实用功能

早在中国的先秦时代,对美的本质就开始有较多的研究,但那时对美的研究大多与善(功利)密不可分,甚至混同使用。[②]

孔子美学思想的核心是主张美和善的高度统一,他的全部艺术观点都是建立在这个基础上的。

《论语·八佾》中记载:"子谓《韶》:尽美矣,又尽善也。谓《武》:尽美矣,未尽善也。"近代学者杨树达在《论语疏证》中认为,孔子说《武》"未尽善"主要是因为武王伐纣采用的是武力,而孔子眼中的至德是"以天下让"的泰伯、文王二人。由此可见,孔子认为艺术也必须符合于政治教化、倡导高尚道德的目的,否则,不管艺术上多么完美,也都是有欠缺的。

《论语·雍也》中有孔子的一段话:"质胜文则野,文胜质则史,文质彬彬,然后君子。"这也是孔子关于美学原则一个著名的论断,他认为:"质胜文则野,文胜质则史",其中"文"是指纹饰、装饰,"质"指本质、实

用。他扬弃了"质胜文"和"文胜质"两种片面的倾向,认为"质胜文"会导致设计入"野",粗陋丑恶,缺少文采和审美意境;而"文胜质"则会将设计带入"史",华而不实、矫饰做作和繁冗奢靡。好的设计应当不偏不倚,"文"与"质"要和谐统一,相得益彰。这一观点在中国审美史上产生了巨大的影响。

如此看来,孔子的思想体现了中国设计美学传统中

图9-1 西汉长信宫灯

①刘和山,周坤鹏.论影响中国古代设计的儒家美学思想.装饰.2005(11): 52
②杨辛,甘霖.美学原理.第3版.北京:北京大学出版社, 2003.

强调实用、以用为本的理念，既以质朴为尊，以无装饰为贵，以质朴为雅，以华丽为俗，同时又注重本质，注重人性，尊重情感的特点。

设计，从定义来讲，功用原则是设计最基础的层面，在美的范畴上把目的性地满足于这种功利上的"善"当做是美的重要依据，这是儒家美学与西方美学一个很大的不同。在儒家思想家眼中，"美"跟"善"的关系是非常密切的，在许多场合下，甚至是等同的。在孔子之前，就有人提出了功利性上的"善"为"美"的主张。春秋时的伍举将"无害"认作是"美"的，而将"瘠民"这种道义上的"不善"认作是"不美"的。①

"长信宫灯"（图9-1）是我国古代工艺设计中的精品之作，它强调功能与仿生形态的结合，是形式与内容、功能与装饰高度统一的完美作品，是儒家"文质彬彬"思想的具体表现，它以生活中的实用、科学的结构，美观的造型代表了汉代造灯艺术的最高水平，又以特有的历史、科学和艺术等价值为世人所瞩目。②

在中国设计的历史上，瓷器（图9-2）和漆器（图9-3）的设计是对这一观点最具代表性的诠释。它们都具有质轻、形美和耐用的特点。设计与使用目的和谐统一，造型与装饰在注重整体效果之下的多样化，创造出了实用和美观的典范。

二、突出礼制文化

作为影响中国文化几千年的儒家思想的创始人——孔子，他的哲学以"仁"、"礼"为中心，"仁"寻求人伦关系规范化，"礼"寻求社会有序化，思维的中心在于伦常治道，在于确立和论证君臣之义、父子之亲、夫妇之别、长幼之序、朋友之信。维护人伦关系是为了维护君臣关系和封建专制，最终为了安邦治国的政治目的。这也应该说是中国传统思维实用性特征的一个表现。

图9-2 宋代哥窑鱼耳炉   图9-3 剔红栀子花圆盘_张成（元）

儒学主张以"礼"治国、人人自约以"德"，因而在器物的设计中就会包含很大程度的对于"德"的表现，道德上的"善"也就顺理成章地成了器物"美"的内容，成了衡量美的一个基础性标准。这一审美标准在建筑、城市规划设计以及服饰设计上体现得最为突出，它们具有讲究秩序、注重等级的原则，即所谓"主次分明，秩序井然"的位序观，这一点是儒家伦理道德之"善"的集中体现。

（一）建筑艺术追求礼制秩序美

儒家认为，不能体现伦理道德至"善"的建筑是不"美"的，例如孔子对管仲在自己的房子中使用国君专用的"树塞门"的批评。古长安城、故宫紫禁城都是典型的代表。③

故宫，又称紫禁城，是明清两代的皇宫。它是世界上现存规模最大最完整的古代木结构建筑群，它始建于明永乐四年（公元1406年），历时14年才完工，共有24位皇帝先后在此登基。

故宫的设计思想是体现帝王权力的，它的总体规划和建筑形制为了体现封建宗法礼制和突出帝王权威。为了显示整齐严肃的气氛，这些宫殿是沿着一条南北中轴线排列，并向两旁展开，南北取直，左右对称（图9-4）。这里城墙高大，城门楼巍峨壮观，给人以无比威严的感觉，使站在这里的人自己感到渺小。这是古代统治者利用建筑艺术来增强其帝王威慑力量的一个最突出的例子。

故宫的建筑布局也显现了儒家礼制的君臣关系、夫

①刘和山，周坤鹏.论影响中国古代设计的儒家美学思想.装饰.2005(11)：53
②方先兵.从"长信宫灯"看汉代设计中实用性思想的体现.大众文艺（理论）.2009（1）：123
③刘和山，周坤鹏.论影响中国古代设计的儒家美学思想.装饰.2005(11)：53

图9-4 故宫

图9-5 太和殿

妻关系、嫡庶关系。帝王的办公区在前，主要有皇帝举行重大典礼、召见文武官员的三座大殿（图9-5），它们由南向北排列在中轴线上的工字形台基上，用最高贵的建筑规格体现着皇权的尊贵。帝王生活起居部分在后面，中轴线由南向北是皇帝、皇后的寝宫，亦是一组由三座大殿组成的建筑群。以表现传统礼制的"前朝后寝"之意。中国古代贵族实行一夫一妻多妾制，作为唯一的正式妻子，只有皇后的寝宫在尊贵的中轴线上，其他皇妃分别住在东西两侧的十二座宫院里。这种居住格局清楚地表现了嫡庶之间的尊卑关系。

如果说故宫体现了帝王家的礼法制度，那么四合院就是民居中的儒家宗法思想的典型体现。

"礼"的核心是建立一种等级制度。四合院（图9-6）的居住秩序受儒家礼制思想的影响，严格区别内外，尊卑有序，对外隔绝却自有天地。中国人在建筑空间安排上，形成了中为尊、两侧为卑，北尊南卑，左尊右卑，前尊后卑的体系。四合院中，北房的中间是客厅或祖堂，东次间是长辈卧室，西次间是主人的卧室。东、西厢房由晚辈居住，长子夫妇居东，次子夫妇居西。南房做外客厅、书斋。厢房与南房设垂花门及矮墙，隔绝内外，形成内外院，妇女不出内院，外客不进内院。中型以上的四合院还常建有后罩楼，住未出嫁的女子或女佣，或作为杂用房间。四合院的门窗一致开向院里，门里门外都设有屏风或者影壁，外面看来相当封闭，里面的生活却自成体系。它突出长辈与晚辈、长子与次子、男人与女人的地位差别，体现了中国封建宗法制度"尊卑有序"、"内外有别"、"男女有别"、"主仆有别"的特点。

（二）服饰艺术追求礼制秩序美

在中国数千年的服饰艺术发展中，儒家的礼教思想也对其产生了深刻的影响。只有遵从了伦理道德规范的服饰才为美，只有充分体现了社会各个阶层等级秩序的服饰才为美。

周代制定的冠服制度影响深远。冠服是服装根据帽子的不同而命名的各类服装的总称。周代的冠服制度规定极严，同为裘服，也要根据皮质、颜色来划分等级。天子穿白狐裘，诸侯及大夫、士人穿青狐裘、黄狐裘，庶民则穿犬羊裘。自周以后，冠服形制被历代传承相袭，虽按各代统治者之意略有改动，但其基本形制却大同小异，尤其是显示阶级差别的内涵始终没有改变。

如在不同的礼仪场合，不同等级的人必须穿着与其身份相适应的服饰，这些服饰在颜色、材质、尺寸等方面都有不同的规定。清时官员的服饰有严格的规定，依品质、数量、颜色的不同来区分官位的大小，是不许滥用的。清代补服、补子、顶子是区别清朝官员品级的重要标志（图9-7）。如一品文官补子是仙鹤，二品文官补子是锦鸡，三品文官补子是孔雀。

图9-6 北京四合院,体现了礼制思想的民宅　　图9-7 清代补服

由于儒家的这些礼教思想过于强调人的社会性而忽视个体的主观情感需求,因此包含着许多对人性的禁锢和落后的等级观念,在个体得到解放的现代民主社会,这已经明显不合时宜。但他们对于社会的高度关注,以及希望通过设计和艺术来倡导教化、维护社会稳定的高度责任感,却是这个过于追求个体感官体验的年代最欠缺的东西。从这个角度讲,"尽美尽善","善"是"美"的内容这一原则仍具有很大程度上的现实意义,虽然我们知道"美"是高于"善"的情感体验,但它所具备的伦理道德上的、功利上的"善"的原则不应当被忽视和抛弃。

三、中和之美

"中"的本质是儒家的中庸之道,《论语·雍也》中有"中庸之为德也,其至矣乎"的评价,"中庸"是儒家非常重要的哲学思想,它要求人们做什么事情都不要过激,要求其适中,"无偏无倚"(《礼记·中庸》)。"和"意为调和,孔子提出了"执两用中"以求其和的处事原则。"中和之美"意指在艺术创作中避免走极端和片面性,达到恰当而不"过"。"至矣哉,直而不倨,曲而不屈,迩而不逼,远而不携,迁而不淫,复而不厌,哀而不愁,乐而不荒,用而不匮,广而不宣,施而不费,取而不贪,处而不底,行而不流。五声和,八风平,节有度,守有序,盛德之所同也",《左传》中用这样的描述来形容《颂》乐的美好,说它将音乐中具有对立倾向的方面处理

得恰如其分,把握适度,既不超越,又无不及,使它们趋于完美、和谐。孔子对《诗经》做出了"乐而不淫,哀而不伤"(《论语·八佾》)的审美评价。这些观点是儒家中和之美的文字表达。[①]

中和之美要求艺术所表现的内容要"温柔敦厚",不能使欣赏者产生在喜、怒、哀、乐任一种情绪上的"过",他们认为这种"过"会损害身心,会影响社会稳定,"要发乎情,止乎礼义",这样"奔放的情欲、本能的冲动、强烈的激情、怨而怒、哀而伤、狂暴的欢乐、绝望的痛苦能洗涤人心的苦难、虐杀、毁灭、悲剧,给人以丑、怪、恶等难以接受的情感形式便统统被排除了。情感被牢笼在、满足在、锤炼在、建造在相对的平宁和谐的形式中。即使所谓粗犷、豪放、拙重、潇洒,也仍然脱不出这个'乐从和'的情感形式的大圈子。"[②]

这种审美取向反映在设计上,就要求设计作品应让使用者在精神和心理上达到平和,不能显得突兀,不能在事物、概念的任何一个对立方面走向极端。儒家

图9-8 明代黄花梨圈椅

①刘和山,周坤鹏.论影响中国古代设计的儒家美学思想.装饰.2005(11): 54
②李泽厚.华夏美学.天津: 天津社会科学院出版社.2001.

思想认为过分强调设计中的某一方面，必然会导致"失和"。例如在中国古代服装设计上，多用纯度较低的颜色，极少使用能引起强烈情感效果的高纯度色彩；建筑物高度增加的同时，长度、宽度也随之增加，强调比例和谐，防止任一方的强大而影响平衡。工艺产品讲究和谐，讲究节制，如明代家具设计中，造型方直而局部微曲，木料硬朗而纹理细腻，骨架纤细而整体充盈（图9-8），这种对游走于对立概念两端的"中和"的把握，就是对儒家独特的中正和美的演绎。

四、天人合一，天人同构

儒家和道家学说都提到"天人合一"的理论，但同一名称在这两种哲学体系下具有不同的含义，道家的"天人合一"是指人脱离人事与自然合而为一，而儒家的"天人合一"、"天人同构"指的是用自然来比拟人事、服从人事。

儒家的哲学观和美学观认为人能够以其情感、思想、气势与宇宙万物相呼应，人的身心可以与自然界的普遍规律和形式相呼应。到了汉代，董仲舒系统地提出了"天人感应"说法，认为自然、气候、政治、人体、社会、情感等相比类而共感，"天亦有喜怒之气，哀乐之心，与人相副。以类合之，天、人一也"（《春秋繁露·阴阳义》）。这其中包含着对主体心理情感与外界事物同形同构关系的朴素观察和猜测。儒学的这种思想反映到美学观念上，就是认为通过模仿自然来表情达意的各种艺术形式要能够将自然、宇宙跟人的性情、道德联系起来，并

在器物上体现出儒家对于人、自然、宇宙之间关系的理解。

如在传统设计中，材料和造型的选择及使用过程中的感受要考虑到与人的心理、情感和道德准则相呼应。器物不仅仅要具备使用功能，还要让使用者联想到人文价值、精神关怀和自我意识，联想到美好的事物，在物品与人之间建立一种极为微妙的情感联系。将外在自然人化，使一些器物的设计具备了与人的情感、道德理想相呼应的属性，设计者通过器物的材料来表达对美好的追求。

例如东汉许慎的《说文解字》中对作为工艺品材质的玉石有这样的描述："玉，石之美有五德，润泽以温，仁之方也；鰓理自外，可以知中，义之方也；其声舒扬，专以远闻，智之方也；不挠而折，勇之方也；锐廉而不忮，絜之方也。"这里将玉的色泽、纹理、鸣声、质地都与人的品德相对应，人对于美德的向往通过器物来得到表现。（图9-9）

又如在服饰设计中，古人认为"天"是外在的意志、理想、福地的化身和所在，"天"被视为神圣的、伟大的、无限的，人间事物由天所定。古代服饰的形制和色彩分别体现了人对天的尊崇，乾为天，未明时为玄色（黑色），坤为地，为黄色，故上衣玄下裳黄（图9-10）。古代服饰中尤其重冠，冠上为天，冠的形状更要体现对天的崇拜。天子之冠（图9-11）有十二旒，每旒贯以玉珠十二颗，"十二"这个数字体现了人们对一年十二个月的天文观，由"十二"的观念引申到宇宙万物，概括出十二纹饰分别代表不同的意义。

"天人合一"还体现在服饰以宽大、飘逸、含蓄为美。由"天"之神圣、伟大、无限所推演出来的"大"于

图9-9　玉璧

图9-10　天子冕服

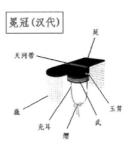

图9-11　天子冕冠体现对天的崇拜

图9-12　宽大、飘逸、含蓄为美的帝王服饰

图9-13 乾清宫

图9-14 坤宁宫

是也成了一种美的境界。中国古代服装一直以宽袍大袖为尚,把自然的人体隐藏于宽大的袍袖之中,给人以神秘、内敛之美,力求与"天"合而为一的神韵。衣袖裙裳要宽大,如人两手舞动,则两宽大袖片随之飘动,形成气势。人行走时,上体衣袖下体裙裳随之飘动,同样形成宽大之势,帝王豪绅尤以衣袍宽大为美(图9-12)。基于此种审美观,中国古代服饰不追求立体感,而追求平面的"面"感。在裁剪方法上不需做过多的分割组合去追求"体"的感觉。所以,中国服饰的传统裁剪法为平面裁剪法,不同于西方流行的立体裁剪法。①

紫禁城的建设,把古代建筑天人合一的思想表现得淋漓尽致。在宫殿的当中,最为有名的便是故宫,故宫又称为紫禁城,紫禁城的"紫"是指紫微垣。我国古代天文学家将天上的星宿分为三垣、二十八宿和其他星座。三垣指太微垣、紫微垣和天市垣。紫微垣是中垣,又称紫微宫、紫宫。它在北斗星的东北方。"太平天子当中坐,清慎官员四海分",古人认为那是天帝居住的地方。封建帝王以天帝之子自居,他办理朝政与日常居住的地方也就成了天下的中心。又因皇宫是等级森严的封建社会中最高级别的"禁区",便有紫禁城的"禁"字来强调皇宫的无

比尊严。太微垣南有三颗星被人视为三座门,即端门、左掖门、右掖门;与此相应,紫禁城前面设立端门、午门,东西两侧设立左、右掖门。午门和太和门之间,有金水河蜿蜒穿过,象征着天宫中的银河。皇帝及皇后居住的乾清宫(图9-13)与坤宁宫(图9-14),"乾"、"坤"二字就意味着天地的意思。其东西两侧的日精门与月华门,则象征着日月争辉。东西六宫及其他诸宫殿也都分别象征着天上的十二星辰和各个星座。

总的来说,儒家美学是在部分肯定人的主体情感的前提下,将个体情感更多地赋予社会性的意义和使命感。这种对于道德的充分重视使他们的美学观带有非常强烈的道德上的"善"的内容。孔子希望通过推己及人、推己及物的"仁"而达到天下同治的社会理想,孟子对于完美人格的探求,荀子的变化发展的宇宙观,知天命而用之的唯物世界观,都在中国后世士大夫直至平民的灵魂里刻下印记。而后世子孙周围的人造自然,即设计所创造的物质环境,无一不体现这些儒家先哲的美学原则,并对他们的后来者继承前辈事业的行为进行着一种潜移默化的巩固和鼓励。

①刘旭.浅谈中国古代美学思想在服饰中的体现.艺术教育.2007(5):128

第二节
道家美学思想对中国古代设计的影响

道家思想，由老子所创，老子遗留下来的著作——《道德经》，也叫《老子》，是老子用韵文写成的一部哲理诗。它是道家的主要经典著作，也是研究老子哲学思想的直接材料。

道家思想的核心是"道"，认为"道"是宇宙的本原，也是统治宇宙中一切运动的法则。在政治上，他主张"无为"，希望回到小国寡民的原始社会状态。庄子继承老子的学说，成为战国时期道家的代表人物。他发展了老子的唯心哲学，认为世界就是"我"的主观产物。

老庄哲学"道"的理解和确立，特别是"天人合一"的理想境界，对中国文化美学产生深远的影响。道家强调超功利无为的审美关系，强调突出自然、突出个性和艺术的独立，追求浪漫不羁的形象想象，追求情感抒发，追求个性的表达，追求内在的、精神的、实质的美。

道家哲学是中国人文艺术最重要的思想源泉之一。中国的视觉艺术与设计艺术布局上求"疏简"、色彩上求"素淡"、技法上求"生拙"、表现上求"含蓄"、趣味上求"天然"等等，几乎都能从道家哲学中找到渊源。中国艺术的几个重要范畴：天真、自然、平淡、质朴等，也都是道家简约之美的具体表现。[1]

一、以"自然"为美

《老子》第二十五章提出"人法地，地法天，天法道，道法自然"，自然是道生万物呈现的第一大特征。"无为"则要求人们按自然法则办事，而不要人为地去干预。庄子本着不刻意为美，自然为美的思想，认为"天籁"比"人籁"更美，主张"既雕既琢，复归于朴"、"朴素而天下莫能与之争美"。到南朝时，刘勰的"自然"又保留了老庄的"无意志"、"不强为"的含义，要求文艺创作不要矫揉造作、无病呻吟，指出只有出于"感物吟志"之"自然之道"的作品才是美的作品。因此，道家学说的根本特点便是：尊重自然、崇尚自然、效法自然。[2]

以"自然"为美的道家美学在设计艺术中要求作品流露出不刻意为美，虽有人作，宛自天开的设计理念，避免人为雕琢的痕迹，使其呈现出自然而然、平淡而意味深远的艺术精神。

中国古典园林（图9-15）正是这种审美追求的最好代表。其设计注重自然美，建筑不追求过于人工化规整布局，而是根据不同的山水之景设计出亭、榭、桥、舫、厅、堂、楼、阁等，与整个园林布局协调，虽为人作，宛若天开。凡山水、植物和建筑都列为基本设计因素，运用这些因素并以"因借"（因地制宜、借景）之法构成无固定程式，即有法无式、布局自然、随机应变的园林设计。

自然元素还大量运用于工艺品中，如瓷器、丝绸等。花、鸟、鱼、虫以及中国自古的吉祥纹样龙、凤、佛、神仙等都曾出现在工艺品上（图9-16）。在

①张高德.从"简约主义"看中国传统文化蕴含的朴素、简约之美.艺术教育.2008（2）：127
②欧芹.从北欧现代设计看中国道家美学.希望月报（上半月）.2007（12）：34

图9-15 中国古典园林

图9-16 元代"鬼谷子下山图"青花瓷罐

其制作过程中将对象和装饰完美地融合在一起，达到艺术的享受。如明式家具大多数采用简洁、俊秀的自然界的植物造型为题材。以自然点缀人的情感的这种寄情于物的做法正与道家思想相吻合，与庄子的"天人合一"相一致（当然这里并不是将明式家具的成就都归功于道家思想的融入），从而说明了民间工匠和参与家具设计的文人或多或少地受道家思想的熏陶。明式家具历来被众多文人士大夫、权贵等人所喜好，究其原因不外乎有两点，一为明式家具的造型简洁、挺拔、圆润俊秀，二为明式家具充满大自然韵味，能够体现大自然的本质美。如果称儒家思想为明式家具外在形态的话，那么道家思想则是明式家具的内在精神气韵。

二、以"平淡"为美

中国艺术以"天真、自然"为美，主要是受到道家"贵真"的思想的影响。老子说"信言不美，美言不信"，认为未经雕饰的朴素的语言才具有真美，才真实可信。因此，"清水出芙蓉，天然去雕饰"就成为中国艺术的最理想的目标了。

道家贵真也贵淡。庄子说："淡然无极而众美从之。"平淡是美中之美，是大美。《老子》第三十五章："'道'之出口，淡乎其无味。"第三十一章："恬淡为上，胜而不美。" 老子认为，"无味令人口

爽"，而"道"的"无味"之"淡味"超越有限的味，具有无限的全味，无味而无不味，是比世俗的美味高级得多的"胜"、"上"之味。到魏晋时期，"淡"作为中国美学的一种理想美范畴正式确定下来。从此，"淡"作为一种审美理想，广泛浸透到人们的生活实践和艺术实践中。

以绘画为例，水墨画以墨为彩，是通过墨色浓、淡、深、浅、干、湿的变化来表现丰富的光与色的韵律和画者的思想情感。以平淡、朴素、幽远而含蓄的方式表现一种高雅脱俗的情调。作画要求笔简意赅，要以最简练的笔墨塑造生动的形象，表现丰富的内容。形象简括，"空白"（图9-17）就多。在水墨画中，绝大部分不用色彩，只有纯一的墨色，极少用到其他颜色，若用到其他颜色也仅仅是一个点缀。庄子说"能体纯素，谓之真人"，就包含了这个意思。这里的"纯素"决不是淡而无味，而是淡中有至味。

我国皖南古村落民居（图9-18）的外观造型和色彩就非常简洁——白墙黑瓦。黑白分明，给人以宁静淡泊的舒服。简约高大的白色外墙上面，少有装饰，就是开窗也很小，灵巧而美观，与那些黑色屋脊门楼上方挑出的飞檐形成对比，显得沉稳而凝重、简洁而明朗。在中国的设计观中，好的设计应像自然一样生息自由、灵动变化而又朴素无华。设计和设计实践都应该"朴素而天下莫能与之争美"，即所谓"大音希声"、"大象无形"、"大巧若拙"。道家认为自然的一切是最和谐、最完善、最

图9-17 八大山人绘画（清）

图9-18 皖南古村落民居

美的，人们只能去顺应它、"效法"它。"大巧若拙"就是"大巧因自然以成器，故拙也"。

在中国几千年来的历史进程中，在相对稳定、自闭保守的状态下，儒和道的学说信仰互助互补地融合，汇成了古代哲学思想的主流，故有"儒道互补"之说。

儒道互补正是中国文化中互为因果、相互作用的两股力量的呈现。儒家的精神和道家的智慧构成一种周延的哲学形态，即儒家以道家为因，道家以儒家为果。

我们的祖先创造了底蕴深厚的宽衣服饰文化，形成了特有的美学与哲学观念，与西方截然不同，与东方其他各民族也有差异。在女装的宽衣造型上表现出了一种中国风格的神气与韵味，流露着民族的潜在精神和文化的内在灵魂。它体现了中国女性贤善宽容、自然朴质、淡泊明志的人格境界和道德修养，还有贤淑婉约、含蓄内敛、柔中寓刚、宁静致远的风韵气质和个性色彩。

儒家以"德"、"礼"来规范服饰。从社会整体的审美角度来要求人们着装造型的外在形式美和内在品质的气韵美相一致，体现了强化理想人格和提升道德修养的服装造型观念，把表里如一、内外兼顾的个性美融入整齐统一、秩序分明的社会风尚之中。

道家认为纯自然状态是人类最理想的状态。服饰也应顺应有自然、趋向自然、展现自然的人格精神。女装造型上的简约、质朴，减少烦琐的装饰，并不等于精神上的匮乏，并不影响服装的美感，在尽量与自然贴近相融的过程中，渐渐达到无我境地。

第三节
意境对中国古代设计艺术的影响

一、何为意境

一般认为，意境是文艺作品中所描绘的客观图景与所表现的思想感情融合一致而形成的一种艺术境界。具有虚实相生、意与境谐、深邃幽远的审美特征，能使读者产生想象和联想，如身入其境，在思想情感上受到感染。简而言之，意境就是一种情景交融的诗意空间。

关于意境说的早期论述，刘勰可谓切中要害，并较为详细地阐述意境的真正灵魂，可用"余味曲包"概括。这四字虽平易朴实，却涵盖了意境的全部美学特征。我们甚至可以说，创造意境就是追求"余味"，就是让"余味"巧不着迹地蕴涵在艺术作品之中，而又能显现于"文"、"象"之外。这正是中国人艺术趣味之所尚。①

意境的结构特征是虚实相生。意境由两个部分组成：一部分是"如在目前"的较实的因素，称为"实境"；一部分是"见于言外"的较虚的部分，称为"虚境"。虚境通过实境来表现，实境在虚境的统摄下来加工，这就是虚实相生的意境的结构原理。如李白的《黄鹤楼送孟浩然之广陵》，这首诗景中有情，情中有景，通过眼前的景物表达作者无限情思，诱发读者无限的审美想象空间。"孤帆远影碧空尽，唯见长江天际流"，这两句看起来似乎是写景，但在写景中包含着一个充满诗意的细节。李白的目光望着帆影，一直看到帆影逐渐模糊，消失在碧空的尽头，可见目送时间之长。帆影已经消逝了，然而李白还在

翘首凝望，这才注意到一江春水，在浩浩荡荡地流向远远的水天交接之处。"唯见长江天际流"，是眼前景象，可是谁又能说是单纯写景呢？李白对朋友的一片深情，李白的向往，不正体现在这富有诗意的神驰目注之中吗？诗人的心潮起伏，不正像浩浩东去的一江春水吗？

意境的构成是以空间境象为基础的，是通过对境象的把握与经营得以达到"情与景汇，意与象通"的，这一点不但是创作的依据，同时也是欣赏的依据。如绘画是通过塑造直观的、具体的艺术形象构成意境的，为了克服造型艺术由于瞬间性和静态感而带来的局限，画家往往通过富有启导性和象征性的艺术语言和表现手法显示时间的流程和空间的拓展。如中国传统绘画中的散点透视、虚实处理、计白当黑、意象造型等，就是为了最大限度地展现时空境象而采取的表现手法。这些手法一方面使画家在意境构成上获得了充分的主动权，打破了特定

图9-19 寒江独钓图_马远（宋）

①夏昭炎.意境概说——中国文艺美学范畴研究.北京：北京广播学院出版，2003.

时空中客观物象的局限，另一方面也给欣赏者提供了广阔的艺术想象的天地，使作品中的有限的空间和形象蕴涵着无限的大千世界和丰富的思想内容。从这个意义上讲，意境的最终构成，是由创作和欣赏两个方面的结合才得以实现的。

如宋代马远《寒江独钓图》（图9-19），一叶孤舟、一叟独钓、几道水纹，画面其余皆为空白，烟波一片、满目清旷寂静、意境高远，使人不禁联想起"孤舟蓑笠翁，独钓寒江雪"的名句。画家淡泊自得、悠然的画外情境显然深受禅、道影响。

在中国古代设计作品的创造和欣赏中，都离不开意境。对意境美的表现与追求，是中国古代艺术作品的终极追求，下面以中国古典园林、戏曲等为例来说明。

二、园林艺术对意境美的追求

（一）曲

《红楼梦》第十七回贾政对大观园的一段议论就颇耐人寻味。贾政率众清客巡视刚刚竣工的大观园，而开门进去，却见一带翠嶂挡在前面。众清客都迎合贾政的兴致说："好山，好山！"贾政则说："非此一山，一进园中所有之景悉入目中，更有何趣？"贾政的这一番看似即兴的评论，实际却道出了当时人们的普遍审美追求。贾政的意思很清楚：真正的美景不可一览无余，应该含而不露，隐而不显，"曲包"其中，而"滋味"在焉。贾政这番话正是中国传统美学趣味，即对意境的追求在建筑艺术鉴赏中的无意识表现。[1]

中国古典园林受"天人合一"哲学思想的影响，体现人与自然界和谐的关系，本于自然，高于自然，把人工美与自然美巧妙地结合，让人仿佛有"回归自然"的感觉，体现"求自然之理，得自然之趣"的境界，突出一个"曲"字。"曲"成为用来表现艺术意境，追求自然美、含蓄美、深邃美和朦胧美的重要手段。"造园如作

诗文，必使曲折有法"，"曲折有致，前后呼应"等均体现了"曲"在中国园林中的作用。

《清闲供》有"门内有径、径欲曲"、"室旁有路、路欲分"。园林的路是联系园内风景点的脉络，讲究曲折变化，峰回路转，达到"一转一深，一转一妙，此骚人三昧，自声家得之，便自超出常境"（刘熙载《词概》）。园林中景和空间的设置都刻意追求曲折变化，加之地形的盘回起伏，作为连接各景区、空间的园路，自然也就忌直求曲。正如《园冶》中所言，"不妨偏径，顿置婉转"、"路径盘蹊，蹊径盘而长"，这样才能做到"径曲景幽，景幽客散"。使游人有景可游可寻，有泉可听，有石可留，满足游人"入山惟恐不深，入林惟恐不密"的审美心理。[2]如拙政园中部道路依原地形加以变化，主次分明，曲折有度。环秀山庄在较小的园中，园路迂回曲折，引人入胜。

游廊（图9-20）也如园林的脉络，它的曲折变化独具特色。不论直廊、曲廊、波形廊、复廊等各种形式，都可长、可短、可折、可曲，可"蹑山腰，落水面，任高低曲折，自然断续蜿蜒"（计成《园冶》），从而成为园林建筑中"不可少斯一断境"（计成《园冶》）。而江南园林之所以曲折不尽，在很大程度上应归因于廊的形式不拘一格，沿墙走廊、空廊楼廊、爬闪廊等，特别是"之"字形廊的巧妙运用，均取得了极佳的曲折。

（二）景中有情

《论语·雍也篇第六》"知者乐水，仁者乐山"的山水情怀，是人类对"原乡"的一种与生俱来的记忆，并把这种情感升华为一种哲学思想的表述。而这种思想在中国山水画和古典园林中得到了深刻的表现。

自魏晋以降，隐逸文化在中国文人中的滋延，使之成为中国造园的重要母题。以诗画为景造园，又以园为景写画。这之间几重转换，但始终不脱中国文化中对于意境的孜孜以求。

古典园林作为一种"人化"的环境，自然也在亭台楼阁、假山曲池中寄托着人们对某种生活理想境界的追

①夏昭炎.意境概说—中国文艺美学范畴研究.北京：北京广播学院出版社，2003.
②陈从周.中国园林.广州：广东旅游出版社，1996.

图9-20 苏州拙政园游廊

图9-21 梅花

图9-22 苏州拙政园

求和情感寄托,封建士大夫们摒弃嚣尘浊土,把"涵虚朗鉴"、"清高风雅"的情趣风尚寄于回峦曲涧、山环楼阁、溪绕亭台、荷塘月色、修竹乔松、寒江独钓等景色之中。

夏日观荷,秋日听雨,乃人生一大美景。王维晚年辞官,购得宋之问蓝田别墅,改名辋川别业,在今陕西蓝田终南山。辋川其地,山岭环抱,河川汇流,山重水复,有若车轮。得山林趣故为辋川。其代表作《鹿柴》:"空山不见人,但闻人语响。返景入深林,复照青苔上"。《竹里馆》:"独坐幽篁里,弹琴复长啸。深林人不知,明月来相照"。这两首诗描绘出辋川别业附近的深林空山傍晚时分幽冷空寂、意境超脱的悠然画卷,诗中有画,画中有诗。

历代文人或"高雅"之士常用梅花装点居室,以喻自己刚强意志和高尚的品格。园林中常以梅作为主要造景素材(图9-21),或孤植,或丛植,无不相宜,绕屋植之,冷香入室,更多幽情;与松、竹、石相配,则诗画意境跃然而生;成片种植则成香雪海的景观。以梅命名的景点有"问梅阁"、"雪香云蔚亭"、"梅花山"、"梅岭"、"梅坞"等。

自宋代周敦颐作《爱莲说》,将荷花比作"出淤泥而不染,濯清涟而不妖"的君子之后,其身价更高。园林中常以荷为种植材料,增加景点的情趣,例如苏州拙政园的"远香堂"、"香洲"、"荷风四面亭";北京圆明园的"香远益清"、"濂溪乐处"等。(图9-22)

不仅如此,中国古典园林在创作时还经常会引用大量的诗词和典故,这一点在园林的命名上表现得尤其突出,比如江南名园"拙政园"之名取自西晋文学家潘岳《闲居赋》"灌园鬻蔬,以供朝夕之膳,是亦拙者之

为政也"句意,表达出园主王献臣在宦途被排挤回乡之后自命清高的心境。这些点景的诗句本身就充满美的意境,与园林实景相互配合发人遐想,令人神游,耐人寻味。情与景的高度和谐与统一,使观者在享受园林美景的同时,也能陶冶性情,净化人格。

三、戏曲艺术对意境美的追求

古典戏曲与古典园林由于艺术媒介的不同,分别属于动态艺术和静态艺术,从表面看似乎很难说有什么联系;然而,作为共同滋生于中国美学土壤上的艺术之花,它们之间又有许多相通和联系之处。明代戏曲大师汤显祖在名剧《牡丹亭》中就创造了一座雅淡自然的园林;清初著名戏曲家李渔自诩平生有两种绝技:一是编剧,二是造园;现代造园理论家陈从周先生曾明确指出:"园与曲有了不可分割的关系"。

在戏曲和园林创作中,艺术家们都十分讲究虚和实的辩证运用,强调以虚带实,虚实相生。这里的"实"指实写的艺术形象,"虚"则为象外之旨,是审美者的艺术想象空间。

李渔曾要求戏曲的语言"意则期多,字惟求少",这是要求增加文字蕴涵的思想感情。另外就戏曲的舞台表现方法而言,戏曲人物的内心活动、人物所处的环境都是通过演员的表演虚拟出来的。虚拟的动作只用少量的具体描写便带来了巨大的艺术表现力,创造出"近而不浮,远而不尽"的艺术境界。在造园中,艺术家们也根据庄子"虚室生白"的理论,倡导一种澄澈明朗的审美理想。

第四节
意境对中国现代设计艺术的影响

俗话说"形象易得，意境难求"。意境，是一种韵味，是中国传统古典美学中的一个独特概念，是艺术家在审美实践所产生的经验积累的基础上，经过艺术的再创造，所营造出的一种艺术境界。意境集中体现了中国传统的审美理想，被认为是艺术作品美的灵魂。在中国现代设计作品中也体现对意境美的追求。

中国传统艺术和现代广告设计是相通的，从中国画的空灵意境到现代广告设计的负空间、虚拟形，再到现代广告设计的简约含蓄，看不出有什么本质的不同。艺术家和设计师擅长于找出一个着力点，以这一着力点显示其余，使现代广告设计成为一种文化，被赋予更多哲学含义。正因为不和盘托出，所以显得无穷无尽，即所谓引一以概万，言有尽而意无尽，在有尽中显示无尽，以达到"空则有、有则空"的含蓄美的最高境界。

图9-23 丰胸广告

如下图（图9-23）这则丰胸广告，通过男士与女士之间距离的强烈的对比，含蓄又幽默说出其丰胸产品效果之好，而没有露出的上半身又给人更多的想象空间。

含蓄不拘泥于单纯的形式，含蓄能达到一种境界，即意境。美学家王国维曾说："言气质，言神韵，不如言境界，有境界本也。气质、神韵，末也。有境界而二者随之矣。"含蓄，能增强广告设计的感染力，长于启发想象，具有感人的持续力和含义丰富的内容，有它的特殊作用和积极意义。

人们对意境的研究主要集中在文学、诗歌、绘画、戏剧、工艺美术等艺术领域。而抒情特点和诗意情感的表达是优秀设计作品的特征，设计作品对意境的表达往往反映了该作品的情感精神含量。从这个意义上讲，意境的最终展现，是由设计师富有创造性的表现和观者的欣赏（理解）两个方面的结合才得以实现的。[1]

如包装设计中意境的表达一定要考虑和处理好形态构成的各部分之间的关系，努力使其达到和谐和默契。容器造型、包装结构及平面装潢，都要根据主题情境和审美主体的需要来选择相应的形态、色彩，包括为之而特别准备的道具，如茶杯、折扇、书本等，不能将构成因素简单生硬地堆砌，而是要营造个性风格和情景气氛以形成完美和谐的整体。

"富贵汾酒"（图9-24）以中国古代线装书的形式

① 张军.包装设计的意境.美术大观.2005（12）：12

图9-24 富贵汾酒

来表现千年汾酒的文化，并以传统绘画形式将"诗、书、画、印"相结合的形象表达出晚唐诗人杜牧"借问酒家何处有，牧童遥指杏花村"的情境。翻开内页，详尽的文字说明及中国伟人毛泽东的书法，更加强化了汾酒的酒文化背景及其影响力，宝石蓝的色调营造出高雅的气氛。消费者通过这些包装可以了解、学习到许多历史、文化、民风、民俗等方面的知识，从这个意义上说，包装其本身就是现代文化的一个组成部分，设计也应该超出纯粹的形式和色彩的表达，表现出生命和灵魂的气质，成为时代精神的载体，成为连接技术和人文文化的桥梁。

在中国现代图形设计中，为了方便消费者的记忆，要求设计简洁概括。因此中国传统艺术中空白、含蓄的表现方式体现在许多设计师的作品中。香港当代平面设计大师靳埭强先生设计的中国银行的标志（图9-25），整体简洁流畅，极富时代感，标志内又包含中国古钱，暗合天圆地方之意。意为中国的一个巧妙的"中"字凸显中国银行的招牌。中国银行的这个标志可谓是靳埭强先生融贯东西方理念的经典之作。

2008年北京奥运会会徽"中国印·舞动的北京"（图9-26）将中国传统的印章和书法等艺术形式与运动特征结合起来，将历史文化遗产、现代北京、中国的形象及其对世界、未来与奥林匹克的庄严承诺很好地融合在一起。而印章上斑驳的几个小缺口更体现了这种"不

图9-25 中国银行标志

图9-26 北京奥运会会徽

完美"的残缺美感。

视觉传达设计中的空白对于设计师来说，它不仅仅是概念，还意味着有无限发展潜能的幽深空间。空白以一种独特的视觉审美形式，有时是美学意境上的升华，有时又制造了多种别开生面的形式美感。因此，设计中的空白不是无形的虚空，它接近的是形的真意，反映的是设计师心灵的感受，引发的是设计的新意念，创造的是新的视觉形象，传达的是作品更深层次的语意，表现的是常规实形所不可能达到的视觉心理。这正是视觉传达设计中"空则有，有则空"的艺术视觉的语言魅力。

图9-27是一幅盼望祖国统一的海报设计，画面纯净简洁，具有浓厚的中国文化气息。白底色上一个碧绿的圆玉镯，镯的上半部有一道小缺口。当这个图形呈现在人们面前时，缺口处的空白立刻强烈地吸引了观者的视线，通

图9-27 "圆"海报设计

过中断的空白形, 观者一眼便能够看出, 它是中国台湾岛的外形, 于是就会暗示出一个强烈的主题; 祖国人民热切盼望台湾能回到祖国的怀抱。从这幅海报设计之中, 我们仿佛听到一首优美而伤感的古曲, 感受到与作者情感上的交流, 体会出作者真挚殷切的心情。所以, 不完全形的设计可以说是在有限的形中装填了宇宙般的广阔无限性, 它的空、无暗含着某种事件, 观者可以通过自身的想象空间从无中获得更多的有, 即无限生机之美, 也是"留得残荷听雨声"的意韵空间。

意境为世界艺术表现领域增添了一种极具审美价值的表现形态, 体现了东方艺术表现的审美理念, 对艺术设计具有极高的借鉴、赏析价值。对意境的追求是中国艺术精神的鲜明特点。我们谈设计中意境的表现, 目的在于为设计提供一种创作思想, 也使我国传统的文化精髓得以更广泛的传播。如何运用中国宝贵的文化遗产为现代设计服务, 如何使设计融入民族特色的艺术意境, 体现中国人独特的理念与智慧, 我们任重而道远。

思考练习

● 思考题

1. 何谓意境?

2. 意境有哪些特征?

● 练习题

1. 举例说说礼制文化与中国古代设计艺术的联系。

2. 举例说说意境美在中国现代设计作品中的表现。

相关链接

● 延伸阅读

1.《美学》 黑格尔 商务印书馆

2.《华夏美学》 李泽厚 天津社会科学院出版社

第十章
影响西方设计的美学思想

要点提示

○ **学习目的**

通过本章的学习，了解影响西方古代设计的形式美思想与模仿说等美学主张，并能用一系列的作品理解这些美学思想。

○ **学习重点**

了解影响西方古代设计的形式美主张以及西方学界关于审美心理过程的三个主要学说。

○ **学习难点**

理解中世纪美学思想的特点。

○ **参考课时**

4课时

第一节
影响西方古代设计艺术的形式观念

在西方美学史与艺术哲学中，从形式上来界定美是一个源远流长的话题，无论是在艺术创作中，还是在艺术鉴赏与审美活动中，形式美发挥着极其重要的作用，对西方古代的设计艺术产生了深远的影响。作为重要的范畴，其一直是西方美学史与艺术哲学中极其关注的问题，同时这也是一个仁智各见、充满纷争的问题。具体而言有如下的几派观点：

一、毕达哥拉斯派

毕达哥拉斯学派亦称"南意大利学派"，产生于公元前6世纪末，公元前5世纪被迫解散。该学派的创始人毕达哥拉斯从数的角度来探求和谐，认为数是万物的本原，美体现着一定的数量关系，这些数量关系体现出比例、对称、节奏、韵律等和谐的特点，和谐的数量关系就是美，进而推论出美就是和谐的理论。他们很重视数学，企图用数来解释一切，研究数学的目的并不在于使用，而是为了探索自然的奥秘。

毕达哥拉斯通过对几何学的研究，认为在立体图形中，球形最和谐，因此球形最美；在平面图形中，圆形最和谐，因此圆形最美；十是一个完满的数目，天体是一个和谐的几何图形，因此它们是美的。

这一时期受毕达哥拉斯学派影响的波利克里托斯（Polyclitus）（活动于公元前5世纪后半期）是阿戈斯的地方雕塑家，最擅长表现青年运动员的形象。他受毕达哥拉斯学派关于"美"体现在合理的或理想的数量关系

之中的观点的影响，曾著有《法则》一书，专门论述人体比例。体现波利克里托斯理论的雕像为《持矛者》（图10-1）和《束发运动员》，这两位裸体青年男子雕像是完全依人体比例为7:1的法则创作的。由精确的比例关系所体现的动态的韵律感，被后世艺术家誉为艺术的"法规"。

图10-1 持矛者_波利克里托斯（古希腊）

二、亚里士多德

亚里士多德，古希腊斯塔吉拉人，世界古代史上最伟大的哲学家、科学家和教育家之一，柏拉图的学生，亚历山大的老师。他的美学思想主要体现在《诗学》、《修辞学》、《形而上学》等著作中，他认为美主要是在事物的"秩序、匀称与明确"的形式方面，主要靠"体积与安排"，强调事物的整一性，秩序是指时间上的整一，匀称是指空间上的整一，明确是指整一性所造成的感官印象。

他的美学观点尽管有着形式主义色彩，但却遵循了唯物主义路线，值得肯定。欧洲人较为重视形式逻辑，讲求逼真，依仗论证，注重体现几何分析性，在建筑的艺术

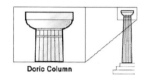

图10-2 多利克柱式

图10-3 爱奥尼克柱式

构思与总体布局上较为强调对称、具象以及模拟几何图案美。这种形式美的思想追根溯源应归结于追求和谐比例关系的毕达哥拉斯派，而古希腊柱式就是这种美学思想非常好的代表。

古希腊柱式，如从比例与规范来看，多利克柱式（图10-2）一般柱高为底径的4～6倍，檐部高度约为整个柱子的1/4，而柱子之间的距离，一般为柱子直径的1.2～1.5倍，十分协调、规整而完美。爱奥尼克柱式（图10-3），柱高一般为底径的9～10倍，檐部高度约为整个柱式的1/5，柱子之间的距离约为柱子直径的两倍，十分有序而和美。

三、维特鲁威

维特鲁威（Marcus Vitruvius Pollio）是公元前1世纪初一位罗马工程师的姓氏，他的全名叫马可·维特鲁威。他写过一部建筑学巨著《建筑十书》，其内容包括罗马的城市规划、工程技术和建筑艺术等各个方面。维特鲁威的《建筑十书》凝聚了古希腊和古罗马时期建筑美学思想的精华，在很长的历史时期里影响深远，成为欧洲古典建筑设计的理论依据。

建筑外观比例和谐，在建筑设计中追求人文精神，是维特鲁威美学思想的核心。在他的《建筑十书》中也提到了比例、均衡等问题，提出"比例是美的外貌，是组合细部时适度的关系"。由于当时在建筑上没有统一的丈量标准，维特鲁威在此书中谈到了把人体的自然比例应用到建筑的丈量上，并总结出了人体结构的比例规律。他说，当建筑的"外观既优美又令人愉悦，各构成部分被正确地计算而达到对称时，我们就获得了美"[①]。

四、达·芬奇

达·芬奇是意大利文艺复兴时期最负盛名的美术家、雕塑家、建筑家、工程师、科学家。

人们一般认为，艺术不是科学。但是按照达·芬奇的界定，艺术，尤其绘画，不但是一种科学，而且是"所有科学之后"。达·芬奇既能发现事物表面迷人的美感，又不丧失物理学者与解剖学者的视角。他同时具有科学家的观察力与艺术家的表现力，是艺术史上第一位对人体和动物的比例做过系统研究的艺术家。他研究解剖长达40年之久，还亲自解剖了三十几具各种年龄的尸体。他不但熟悉人体外部的比例，而且了解人体的内部构造，因

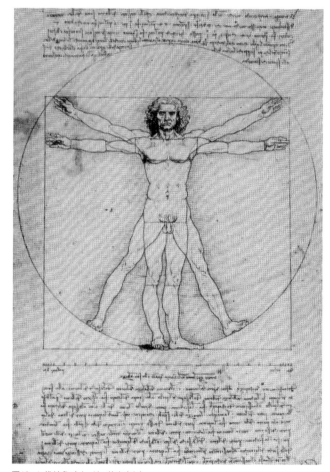

图10-4 维特鲁威人_达·芬奇（意）

---

①塔塔科维兹.古代美学.北京：中国社会科学出版社，1990.

图10-5 蒙娜丽莎_达·芬奇（意）

图10-6 最后的晚餐_达·芬奇（意）

探求和谐，罗马时期的维特鲁威在他的《建筑十书》中也提到了比例、均衡等问题，提出"比例"是美的外貌，是组合细部时适度的关系。文艺复兴时的达·芬奇、米开朗琪罗（Michelangelo Buonarroti）等人还通过人体来论证形式美的法则。而黑格尔则以"抽象形式的外在美"为命题，对整齐律一、平衡对称、和谐等形式美法则作了抽象概括。于是形式美的法则就有了相当的普遍性。这种美学思想一直顽强地统治了欧洲几千年之久，对整个西方文明的结构带来了决定性的影响，一切科学和艺术，它们的道路都被这种理念确定了命运。它不仅支配着建筑、绘画、雕刻等视觉艺术，而且对音乐、诗歌等听觉艺术也有很大的影响。

翻开西方的建筑史，不难发现，西方建筑美的构形意识其实就是几何形体：雅典帕提侬神庙的外形"控制线"为两个正方形；从罗马万神庙的穹顶到地面，恰好可以嵌进一个直径43.3米的圆球（图10-7）；米兰大教堂的"控制线"是一个正三角形（图10-8），巴黎凯旋门的立面是一个正方形（图10-9），其中央拱门和"控制线"则是两个整圆。

而与建筑有密切关系的园林更是把形式美奉之为金科玉律，在古典造园中刻意追求形式美与人工美。西方古典园林根植于欧洲文化的肥田沃土中，深受西方哲学、美学思想的影响。数学的或几何的审美思想一直深刻地影响着欧洲艺术界，西方几何规则式园林风格正是在这种唯理主义的美学观念影响下逐渐形成的。

17世纪欧洲自然科学的发展对思想领域产生了极

此笔下人物的比例、结构、动态都十分准确，无懈可击（图10-4）。

达·芬奇对几何比例与构图十分着迷。《蒙娜丽莎》（图10-5）除了那永恒的神秘微笑外，还创造性地解决了半身肖像的构图问题。三个多世纪以来，西方那些卓越的半身像无一不受这幅画的影响。他还丰富和发展了前人的金字塔型构图，《岩间圣母》中群像以圣母的头部为顶点，形成的等腰三角形，如金字塔般稳定而和谐。与其他作品一样，《最后的晚餐》（图10-6）以几何图形为基础设计画面，体现出数学的对称美。有人评价这幅画是科学与艺术成了婚，而哲学又在这种完美的结合上留下了亲吻。

如上所述，古希腊哲学家毕达哥拉斯从数的角度来

图10-7 罗马万神庙

图10-8 米兰大教堂

图10-9 法国巴黎凯旋门

深刻的影响，出现了以培根（Francis Bacon）和霍布士（Thomas Hobbes）为代表的唯物主义经验论和以笛卡尔为代表的唯理论，理性受到绝对的尊崇，数学和几何学成为一切知识的基础。在艺术领域，笛卡尔也推崇理性的规则和标准，强调结构的明晰，在美学上他主张制定一些稳固的、系统的、能够严格遵守的艺术规则和标准，他认为艺术品最重要的品格是：结构像数学一样清晰明确、合乎逻辑。笛卡儿反对非理性的巴洛克主义，否定想象力在艺术创作中的作用，不承认自然是艺术创作的对象。笛卡儿的唯理主义奠定了法国古典主义思潮的哲学基础，也迎合了17世纪法国君主专制统治的需要。①

以凡尔赛宫为代表的法国古典主义园林（图10-10）在这样的历史背景下，将几何规则式的西方园林传统发展到极致，其追求人工美，欣赏人工化的自然。黑格尔在阐述西方古典园林时说："最彻底地运用建筑原则和园林艺术的是法国的园林，它们照例接近高大的宫殿，树木是栽成有规律的行列，形成林荫大道，修剪得很整齐，围墙也是用修剪整齐的篱笆来造成的，这样就把大自然改造成一座露天的广厦。"17世纪的西方造园家认为："如果不去加以调整和排得整齐匀称的话，人们所能找到的最完美的东西都是有缺陷的。"②

在法国古典主义园林中，人们不欣赏树木花草自然的美，而只把它们当做有各种色彩和质感的均质材料，用来铺砌成平台的图案，或者修剪成球形、长方形、圆锥等绿色的几何体，园林的美不是自然形态之美，而是各种图案和几何体的美，即人工美。

西方园林中的轴线对称、均衡的布局、精美的几何图案构图、强烈的韵律节奏感都明显地体现出对形式美的刻意追求。它强调规整、秩序、均衡、对称，推崇圆、正方形、直线，甚至于像园林绿化、花草树木之类的自然物，经过人工剪修，刻意雕饰，也都呈现出整齐有序的几何图案，因此它是一种开放式的园林，一种供多数人享乐的"众乐园"。同中国园林那种"虽由人作，宛自天开"的自然情调，形成鲜明的对照。

图10-10 法国凡尔赛宫

①王芳华.现代极简主义景观之追根溯源.四川建筑2005（01）：57
②王芳华.现代极简主义景观之追根溯源.四川建筑2005（01）：57

第二节
影响西方古代设计艺术的模仿说

从古希腊以来，"模仿说"一直是很有影响的一种观点，它由古希腊时期审美活动"和谐说"发展而来。这种观点认为模仿是人类固有的天性和本能，艺术起源于人类对自然的模仿。在古希腊哲学家看来，所有艺术都是模仿的产物，美术亦如此。亚里士多德认为："艺术模仿的对象是实实在在的现实世界，艺术不仅反映事物的外观形态，而且反映事物的内在规律和本质，艺术创作靠模仿能力，而模仿能力是人从孩提时就有的天性和本能。"继古希腊哲学家之后，文艺复兴时期的达·芬奇、法国启蒙思想家狄德罗、俄国作家车尔尼雪夫斯基等人都不同程度地继承和发展了这一学说。发展到后来，论者更认为艺术是"社会生活的再现"。

其实，艺术"模仿说"所解决的是艺术与现实的关系问题。柏拉图从"理念论"（中文也可译为"理式论"）出发，认为"理念"是永恒的，是一种绝对的存在，从而，"美的理念"也就顺理成为真正的唯一的客观存在。这种观点表现在文艺上，文艺就成为对自然的模仿，自然是对理念的模仿，因此，文艺与理念本身距离遥远。他说，既然自然是理念的影像，那么文艺便是影像的影像。作为柏拉图学生的亚里士多德则在某种意义上反转了老师的观点，前文所引的亚氏言论，就是很好的佐证。他首先肯定了现实世界的真实性，从而也就肯定了"模仿"现实的艺术的真实性。与此同时，亚里士多德进一步认为，艺术所具有的这种"模仿"功能，使得艺术甚至比它所"模仿"的现象世界更加真实。在他看来，艺术模仿自然，并不是对自然进行原封不动的抄袭，而是

进行能动的创造。亚里士多德不仅认为艺术是创造性活动的产物，而且还认为艺术能表现自然的真实和本质。根据这一思想，他认为，艺术模仿的对象应该是过去有的或现在有的事、传说中的或人们相信的事、应当有的事。

古罗马的贺拉斯继承了前人的"模仿说"，其美学思想见于写给皮索父子的诗体长信《诗艺》。他对艺术模仿自然的观点进行了适当的改造，认为艺术并不是对自然的单纯模写，艺术可以创造、虚构，只要它合情合理。他主张到生活中去寻找原型，从生活中汲取活生生的语言，所以，作家应该具有生活经验和真情实感。

艺术"模仿说"是雄霸西方千年的理论，在东西方产生了极大的影响，这一理论直接以艺术作品为逻辑起点来探讨艺术。柏拉图的"理念论"直陈艺术品是现实世界的仿制品，具有非真实性和虚幻性。亚里士多德则肯定了现实世界的真实性，因而也就肯定了模仿它的艺术品的真实性。后来的贺拉斯承继该学说并承认了艺术模仿说的创造性与虚构性。直到17世纪，古典主义艺术家们还提出了"艺术模仿自然"的原则，以再现现实为宗旨的现实主义文艺可以说是模仿说的最高发展阶段。俄国19世纪革命民主主义者车尔尼雪夫斯基从他关于"美是生活"的论断出发，认为艺术是对生活的"再现"，是对客观现实的"再现"。

美学中强调"艺术起源于模仿，艺术是模仿的产物"的观点，在古希腊建筑中有诸多表现。古希腊建筑中的不同柱式建筑就是模仿不同性别的人体美。比如

图10-11 多利克柱式

图10-12 爱奥尼克柱式

图10-13 科林斯柱式

最初的多利克柱式，因为了解到男子的脚长是身长的六分之一，所以就把同样的情形搬用到柱子上来，而以柱身下部粗细尺寸的6倍举起作为包括柱头在内的柱子的高度。"这样，多利克柱子（图10-11）就在建筑物上开始显出男子身体比例的刚劲和优美。"后来，为了显得更高一些，建筑师把柱子的粗细做成高度的八分之一，这样也就成了爱奥尼克柱式（图10-12）。《建筑十书》指出，这是完全不同的两种方式："一种是没有装饰的赤裸裸的男性姿态，另一种是窈窕而有装饰的均衡的女性姿态。"再后来高宽比进一步拓展，就造成了象征少女的科林斯柱式的出现（图10-13）。科林斯柱式在比例、规范上与爱奥尼克柱式相似。这些比例与规范，与这些柱式的外在形体的风格完全一致，都以人为尺度，以人体美为其风格的根本依据，它们的造型可以说是人的风度、形态、容颜、举止美的艺术显现，而它们的比例与规范，则可以说是人体比例、结构规律的形象体现。

古希腊的主流文化精神是崇尚人文主义，强调人的作用，尊重人，赞美人。他们的人文主义是通过对神的拟人化而表现出来的。他们的这一思想特性恰恰就体现在他们所建造的神庙当中，他们善于把人体美赋予建筑。

在20世纪初的欧美舞台上，一个身披薄如蝉翼的舞衣、赤脚跳舞的舞蹈家引起了极大的轰动。她就是伟大的舞蹈家伊莎多拉·邓肯（Isadora Duncan, 1877~1927）。21岁时她被迫去英国谋生，在不列颠博物馆潜心研究了古希腊艺术。她从古代雕塑、绘画中找到了她认为理想的舞蹈表现方式：身着长衫，赤脚，动作酷似树木摇曳或海浪翻腾（图10-14）。她认为技巧会玷污人体的自然美，动作来源于自我感觉，舞蹈应该自始至终都表现生命。她像森林女神一样，薄纱轻衫、赤脚起舞的形象，在整个欧洲受到人们的欢迎。邓肯认为，舞蹈艺术源于自然人体动作的原动力和来自大自然的波浪运动：海、风、地球的运动永远处在同一的持久的和谐之中。她认为在自然中寻找最美的形体并发现能表现这些形体内在精神的动作，就是舞蹈的任务。她的美学思想可以归结为一句话：美即自然。

其实，看似不同的门类艺术，在源头上还是具有共通性的。邓肯的舞蹈成就源于对希腊柱式的模仿。

从模仿说的角度看，相比较而言，欧洲人讲求逼真，依仗论证，在艺术构思中强调具象以及模拟几何图案美。中国人则重视人的内心世界对外部事物的领悟、感受和把握，以及如何艺术地体现出这种心智的领悟和内心的感受，具有很强的写意性。它是一种抽象美的概括与感悟，是某种有形实景与它所象征的无限虚景的结合或者融会，所追求的是"得意忘象"的意境。中国人也讲究逼真、论证，但须以写意性的"传神"为前提，且形似逊于神似。

图10-14 伊莎多拉·邓肯

第三节
影响西方古代设计艺术的宗教观念

欧洲的中世纪，指的是公元476年至1453年。一般来说，西罗马帝国灭亡之后，文艺复兴之前一千年左右的时间里都属于中世纪时期。

中世纪的艺术家有一种新的追求，这就是他们不想去表现真实世界的本来面貌，不像古典时期的艺术家那样表现正确的人体比例、解剖结构和真实空间感。中世纪的一些美学家认为美来自神，上帝是一种纯粹精神，当神性被想象为一种抽象的本体时，对它的现实主义的表现就从根本上予以否定了。这一时期设计作品的意图是传达基督教教义的精神要旨，神权高于一切，万能的上帝成为人类生活和设计的中心，因此有了以教堂为中心的城市和乡村布局形式。哥特式建筑是这一时期"美来自神"的思想的最好代表。

12世纪上半叶，在法国北部最先出现哥特式建筑。巴黎之北的圣丹尼修道院院长苏热尔在公元1140年至1144年组织了其修道院教堂唱诗坛的重建工作，他率先提出教堂建筑要表现光、高、数这三个理想。建筑师按此要求而试探在建堂中采用向高处延伸，增大窗户和改变比例的方法，其体现出的建筑风格乃哥特式艺术之首创。从此，这一风格在欧洲各地得到广泛采用。

在英国，英国建筑师创造了"垂直式"风格，以加强哥特式教堂垂直上升、高耸入云的效果。在法国，哥特式建筑得到普遍的推崇和好评。当时巴黎已取代罗马而成为中世纪天主教世界的中心，而天主教信仰的虔敬气氛，教会权力的至高无上，以及中世纪经院哲学所强调的通过理智的探索，通过复杂而精微的思考去得到天主的感召等因素，都在高大、明快、奢华的哥特式教堂建筑之神学意境和审美情趣中得以表述和体现，所以这种艺术风格深受法国人的青睐。法国哥特式建筑的成熟标志乃是始建于1163年的巴黎圣母院（图10-15）。此外，1215年重建的夏特大教堂，建于1220年的亚眠大教堂和建于1225年的兰斯大教堂都是欧洲哥特式教堂的典范。

这种风格也曾影响到1386年兴建的意大利米兰大教堂，它那一簇簇高高耸立的尖塔和两边的支撑拱架好似象牙雕刻而成，精美无比。德国哥特式建筑起步较晚，其中最为壮观的乃是始建于1248年的科隆大教堂，而建于1377年的乌尔姆教堂尖塔高达161米，成为世界上最高的教堂。德国哥特式教堂拔地而起，直插云霄的高塔建筑产生出强烈的飞腾升华，超脱尘世的效果，使人叹为观止。

图10-15 巴黎圣母院内部

哥特式教堂的玻璃窗画同样完美地体现了对神的追求。哥特式教堂因为"拱扶垛"、肋拱等建筑技术的运用，墙壁不再作为支撑的工具，所以为玻璃窗提供了足够的空间，也为教堂内部提供了充足的光线。另一项独特的中世纪艺术样式——玻璃彩绘因此就迅速地发展起来。法国人在其建筑艺术中创造了由三层同心圆组成的圆花窗和"火焰式"窗饰，这样，当外界的光线从玻璃窗花中透入时，能使教堂内闪烁绚丽夺目、飘忽不定的神秘光彩。（图10-16）而其创立的教堂尖塔上之透雕棱饰，则更加丰富了哥特式建筑宏伟华丽，优雅飘逸之姿。夏特大教堂拥有迄今保存最好的玻璃彩绘，代表了盛期哥特式艺术的最高峰。它们像一块块巨大的、多彩的滤光镜。这些宝石般的玻璃接受阳光的直接照射，赋予光线以灿烂的色彩，这是任何其他艺术都不能达到的光线效果。当人们看着环绕在他们周围的彩色玻璃画时，只能感受到空气的颤动，体验一种感觉和感情上的冲击。任何一个进入其内部的祈祷者都不会得到真实世界的暗示，庞大的空间、向上运动的垂直线条、五光十色的光线使人进入精神恍惚的境界，仿佛从这个下方的世界升入那个上方的天堂。

中世纪艺术不同于古代艺术的是观念上更注重精神层面的表现。而此后，黑格尔也以哥特式艺术为例说明了美是一种精神的外化，是理念的感性显现。黑格尔认为这种建筑符合基督教崇拜的目的，而建筑形体、结构又与基督教的内在精神协调一致。[①]黑格尔的美学思想主要反映在他的《美学讲演录》一书中，这是他整个哲学体系的一个组成部分，也是他的哲学体系在美学和艺术领域中的具体表现。"美是理念的感性显现"成为黑格尔美学思想的核心。理念就是绝对精神，就是概

图10-16 教堂玻璃彩绘

念，他又称作"神"、"普遍力量"、"意蕴"，实际上就是指艺术的思想内容。黑格尔在书中这样描述到："方柱下大上小，其高一眼不能尽顶，眼睛必须向上翻动，自由巡望，方可勉强看见。一直等看到两股拱相交，才能安息下来，就像心灵在虔诚的修持中先动荡不安，然后再超凡脱俗一样——是神把自己提升到安息的位置。"

①杨辛，甘霖.美学原理.第3版.北京: 北京大学出版社.2002.

第四节
影响西方设计艺术的美感与审美心理

一、美感及其特征

（一）什么是美感？

在审美活动中，美感是审美主体面对特定的审美对象所形成的一种审美意识，既联系于审美对象的感性外观、特质和意蕴，又联系于审美主体的感悟，以及由此产生的一种自由和超越的愉悦体验。它是在审美主体与审美对象的互联互动的过程中发生、展开的，其特点是赏心悦目、心旷神怡和蕴藉含蓄。（图10-17、图10-18）

美感有广义与狭义之分。所谓狭义的美感，即审美感受，是审美主体在审美活动中，由特定的审美对象的感性外观、特质和意蕴所激发起的兴奋愉悦的情感状态。这是审美主体对特定审美对象所产生的一种积极主动的主观反映，而且是多种心理功能、类型和模式互相作用的结果，其中包含了一种递进式的升华过程，即李泽厚先生提出的"悦耳悦目、悦心悦意、悦志悦神"审美三层次说，包括感官上的快乐，内在心灵的满足，以及对超越性的人生境界的体悟。

广义的美感，则是指整个审美意识活动的各个方面和各种表现形态，包括审美观念、审美感受、审美趣味、审美判断、审美理想等。审美主体的美感心理结构影响，甚至决定了其自身如何把这种特殊的心理感受加以现实化。广义的美感概念，其核心也是审美感受，所以一般把"美感"理解为"审美感受"。

在中国古典美学中，有强调"天人合一"观的倾向，认为自然山水是可以与人发生相互感应关系的存在。中国美学对美感的认识和发展深化，也是从人对自然山水的态度开始的。总的来说，经历了"致用——比德——畅神"三个逻辑发展阶段，态度逐渐由"实用"升华为"审美"。

1. "致用"

指人把世界当成被认识、被征服、被索取的客体，用实用、功利的目光来看待自然。这时候的自然，不是审美对象，而只是认识对象。所以"致用"还是一种前审美阶段。

本书第一章在谈"审美起源"理论时已经谈到，原始人类因为相信描绘动物就能够影响动物，获得动物的力量，所以，洞穴壁画成为人类艺术最为重要的开端。又因为人类社会从狩猎发展到采集、发展到农业社会的序列，所以，洞穴壁画内容多以动物题材为主，反映原始人狩猎生活的场面。实用、功利的因素决定了人在自然领域首先欣赏的是动物的美，然后才是植物的美。（图10-19、图10-20）

2. "比德"

指以自然存在物的某些特征来比附、象征人的精神道德情操。于是，在欣赏自然存在物的同时，也欣赏到了人的道德品行和精神风范。这时，自然已经不再是致用

图10-17 让人赏心悦目的白菊

图10-18 让人心旷神怡的瀑布

图10-19 以动物题材为主的洞穴壁画

图10-20 以植物题材为主的陶质纹盆

观中的认识对象，而是带有审美色彩的伦理对象了。

《论语·雍也》云："子曰：'知者乐水，仁者乐山。知者动，仁者静。'"孔子认为，聪明的人爱水，仁德的人爱山。为什么呢？宋代理学家朱熹解释说："知者达于事理而周流无滞，有似于水，故乐水；仁者安于义理而厚重不迁，有似于山，故乐山。"其意思是说，聪明的人明理通达、随机顺变，和水的流动畅通、随岸赋形相似，所以爱水；仁德的人厚仁自重、沉静不移，同山的肃穆屹立、岿然不动相似，所以爱山。后世用"乐山乐水"说明思想性格不同的人有不同爱好。对于花木的比德，孔子也在《论语·子罕》说过："岁寒，然后知松柏之后凋也。"说的是每年天气最寒冷时，别的树木此时都已枯槁零落，独有松柏仍旧青翠不凋。比喻修炼之人具有坚忍的力量，可以耐得困苦，受得折磨，而不至于改变初衷。

这是把自然存在物当做是人的某种道德精神品质的比附物。后世文人还把一些具有和人相似的清傲高洁的个性品质的花木作为君子品格的象征物。如，松竹梅被称为"岁寒三友"，被当做绘画的主题；又有梅、兰、菊、竹"四君子"之说，与梅同疏、与兰同芳、与菊同野、与竹同谦乃是这几种的花所具有的独特的德行情性；至于荷花"出淤泥而不染，濯清涟而不妖"更是为世人所传诵。

3. "畅神"

指以人的精神自由为出发点，在摆脱功利欲求杂念的状态下，以超然的心境去观照自然物，因而不再要求自然存在物的特征与人的精神道德情操之间有某种相似性，而只是追求欣赏者在面对自然时心旷神怡，精神为之一畅。

畅神说出现于魏晋南北朝时期，宗炳《画山水序》中说："闲居理气，拂觞鸣琴，披图幽对，坐究四荒，不违天励之丛，独应无人之野。峰岫峣嶷，云林森渺，圣贤映于绝代，万趣融其神思，余复何为哉，畅神而已。神之所畅，孰有先焉。"王微《叙画》里也有"望秋云，神飞扬；临春风，思浩荡"的感慨，强调艺术最核心的作用在于能够给人一种精神上的解脱，让人达到自由、超越的精神状态。后人的诗句，就极好地表现了这种自由的审美心境，如陶渊明的"采菊东篱下，悠然见南山"，杜甫《曲江二首》中的"穿花蛱蝶深深见，点水蜻蜓款款飞"等。

这种不把自然当成致用的认识对象，或者比德的伦理对象，而是当成能够与人亲密交往、倾诉衷肠的知心者的观点，已经从狭隘的主体性思维上升到了主体间性思维，使得审美与人类所追求的最高境界相互联系起来，这时人与世界的关系，才是真正的审美关系中。

（二）美感的历史生成

美感的产生与发展经历了从简单到复杂，由低级到高级的过程。马克思提出："人以一种全面的方式，也就是说，作为一个完整的人，占有自己全面的本质。人同世界的任何一种人的关系——视觉、听觉、嗅觉、味觉、触觉、思维、直观、感情、愿望、活动、爱——总之，他的个体的一切器官，正像在形式上直接是社会的器官的那些器官一样，是通过自己的对象性关系，即通过自己同对象的关系对对象的占有，对人的现实的占有，这些器官同对象的关系，是人的现实的现实，是人的能动和人的受动，因为按人的方式来理解的受动，是人的一种自我享受。"[①]美感的历史起源与人类的社会实践紧密相连，人的五官感受，是美感产生的生理基础，也是人类进化的产物。作为超越性的精神体验，审美活动不同于一般的物质实践活动。人类的美感源于动物本能而又超越了动物本能，动物本能是不自觉的，而人类审美则是自由自觉的能动活动。此外，与固定的动物本能不同，人类的美感

---

①马克思.1844年经济学哲学手稿.北京：人民出版社，1979.

活动是生成性的，一直处于不断扩大发展之中，在新的历史条件下产生新的内容和意义。人类对美的感受，不是五官对外界的事物的个别属性的反映，而是整体性的体验和解释方式。

所以，马克思进一步论述说，"社会人的感觉不同于非社会人的感觉，只是由于属人的本质的客观地展开的丰富性，主体的，属人的感性的丰富性，即感受音乐的耳朵，感受形式美的眼睛，简言之，才或发展起来，或者产生出来。因为不仅五官感觉，并且所谓精神感觉、实践感觉（意志、爱等），一句话，人的感觉、感觉的人性，都只是由于它的对象的存在，由于人化的自然，才产生出来。五官感觉的形成是以往全部世界历史的产物……一方面为了使人的感觉成为人的，另一方面为了创造同人的本质和自然界的本质的全部丰富性相适应的人的感觉，无论从理论方面还是从实践方面来说，人的本质的对象化都是必要的。"①马克思关于"人的五官感觉的形成是以往全部世界史的产物"的著名论断，指出了包括美感在内的人类的感官感受，并非主体凭空自生，而都是在人类社会实践中逐步形成的。人类的五官感觉的形成，同人类自身的全部历史中的社会实践活动密不可分、息息相关，从而具有超越动物本能的社会化的、自由自觉的特征，使人能从对象中直观自身，确证自身的本质力量。

如果不考虑人类的社会实践，人的五官感觉的形成和发展便失去了唯物主义的依据，但是，只考虑人类的社会实践，也将无法超越有历史局限性的现实实践，难以洞悉美感产生的自由、超越的精神内涵。

在审美活动中，人与世界的关系，不是一般实践活动中主客对立的关系，而是自由、平等的主体间性关系，即美感是人与具有美的特征的事物在特定的情境中相遇，然后在主体身上产生的自由、超越的精神感受。当代美学家杨春时先生指出，审美克服了人与世界的对立，世界在审美中不再是客体，而成为主体，此时

世界不再是冷冰冰的死寂之物，也不再是与自我对立的客体，而是与人一样具有生命的、活生生的主体，是能够与自我亲密交往、倾诉衷肠的知心者，不是"他"而是"你"，自我也不再是异化的现实个体，而成为自由的审美个性。

南宋辛弃疾词《贺新郎》有"我见青山多妩媚，料青山见我应如是。情与貌，略相似"两句，就生动地体现了人与自然心意相通、充满温情味的积极交流和情感共鸣。北宋欧阳修《蝶恋花》中"泪眼问花花不语，乱红飞过秋千去"，则是把花儿当成可以倾诉哀思的友人。故而在考虑美感的历史生成时，一定要既重视社会实践，又不能忽略自由精神。

（三）美感的基本特征

美感的基本特征包括：感性形象的直接性、美感的精神愉悦性、无功利性与功利性的统一以及共性与个性的统一。美感首要的基本特征，是感性形象的直接性，离开了具体生动的感性形象，美感就不复存在。美感还能让人处于自由自在、无拘无束的审美感受中，产生心旷神怡和舒畅惬意的感觉，具有高于快感的精神愉悦性。同时，需要注意的是，美感是无功利性和功利性的统一以及共性与个性的统一。

1. 感性形象的直接性

审美活动与强调理性的认知活动不同，美感是直接、直观的，而非间接、抽象的。当欣赏者面对一件民间工艺品，如湘西蓝印花布"吉祥升平"时，未必能明白这一作品各个部分色彩和形状的文化背景和象征意蕴，却能够直接感受到一种妙不可言的美感。如清代美学家王夫之所谓的"一触即觉，不假思量比较"（《相宗络索·三量》）。也就是说，在审美过程中，审美对象是以其具体可感的，并富于情感色彩和审美感染力的生动形象，直接引发人的美感。欣赏者要获得美感，首先就必须运用自己的审美直觉，亲身去感受，在审美活动中不以对象性的认知形式去分析对象的功用价值，而以与对象在心灵

---

①马克思.1844年经济学哲学手稿.北京：人民出版社，1979.

中融为一体的方式去把握与领悟审美对象的美。在那一瞬间，抛开世俗功利，聚精会神地去观赏和体味，全身心沉浸在审美愉悦之中。

美感并不与理性完全对立，审美活动中渗透、沉淀着理性。鲍姆加登在创建美学学科时，使用Asthetik这个词，说明审美活动离不开具体可感的形象。从审美对象方面说，内容和形式就如同一张纸的两个面，既各有区别，又不可分割，审美是观赏对象的感性外观，但同时也潜藏着对审美对象的内在本质，以及与其相关的社会内容的关注。譬如，德拉克洛瓦（Eugène Delacroix）的名画《自由引导人民》，取材于1830年法国七月革命的硝烟弥漫的巷战场面，以高擎三色旗，领导着革命者奋勇前进的、象征自由的女神形象为主体，结合强烈的光影形成戏剧性效果，与丰富而炽烈的色彩和充满着动感的构图一起形成了一种强烈、紧张、激昂的气氛，让这幅画具有气势磅礴、鼓舞人心的力量。

从审美主体方面说，如果单纯依靠纯直觉的感性直观，而没有一定社会生活阅历和主观能动性作为基础，是难以判断对象是否具备美的特征，因为只有具备了比较完整的主体审美心理结构，经过不懈的艺术磨炼，才可能真正获得美感。简言之，美感的直接性和直觉性的背后，潜藏着理性的内涵。

2. 美感的精神愉悦性

在审美活动中，审美主体与审美对象不是征服与被征服的主体与客体的关系，而是彼此同情、相互尊重的主体与主体的关系，在这种自由自在、无拘无束的审美感受中，人自然而然地就会产生一种心旷神怡和舒畅惬意的感觉，陶醉其中而物我两忘。这是一种超越具体现实功利的精神享受和满足。

例如，我国博采诸园之长，集苏州园林造景精髓大成的怡园，当中廊壁花窗，沟通东西景色，廊东曲廊环绕亭院，缀以花木石峰，从曲廊空窗望去一如意蕴丰富的国画。廊西池水居中，环以假山、花木及建筑，山虽不高而有峰峦洞谷，与树木山亭相映。身处于这种美景中，人的心灵就会被打动，那种心旷神怡的美感立即油然而

图10-21 苏州怡园

生，让人感到舒爽惬意，流连忘返。（图10-21）

需要注意的是，美感的精神愉悦性建立在视、听、嗅、味、触等感官的基础之上，美感本身即是一种特殊的快感，但美感绝不同于生理快感，它们的本质区别在于：快感是满足本能欲望的需求而产生的舒适、畅快，是一种有限的满足感，而美感则是超越了本能欲望的满足之后而产生的快感，在更广阔的意义上以无功利的视角，获得的一种精神上的满足和愉悦。也就是说，快感起于实际需求的感官满足，而美感则超越了这种实用活动。美感是快感发展与升华的结果，快感作为积极要素被包含在美感中，美感作为生理快感与精神愉悦的统一，其内涵远比快感大。

比如，孔雀是集观赏和食用价值于一身的珍禽。但如果人们只把它视为野味珍品，光考虑它鲜美的肉味，那么获得的就是指向欲望需求的快感。而假若把它当做可以彼此同情、理解的主体，去欣赏它优雅迷人的身形，以及那光泽迷离、耀眼夺目的七彩长袍，那么获得的就是指向精神愉悦的美感。所以，快感往往是短暂、有限和易逝的生理感觉，而美感在更高的精神意义上则是持久、自由和超越的精神体悟。

3. 美感作为无功利性和功利性的统一

鲁迅在评述普列汉诺夫美学观时说，"社会人之看事物和现象，最初是从功利底观点的，到后来才移到审美底观点去。在一切人类所以为美的东西，就是于他有

图10-22 掷铁饼者_米隆（古希腊）

耗的各种制约。

而在审美活动中，美感的功利性不是直接、外显的，而是间接、内隐的，指向对精神需要的享受和满足。即满足精神需要，而非如同日常功利性一样局限于满足物质需要。当代美学家杨春时指出，"审美是一种自由的生存方式和超越的体验方式，它虽然可以降格而与日常生活融合，成为大众审美文化，形成日常生活审美化的趋势，但是它本质上是超越现实、批判现实的"。

因此，美感是认知行为、功利态度向审美感悟的转化和升华，主体精神挣脱物质利益、功利和逻辑的束缚与制约，从有限、短暂上升到无限、永恒，它的潜在功利性，就是借助审美活动来陶冶人的性情，完善人的人格，以及提高人的精神境界。

比如，欣赏古希腊米隆（Myron）的雕塑《掷铁饼者》中那个健壮而优美的掷铁饼运动员，我们并不关注其是否能取得运动会的奖牌，而是通过观赏作者塑造的那位青年男子在即将投出铁饼那一瞬间的姿态，感悟、体会蕴涵在雕像每一块肌肉下面的那种能够打动人心的饱满的生命活力，以及创作者米隆倾注于其中的精神寄托。（图10-22）

艺术能够以生动、可亲的感性形式来陶冶和净化人的心灵，具有超越道德说教和政治工具的强烈冲击力、感染力和影响力，历史上许多重要的学者都非常看重艺术的教育作用。比如，亚里士多德注意到悲剧对心灵的"净化"作用，同时强调音乐教育的重要性。我国明代作家冯梦龙也有"怯者勇、淫者贞、薄者敦"之语。

就设计美学而言，它的特殊性在于其根本目的是为人服务的，设计产品的外观美不但可以起到无功利的日常生活审美化的作用，同时也起着激发消费者购买欲的商业作用。

4.美感作为共性与个性的统一

人生在世，总是处于一定的社会关系之中，生活在一定的社会共同体当中，并与他人共同存在，其共性不

用——于为了生存而和自然以及别的社会人生的斗争上有着意义的东西。功用由理性而被认识，但美则凭直感底能力而被认识。享受着美的时候，虽然几乎并不想到功用，但可由科学底分析而被发见。所以美底享乐的特殊性，即在那直接性，然而美底享乐的根底里，倘不伏着功用，那事物也就不见得美了。"[①]美感是作为无功利性和功利性的统一而存在的。

日常的认识活动具有直接功利性，面对事物时往往考虑其实用功利目的，而这种实用功利目的是对物质需要和感官欲望的满足，是对物质的一种现实的占有和消耗行为，从而受到物质需要、感官欲望、物质的占有和消

①鲁迅.鲁迅全集.北京：人民文学出版社，1979.

言而喻。马克思在《关于费尔巴哈的提纲》中指出："人的本质不是单个人所固有的抽象物，在其现实性上，它是一切社会关系的总和。"①参与审美活动的个人，在感受到那妙不可言的审美愉悦时，会渴望把这份惊喜和感动与其他人交流和共享。不过，共性只是人的本质特征的一面，因为人同时也是自由自觉的，一如身边的美景，所谓"春花秋月，各呈其韵"，除了共性之外，还具有自己独特的个性。美感产生于人类自由自觉的审美活动中，自然也具备这种人类活动的特征。

从共性方面来说，个人作为社会共同体的成员，只有融入社会这个人与人相互交往的、主体间的生活世界，才能成为有语言和行为能力的主体。人们生活在价值观念、语言风俗、思维方式、生活方式、社会制度都具有共性的社会环境中，为了与他人交流，必然会产生出某些最低限度的共性。审美是普遍的、主体间性的，因而也处于康德所说的"人同此心、心同此理"的心意状态。否则，人与人之间就无法彼此分享自己所体会到的美感了。

比如，典雅圣洁的雅典卫城，是古希腊人建造的风格华美、气势恢弘的欧式建筑，但是，中国人同样能够从中感受到这些石质建筑所蕴涵的稳定坚实、典雅庄重之美。同样，北京的故宫是目前世界上现存规模最大、最完整的古代木构建筑群，它辉煌瑰丽，而又厚重沧桑，向世人展示着中华文明的博大深厚，而西方的游客同样可以在故宫的金扉朱楹、白玉雕栏、黄瓦红墙、重叠宫阙中，和中国人一样体味到中华文化的璀璨光辉。无论是古人还是今人，面对故宫和雅典卫城等优秀建筑，都能体味到建筑师那精湛的建筑技术，以及这些建筑艺术的巍峨壮观。可见，文明会在一代又一代人的继承和发展中被传承下来，使不同时代的人具有美感上的共性特征，而不同民族历史、风俗习惯，以及地域风貌的人之间的相互联系、对话和交流，又促使各种独具韵味、丰富多彩的社会文化之间相互学习、彼此融合，使得不同民族和地域的人的美感获得了共通性。故而，在审美主体的个性特征中，蕴涵着时代、民族、阶级等的共性。

从个性方面来说，艺术作品只有通过理解才能进入我们的思维世界，而理解，就要重新阐释。于是渗透进了欣赏者的主观意识。艺术作品具有情境性，在特定环境下，对于特定审美主体会生成特定意义，它不是一个固定的存在物，本身并不能自我实现，只有在个人的理解过程中，其意义僵死的痕迹才会变得鲜活起来。因为有了个人的参与，作品意义才完整。因此，审美主体的个性特征决定了美感的差异性。

此外，美感的个性与欣赏者个人所属的时代、民族、阶级等的差异性有着密切的关系，个人所处的生活环境的差异，使其体验到的和所追求的美感千差万别。

首先是时代差异性。每一个时代都有自己的审美观念和趣味，以欧洲建筑艺术为例，古希腊罗马时期的最高成就是宏伟壮观的神庙，到了中世纪变为巴黎圣母院、科隆大教堂这种哥特式建筑，文艺复兴时期巴洛克设计风格开始风行，工业化时代后则更是出现了各式各样的设计风格。

其次是民族差异性。经济文化状况、风俗情趣和地域风貌等的差异，会渗透到美感中去，使得不同民族的审美各具特色。比如，法兰西民族地处海洋性气候，生活习惯美妙而浪漫，时装、香水等高档、时尚的载体沿袭了洛可可和装饰艺术运动的华丽、经典的浪漫风格；德意志民族身处干燥、多山的环境，性格严谨，逻辑思维缜密，其产品设计以高品质，重视功能闻名于世；美利坚民族则兼容并蓄，崇尚轻松、自由和乐观的个性，造就其设计的幽默和随意性；中华民族历史悠久、地大物博，东方的哲学和禅理更讲究人际、天际的和谐相处，追求的设计美感深沉而博大。②

最后是阶级差异性。不同阶级的人由于经济地位、认知观念等的不同，产生的美感也就不同。如鲁迅先生在《"硬译"与"文学的阶级性"》中说过，"饥区的灾民，大约总不去种兰花，像阔人的老太爷一样，贾府上的

---

① 马克思, 恩格斯.马克思恩格斯选集.北京: 人民出版社, 1995.
② 李立芳.设计概论长沙: 湖南美术出版社, 2003.

焦大,也不爱林妹妹的。"

二、审美心理的探索

（一）探索的历程

美感的产生,包括两个方面,一是本节提到的宏观的美感的历史生成,即人类之所以能够产生美感;二是具体的美感的当下产生,即此刻的美感是如何形成的,这就涉及具体的审美心理过程。为了更好地研究审美心理过程,我们应当注意"审美活动"构成的几个关键要素:

参与审美活动的人,即"审美主体";具有美的特征的事物,即"审美客体";主体与客体彼此之间互联互动的特定审美活动情境本身,即"审美情境"。"审美主体"、"审美客体"和"审美情境"这三者构成了"审美活动"。

这几个要素贯穿审美心理的整个过程,现代西方学界对这一过程进行了大量的研究,形成几个主要的学说:

1.移情说

"移情说"是西方现代美学中影响最大的流派之一,同时也是心理学美学流派中最具代表性的理论。移情作为理论问题,最早由德国美学家费希尔(Friedrich Theodor Vischer)父子提出,见于儿子罗伯特·费希尔(Robert Visher)的文章《视觉的形式感》。后由德国心理学家、美学家里普斯提出系统的理论加以确立。

移情说从心理学角度出发,认为人的美感是一种心理错觉。人在观察事物时,会将自身的情感移置、投射到事物身上去,把原来没有人格的事物看成是有人格、生命、情感、思想、意志和活动的。同时,人自己也会受到这种错觉的影响,同事物发生共鸣,从而达到"物我交融、物我同一"的精神境界。虽然"移情"作为一种系统理论出现在现代西方,但其实作为艺术创作的手法,在中国古代诗歌里是非常常见的,如"春风得意马蹄疾,一

日看尽长安花"(孟郊《登科后》),"感时花溅泪,恨别鸟惊心"(杜甫《春望》),"蜡烛有心还惜别,替人垂泪到天明"(杜牧《赠别二首》),就表达了主体情感对对象的移置:诗人欢欣时,感觉春风都与之同喜,而诗人愁苦时,则感觉花鸟蜡烛都与之同悲。

里普斯的移情理论认为,审美活动中感觉到愉快的自我和使自我感到愉快的对象并不能截然分开,因为两方面都是同一个自我,即直接经验到的自我。他指出,"移情作用就是这里所确定的一种事实:对象就是我自己,根据这一标志,我的这种自我就是对象,也就是说,自我和对象的对立消失了,或者说,并不存在","我们总是按照自己身上发生的事件的类比,即按照我们切身经验的类比,去看待在我们身外发生的事件"。[1]

他以古希腊多利克石柱的形态为切入口,分析了这种"以己度物"的移情心理。多利克石柱是用来支撑神庙巨大屋顶的,这种柱子上细下粗,中间纵直方向刻有凹槽纹路,它既能够给观赏者以傲然挺立、承受重压的的稳定、厚重感,又给人以向上飞腾的力量感。里普斯说,"在我的眼前,石柱仿佛自己在凝成整体和耸立上腾,就像我自己在镇定自持,昂然挺立;或是抗拒自己身体重量压力继续维持这种挺立姿态时所做的一样"。

里普斯的移情理论侧重于阐释审美主体的心理功能和体验,把主体感觉、情感等提到了审美对象的地位,突显了审美主体的积极性和能动性。但里普斯最大的缺陷是,他在阐释移情理论时,总是过度强调主观感觉、情感的作用,似乎所有对象的审美性质都是主体投射的结果,有意无意间忽略了审美对象的客观性。后来美籍德裔美学家鲁道夫·阿恩海姆批评说:"一根神庙中的立柱,之所以看上去挺拔直上,似乎是承担着屋顶的压力,并不在于观看者设身处地地站在了立柱的位置上,而是因为那精心设计出来的立柱的位置、比例和形状中就已经包含了这种表现性。而一座设计拙劣的建筑,无论如何也不能引起我们的共鸣。"[2]

---

①朱光潜.西方美学史.北京:人民文学出版社,1979.
②阿恩海姆.艺术与视知觉.成都:四川人民出版社,2004.

在关注审美主体的同时，我们绝不能忽略了审美对象的外部因素。总的说来，设计类的艺术作品应当具备三个方面的艺术特性："可传达性"、"独创性"以及"卓越性"。

所谓"可传达性"，就是指创作者赋予艺术作品以明确、可感的形式，使蕴藏于艺术作品之中的内涵、意义能够有规律、有指向，易于把握地传达出来。参与艺术欣赏的人，无须具备特别深厚的审美理论修养和高超的艺术造诣，便能够从整体上初步地对艺术作品的价值和意义加以评估、把握，其中那些修养较高的欣赏者还能继而体悟到艺术的深层意味，在具有无限超越性的艺术世界中，完成精神的升华和净化。

关于"独创性"，简单地说，就是指欣赏艺术作品的人，在鉴赏该艺术作品之前没有这样构思过，而创作者却率先感悟到了。在审美实践和个体灵性的推动下，创作者在人与对象世界发生的广泛深刻的联系中，敏锐察觉、发现了事物平素隐现的美妙一面，同时这一面，一般大众由于受到具体历史条件限制却尚未体味到，或者在日常生活中忽视了。于是这一艺术作品就表现出了对平庸的突破，成了创作者在实践基础上的个体生命的独特体验，展现了主体之人的本质力量的丰富的敏感性。

而"卓越性"，则是指一般的欣赏者或许曾经这样想到过，但却只有创作者有能力把这一艺术作品实际创作出来。完成这一艺术作品，仅仅有设想是远远不够的，而需要创作者艰苦顽强地摸索和日积月累地实践，由初级到高级、由稚嫩到成熟地渐次提升自己的审美创作能力，以获得能从多角度、深层次把握构造美的对象的主体力量，最终完成对对象的认识，取得对对象世界的自由。这种高级的主体力量赋形于艺术作品之上，就使作品达到了一般大众难以企及的艺术高度，显现出了"卓越性"。

当以上三种艺术特性在艺术作品中实现了和谐统一时，其所产生的刺激在欣赏者的意识中所呈的样式虽然各有差异，但其意蕴情思却又与欣赏者的期待心理是相协调的。此时，审美主体的期待心理与审美客体的艺术特征之间就会形成一种妙不可言的艺术联系，使艺术作品的刺激具有审美震撼力，然后这种震撼力再转换成一种艺术魅力激起审美主体的审美快感，让他们内心中相应的情感、思绪、联想等骤然喷发出来，最终升华为一种愉悦、舒畅的美感享受。

后来在"移情说"基础上，德国美学家谷鲁司创立了"内模仿说"，认为人的知觉以模仿为基础，审美也是一种模仿，但不是那种表现在筋肉皮肤当中的"外模仿"，而是表现在想象、联想等心理状态中的"内模仿"。比如欣赏跑马时，人们心领神会地模仿马的跑动，享受这种内模仿的快感，进而上升为审美欣赏。（图10-23）

2.心理距离说

这是瑞士美学家布洛（Edward Bullongh）提出来的关于美感的一个重要理论。他在论文《"心理距离"作为一项艺术因素与审美原则》中指出，人们在审美时应该与对象保持适当的无功利、非实用的"心理距离"，既不能与对象太过亲近，也不能太远。因为太近了，就使人以假为真，难免以实用功利态度看待对象；太远了，又会对对象漠不关心。只有采取一种不即不离的态度，维持不远不近的距离，才能获

图10-23 奔马图_徐悲鸿

得最佳的审美效果。

布洛所谓的"距离"，是一定程度上超越时空的"心理距离"，这种"心理距离"与实际的物理性的时间和空间距离有千丝万缕的联系。

就时间距离来说，现代人看唐代，往往会被博大豁达的盛唐气象吸引，向往能够有回到盛唐的机会。可假若真的有时间机器回到过去，恐怕那种没有电灯、电视、广播、热水器等现代化设备的生活，是现代人所无法忍受的。那时候，原来的审美兴致自然就为现实功利所困扰了。

就空间距离来说，桂林山水甲天下，其景致吸引了大量慕名而来的中外游客。但是对于土生土长、天天生活在其中的桂林人而言，这些奇山秀水却颇为平常，难以让他们与游客具有相同的感受，引发出特别显著的惊奇和审美兴致。甚至，由于习于桂林的山水，如若桂林人到云南观看石林景区，也可能因为两者非常相似而不会产生特别的惊喜感。（图10-24）

又比如，遥看法国巴黎的埃菲尔铁塔，只觉其气势恢弘，堪称设计的佳作。但是，如果靠得太近，所见的只是交错的钢条和拧实的铆钉，且锈迹斑斑，那么，肯定会大为扫兴。还有，我们平时逛公园，望到蝴蝶在花丛中翩翩起舞，蜻蜓在池塘上频频点水，就会感到十分惬意，但是真的在放大镜底下看蝴蝶和蜻蜓，却是面目狰狞，颇

图10-24 桂林山水

为骇人。

因此，主体与对象之间保持适当的心理距离，是一个具有普遍意义的审美原则和艺术创作原则。布洛指出，"无论是在艺术欣赏领域，还是在艺术生产之中，最受欢迎的境界乃是把距离最大限度地缩小，而又不至于使其消失的境界"，"距离是通过把客体及其吸引力与人本身分离开来而获得的，也是通过使客体摆脱了人本身的实际需要与目的而取得的"。①

布洛以"海上遇雾"来加以说明：人们乘船航行在茫茫的大海上，突然遇到了弥天大雾，这时，乘客担心延误旅程，害怕有撞船和触礁的危险，不由感到焦急、忧虑、紧张和惊慌。但此时雾也能成为浓郁的趣味和快乐的源泉，只要乘客暂时忘记危险和忧闷，把注意转向周围的景色——"围绕着你的是那仿佛由半透明的乳汁做成的看不透的帷幕，它使周围的一切轮廓模糊而变了形，形成一种奇形怪状的形象。你可以观察大气的负荷力量，它给你形成一种印象，仿佛你只要把手伸出去，让它飞到那堵白墙的后面，你就可摸到远处的什么能歌善舞的女怪。"②

需要注意的是，布洛把人对事物的审美态度与实用态度截然分开的思维是有偏颇的。正如我们提到"美感是无功利性和功利性的统一"，虽然人们在审美时心中不会直接产生实用、功利的欲求，但是这种实用态度仍然是客观存在，潜伏于人的心灵中的。比如，海上不但有迷离于安全和危险之间的大雾，而且有极度危险的排空骇浪，这时，只有在安全的岸上观看海上的滔天大浪才会颇具美感，如果没有现实的保障，落在翻滚的巨浪之中，恐怕"心理距离"是难以产生的。

3.完形说

"格式塔心理学派"创始于20世纪初的德国，其主要代表人物是美籍德裔著名美学家、心理学家鲁道夫·阿恩海姆。他著有《视觉思维》、《走向艺术心理学》、《艺术与视知觉》等，格式塔心理学内容较为复

①中国社会科学院.美学译文.北京：中国社会科学出版社，1982.
②蒋孔阳主编.二十世纪西方美学名著.上海：复旦大学出版社，1986.

杂，立论较为严整，是在当今有着广泛影响的心理学的美学流派。

"格式塔"是德文Gestalt的音译，意为"完形"。"形"是指人在知觉经验中形成的一种意象组织和结构。"完形"是指人对事物的认识具有整体性，在心理活动中，人会在知觉中赋予现实中纷乱的事物以秩序感。"形"的整体性不是客观事物本身固有的，而是知觉活动中所组成的经验整体，是知觉进行积极组织或构建的结果。例如，当我们看到图10-25时，会感觉正中间存在一个白色的三角形，覆盖在另一个由线条构成的倒三角形和其他三个圆形之上。其实这个"白色的三角形"不是客观存在的，而是我们的视知觉建构的。视知觉并不低级，也不单纯是一种被动接受式的感觉，它本身就包括了对刺激物的复杂而又灵巧的改造、加工和概括活动，因而本身就是一种特殊的思维活动。

完形的特征有两点表现：完形是一种力的样式；完形是自发地追求着一种平衡。格式塔心理学派认为，艺术作品拥有自己的结构，具有内在的动力、独特的运动趋势和客观的美。人们通过自己的视知觉去感知这种力的样式。如图10-26，当我们把眼睛盯在正中间的点上，然后，时远时近地来回运动时，就会感到外面的两个环在运动。

阿恩海姆的"异质同构"论认为，完形的目的是表现，而表现就是人们通过知觉的方式获得某种经验，这种表现得以实现，是因为人与客观事物所具有的"力的

图10-25 三角形视幻觉图

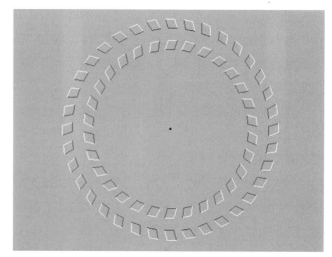

图10-26 环圈旋转的视幻觉图

样式"是"同构"的，即外在的世界的力（物理力）与内在世界的力（人的心理力）在形式结构上有一种"同形同构"或者说"异质同构"的关系。虽然审美对象与主体感知的质料十分不同，但是审美对象的物理结构与感知主体的生理结构和心理结构是同一的，审美对象的结构与感知主体的内在情感结构也是同一的，都是存在于某种特定力场中的力的样式。审美欣赏的目的，是借助审美对象与人的同形同构关系使自己的情感愿望得以表现，从而引起共鸣，在人的心理结构中产生美感。

例如，古人以柳树作为"离愁别绪"的象征，别离时折柳相送。因为柳树漫舞，是纤细轻盈的；柳絮轻飞，是飘忽无定的；柳丝柔长，风吹而成缠绵难舍之状，那种剪不断、理还乱的感觉如同柳丝之绵长。柳树的力的样式，是缓慢低垂的，而人在悲哀或忧愁时，力的样式是缓慢向下的，因而柳树常被作为愁绪的对应物，与人的悲哀具有同构关系。

此外，在古人观念中，秋风不仅带来天气的寒凉，更主要它还暗藏杀气，意味着作为自然生命之源的阳气衰竭而肃杀生命的阴气盛行。所谓"秋者，一岁之运，盛极而衰，肃杀寒凉。阴气用事，草木零落，百物凋悴之时"。所以悲秋就成为古代诗词"原型"，被历代诗人广泛接受和普遍传唱。曹丕的"秋风萧瑟天气凉，草木摇落露为霜"（《燕歌行》）抒思妇之怨；李煜的"月如钩，

寂寞梧桐深院锁清秋"(《相见欢两首》)写亡国丧家之痛。总之，"秋"产生了数不胜数的悲秋作品。

需要指出的是，我们在运用阿恩海姆的理论时，必须注意其思想体系中"科学主义"的倾向——那种一切都要寻找具有可经验和可实证的依据的机械倾向，他总是力图把所有精神性的存在物都纳入科学主义的"生理/心理"层面来阐释，所以尽管他已经敏锐地认识到，视觉形象永远不是对于感性材料的机械复制，而是对现实的一种创造性把握，它把握的形象是含有丰富的想象性、创造性、敏锐性的美的形象，然而却总在最关键的地方停了下来，始终没有能将他的美学思想从形而下的"生理/心理"层面，进一步提升到更丰富多彩、自由超越的审美境界。

（二）审美心理过程

审美主体在审美活动中，与审美对象产生美感联系之后，会产生微妙复杂的心理活动，这就是审美心理过程。在这一系列过程中，发挥作用的审美心理因素主要包括：感觉与知觉、联想与想象、理解与同情。它们是逐渐递进的关系。

1.感觉与知觉

英国美学家帕克说："感觉是我们进入审美经验的门户；而且，它又是整个结构所依靠的基础。"[①]审美活动的第一步就是感觉。感觉是对象直接作用于人的感觉器官，在人脑中所产生的对事物个别属性的反映。我们要感受来自审美客体的丰富多彩的特征，就需要通过视、听、嗅、味、触等感官感觉。但人的感官在审美活动中所起的作用是有差异的。其中视、听觉起到的作用最大，人类艺术诸如音乐、绘画等大多需要它们去把握。尤其是视觉，据神经生理学研究，大脑作为感知世界的神经中枢，要接受四百多万条神经纤维所传来的脉冲信息，其中通过双眼传入的纤维就有两百多万条。加上视、听觉在感受对象时，能够与之保持一定的距离，所以被认为是为理智服务的，更能体会广阔而深沉的思想，以及审美情感，故而被称为"审美的高级感官"。而嗅、味、触觉由于在艺术欣赏中比重不大，并且发生作用时与对象的物质属性距离太近，容易引发潜藏在人类心理结构中的实用功利观念和占有欲望，把审美过程降级为欲望活动，所以被称为"审美的低级感官"。

知觉是在感觉的基础上形成的，对客观事物的各种属性、各个部分及其相互关系的一种整体性的反映。知觉作为比感觉高一级的心理活动，不是各种感觉的简单相加，而是把感觉整合起来产生一种综合性的整体效果。艺术品能引发人的美感，不是因为它的个别属性，而是源于其各属性、各部分的相互关系构成的整体形象。如，一件福娃造型瓷器之所以能打动我们，不是因为我们孤立地感受到了其线条、形状、色彩、明暗、工艺、材质等特征，而是源于这些美的特征构成的完整的审美形象。

2.联想与想象

联想与想象都是建立人脑记忆基础上的形象储存和再构成的心理过程，但两者又有所区别。

联想作为形象储存和再构成的心理过程的初级形式，是在某种特定状态的激发下，由一事物想到另一事物的心理过程。联想既可以由当前感知的某一事物想到与此有关的另一事物，也可以在回忆某一事物时又想到与此有关的事物。形成联想的客观基础是事物间的普遍联系，联想就是各种具有联系的事物在人的头脑中的反映。联想有多种形式，主要包括：接近联想，即想到时空接近的事物，如遥望故宫想到皇帝；类似联想，即想到性质、形态相近的事物，如由鲜艳的五星红旗想到激昂热烈的革命事业；对比联想，即想到性质、形态相对的事物，如诗歌《茉莉，你美得让人心碎》中，"夜色在我的指尖静静地流淌，我的心却已被茉莉深深灼伤"一句，从冷（冰冷的夜色）联想到热（被灼伤的内心）。

想象作为形象储存和再构成的心理过程的高级形式，是在某种特定条件的激发下，人脑把记忆中原有的

---

①帕克.美学原理.北京：商务印书馆，1965.

图10-27 星夜_凡·高(荷兰)

感知形象进行加工改造，从而创作形成新形象的心理过程。想象主要有两种形式：

①再造性想象，即是根据他人的描述，在自己的意识中形成新的形象，基本上仍然保持着原本的面貌。如曹雪芹《红楼梦》一书中，对贾宝玉、林黛玉等人都进行了文字描述，但读者需要运用再造性想象，在自己的脑海中重现主人公的具体形象。

②创造性想象，即在原有基础上进一步进行增补，突破本来的面貌，产生全新的形象。如西班牙画家达利(Salvador Dali)的《内战的预兆》里面的吊诡人形，以及挪威画家蒙克(Edvard Munch)《呐喊》里面的骷髅人物等。

在实际的审美心理活动里，联想与想象常常是交织在一起的，以凡·高(Vincent Willem van Gogh)的《星夜》和波洛克(Jackson Pollock)的《迷蒙的薰衣草》为例，在画作里，各种色彩的颜料抛洒线，大胆奔放地在画布上自由舒展，冷色调和暖色调交织、缠绕在一起，不同色调的光反射到人眼的视神经之后，就会造成视觉的扩张和收缩，相互交错，让欣赏者感到画面仿佛在飞舞转动着，于是，这种色彩动感的张扬就在审美主体心理内部产生一种迷幻飘逸的旋律感。在这种情境中，欣赏者可能会由《迷蒙的薰衣草》回想起可人的薰衣草，以及花园里的种种可爱的草儿、花儿，甚至随着意识的自由流动，在脑海中浮现出由之引出的一系列的联想和想象：花园→野餐→红色的果酱和白色的奶油→与朋友或恋人在一起的那些欢乐时光……

在《星夜》(图10-27)里，那明黄的月亮、星星，以及那蓝、灰、白等色调错杂交织的星云旋涡，在凄丽迷幻的夜空中，以粗犷浑厚的螺旋形态不断扩散盘旋，星空、树木、山峦和房屋等都呈现出一种奇异、苍凉的面貌。人们在画作线条与色彩的迷幻性律动中，既可以体味到一种来自宇宙自然的恣肆粗鲁和桀骜奔放之感，也可以在那明暗混杂、令人目眩的怪异星空景象里，感受到内在的汹涌狂野的情绪：变形弯曲的星空→惊诧和眩晕→自己的挣扎与奋斗→主体的狂野情绪跟无情现实之间的剧烈冲突→渴求释放的欲望和饱受压抑的痛苦彼此间的撕裂……一幕幕联想和想象组成的意识表象像涟漪一般，在审美主体的意识中荡漾波动开来。

3. 理解与同情

理解，就是通过感知、想象、联想和感悟来把握对象的外在关系和内在意蕴的心理过程。了解对象的外在关系，包括审美主体应当具备关于审美对象的背景、时代和独特外观等知识。感悟对象的内在意蕴，则需要联系审美互动的当下情状，细细体味内在于对象的意味和艺术追求。这一过程是与感觉与知觉，想象与联想，思维与情感等审美心理因素密切联系在一起的，是理性积淀在感性中的审美领悟。只有理解了中国革命事业的悲壮和宏伟，才能进一步感受人民英雄纪念碑激越雄壮的美感。

审美是理解与同情相互渗透、相互交织的活动，两者是无法截然分开的。理解领悟力是在长期生活实践的基础上形成的一种高级感受能力，渗透着全部生活实践经验和理性内容。但审美理解又不是简单的理性认识，它是一种浸透着情感性、超越性的对美的理解，所以理解的过程中包含着同情，理解是为了同情，而同情又进一步提升了理解，如此循环往复。

同情，则是审美主体从客体中体悟到人生的意义和价值，心灵在艺术中被极大地触动，思想得到净化和提升。所谓"登山则情满于山，观海则意溢于海"(《文心雕龙·神思》)即是如此。审美同情使欣赏者不再把审美对象当成冰冷、静态、僵死的客体，而是把它当成真实、完整、生动的另一个活生生的主体，在超越的维度上与之亲密交往、倾诉衷肠。我们在观赏美国电视剧《越狱》时，心情会随着主人公的成功而喜悦舒畅，随着主人公的伤心、落寞而潜然泪下。有观众就感叹："看《越狱》让我开始了同以前不一样的生活，我以主人公斯郭菲为榜样：公开场合永远保持微笑和自信，隐藏自己心中的不愿给人看见的伤；面对困境，首先想到的是动脑而不是动气；面对不可能，首先想到的是如何可能；越是痛得撕心裂肺，就越是咬紧牙关，强迫自己冷静下来思考出路。"这种审美同情往往是身心一体的，例如福楼拜（Gustave Flaubert）在描写《包法利夫人》中爱玛服毒时，就感觉自己口中仿佛也有砒霜的味道，结果消化不良，把晚饭给吐了。

综上所述，在审美心理过程中发挥作用的审美心理因素，如感觉与知觉、联想与想象、理解与同情，虽然都有自己独特的心理功能，但同时也是相互依赖和相互渗透，彼此之间不可分割的，它们是交错在审美心理结构内的有机统一体。

思考练习

● 思考题

1. 在中国古典美学中，"致用"和"畅神"最本质的区别是什么？

2. 如何理解马克思关于"人的五官感觉的形成是以往全部世界历史的产物"的论述？

3. 审美活动与强调理性的认知活动的区别有哪些？

4. 中世纪美学思想的特点是什么？

5. 除了课本中提到的美学主张，西方古代还有哪些美学主张？

● 练习题

1. 举例说说模仿说与西方古代设计的联系。

2. 举例说说中西方古典园林的差异性。

3. 美感和快感有何区别和联系？

4. 审美心理因素主要包括哪些内容？

相关链接

● 延伸阅读

1.《美感》桑塔亚那 中国社会科学出版社

2.《美感概论》济生 上海科学技术文献出版社

3.《艺术作品的哲学解读》江业国 当代文艺出版社

4.《美学原理》杨辛 甘霖 北京大学出版社

● 学习网站

1. http://www.cndesign.com

2. http://www.52design.com

3. http://baike.baidu.com/view/865151.htm

第十一章
设计师

要点提示

○ 学习目的

通过本章的学习，了解设计师的知识构成和技能，明确设计师作为社会人的地位、需承担的社
会责任和社会义务，以及创作个性对设计师成长的影响。

○ 学习重点

了解设计师的社会责任，设计师的创作个性。

○ 学习难点

了解设计师的个性。

○ 参考课时

2课时

第一节
设计师及其知识与技能

一、何谓设计师

设计师是指从事设计工作的人,他们通过教育和学习,拥有设计知识和理论修养,具有设计的技能和技巧,从而能够成功地完成设计任务,并获得相应报酬。现代汉语的"设计师"一词,是由英文"designer"翻译而来。

设计师作为设计创造的主体,是设计活动中最重要的因素,他的职责是集中表现艺术设计的美,表达人们的思想、情感和愿望,集中反映人们高尚的审美情感和健康的艺术趣味,创作出内容与形式完美统一的设计作品,以满足广大群众的艺术趣味。设计生产是精神生产和物质生产相结合的特殊社会生产部门,它不同于科学研究,也不同于纯艺术创造,设计创造是以综合为手段,以创新为目标的高级的、复杂的脑力劳动过程。

设计师的出现是生产力发展和社会分工不断深化的结果。只有当生产力发展到一定的阶段,一部分人摆脱了直接的生产劳动,有更多的时间和必要的条件掌握设计的手段和技巧,发展自己的设计思维能力,集中社会的审美需要创造出设计作品,并满足社会需要的时候,真正意义上的设计师才应运而生。因此说设计师总是生活在一定的社会形态中,不能超越自己所处的时代,他的审美理想归根结底首先只能是这个时代的审美理想;同时设计师又比一般人更为敏感地反映和表达一个时代的思想、情感和愿望。

设计师卓越的设计能力,是在长期的生活实践过程中不断得到提高的,无论是从设计师的思想修养还是设

计修养来看,设计实践对设计师来说都至关重要。设计师技巧的拙劣、设计才能的衰退,经常是与其设计实践、生活经验的枯竭分不开的。所以对于设计师来说,设计修养的提高必须在不断的学习和实践中进行,这就需要设计师对专业领域的方方

图11-1 日本设计大师喜多俊之

面面既要广泛涉猎又要做到专注,前者是灵感和表现方式的源泉,后者是工作的态度。(图11-1)

二、设计师应具备的知识与技能

设计是设计师专业知识、人生阅历、文化艺术涵养、道德品质等诸方面的综合体现,随着社会的发展、科技的进步,现代设计的覆盖面已经非常广泛。设计师必须掌握更加全面、专业的知识去适应设计市场的快速变化。高素质、多知识、强能力是今天和未来对新一代设计师的基本要求,也是新型设计人才的基本品格。

设计是一门综合性的学科,涉及很多自然科学和社会科学的知识。因此,设计师也必须要掌握比较全面的知识,具备较完整的知识结构体系。除掌握艺术学、设

图11-2 靳埭强为亚洲艺术节设计的招贴

图11-3 陈幼坚设计的茶语装饰

计理论、设计史、美学等本专业领域理论知识以外，还需要了解自然科学中的物理学、材料学、人机工程学、生态学以及社会科学中的经济学、消费心理学、市场营销学、传播学、管理学、语言学及伦理学等各种知识。包豪斯创始人格罗皮乌斯曾说过："一个人创作成果的质量，取决于他各种才能的适当平衡，只训练这些才能中的这种或那种，是不够的，因为所有各方面都同样需要发展，这就是设计的体力和脑力方面训练要同时并进的原因。"靳埭强为数届亚洲艺术节设计的海报，体现出作者深厚的知识积累。(图11-2)

设计的本质在于创造，创造能力是设计师素质中最重要的品质。设计师要使自己的艺术不失去接受者，就必须考虑接受者求新、求奇的心理。这就要求设计师不断地革新和创造，不断地推出创新的设计作品，给人启迪和美的享受。香港著名设计师陈幼坚为东京新宿的"茶语"茶馆做的设计，从茶馆的室内装潢和司标设计再到茶具的选用，堪称是陈幼坚设计艺术的精髓。(图11-3)

作为新时代的设计师，还应不断地吸收新的知识和观念，不断充实自己的知识和更新思维模式，要树立终身学习的观念，紧跟时代，与时俱进，设计师的艺术生命活力就永不枯竭。

一个成熟的设计师应具有以下基本知识和技能：

（一）强烈敏锐的感受能力

好奇心——激发设计师的创作欲望；感性——促使设计师关心周围世界，对美学形态及周围文化环境的意义怀有浓厚的兴趣。设计师的观察和感受能力是设计创造的基础。

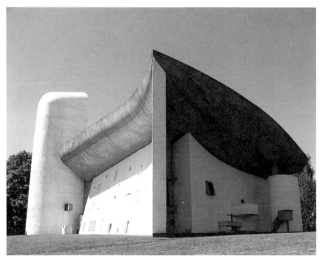

图11-4 朗香教堂

图11-5 朗香教堂内部

（二）创造的能力

设计的本质是创造，设计创造始于设计师的创造性设计思维。设计师应该突破固有的思维模式，从思维方法上养成创新的习惯，并将其贯彻到设计实践中，在寻求问题的最佳解决方案时，有一种坚韧的独创精神和热情的想象力。这一点必须在不断的学习积累中积极探索，才能使设计师真正具有构想的灵感和发明创造的能力，使其设计永远具有生命力。（图11-4、图11-5）现代建筑大师勒·柯布西耶接受重建朗香教堂的工程之后，采用了一种雕塑化而且奇特的设计方案，突破了历来天主教堂惯用的模式。朗香教堂建成之时，即获得世界建筑世界的广泛赞誉，它表现了勒·柯布西耶后期对建筑艺术的独特理解、娴熟的驾驭建筑体形的技艺和对光的处理能力，体现了他非凡的艺术想象力和创造力。

（三）具有良好的群体意识和协调力

现代设计是一种创造性的智力活动，是高度交叉的综合学科，一个设计项目的完成，往往要调动多方面的智慧和技能。实践证明，"集体智力"等团体创作设计的方式是行之有效的。面对一个设计方案，考虑集体的力量，运用大家的智慧，你在策划上出新，我在创造思维上出奇，他在制作方面是"高手"，在某一方案完成后，虚心征求同事和有关专家的意见，认真听取客户意见和想法，协调各方面的认识并加以调整修改，这样获得成功

的概率就大。各自为政，故步自封，老死不相往来，就会把自己的设计带到一种自我封闭的不健康的境地中。现代设计师具备良好的群体意识和协调力是获得成功的重要因素。学会与人共事，与人相处，尊重他人的意见和想法，建立起团结互助、共同进步的集体主义精神，在现代设计中有一种协调合作的团队精神，这是成功的现代设计师所必备的品质。

（四）专业设计能力

设计师要想把自己的创意表达出来，需要具备全面的专业能力，这些专业设计能力能够帮助设计构想的表达。主要包括造型基础技能和专业设计技能。如果没有扎实的造型基本功，就无法表达出自己的设计意图，也无法使设计构想付诸实现。设计师的专业能力能够实现设计观念，完成设计过程的操作。现代设计师具备很高的专业设计能力，是成功设计作品的关键所在。因为只有具备了足够的专业设计能力，才能运用各种表现技巧把自己的设计构想以感人的视觉形态表现出来。

（五）美学修养和鉴赏能力

作为设计师，应该有很强的鉴赏能力。这种鉴赏能力的提高，并非一朝一夕所能做到，要依靠平时多方面的艺术修养的积累和设计专业知识的积累，特别需要经常有意识地留心观察身边各种成功或失败的设计，并从其中总结成功的经验与失败的教训。美学与现代设计基本

理论知识以及更广泛的边缘学科知识能使设计师拥有更加丰厚的美学修养。对每一个优秀的设计师来说，历史文化知识是必不可缺的，前人的经验、成果经过数百年乃至数千年的洗礼仍大放异彩一定有它永恒不朽的东西，我们应该研究、领悟这些精华，并把它放到自己的设计中，这样别人会更易于接受与认同。如柒牌男装——中华立领，将传统文化精神巧妙地融入服装产品广告中。（图11-6）

设计师还应把握异地风情，抓住民族的精髓，民族的东西是最引人注目、震撼人心的创作元素，取其精华，弃其糟粕，设计灵感才会永不枯竭。

（六）探索欲望和敬业精神

作为一个设计师，他总是多看、多问、多思考，喜欢追根究底，探求事物的内在奥秘。他往往能通过一件很不起眼的小事，溯本求源，运用某一事物的基本原理而演绎成为意义深远、具有创造性的定理或引发出新的概念，并能在实践中应用。作为一个设计师，无论遇到多么复杂棘手的设计课题，都要通过认真总结经验、用心思考、反复推敲，才能达到最理想的效果。设计专业人才应该拥有敬业精神。

（七）对市场的预测能力和超前意识

一个优秀的设计师应随时关注市场上的需求及其变化，并要有对其进行调查研究和科学预测的能力。这种预测能力所根据的许多因素，是通过周详严谨的市场调查而来的。但它不仅仅是通过单纯的数字统计得来，而是要在掌握市场心理学的基础上，有针对性地分析消费者群体的消费心理，如不同消费者群体的性别、年龄、文化水平、生活习惯、收入及居住环境等因素，从而设计出形态各异、形式丰富的产品，以适应不同消费者群的购买心理，使之乐于接受。网络游戏"魔兽世界"在视觉美感、宏伟的场景等方面的卓越设计让它迅速被玩家认同，风靡世界。（图11-7）

图11-6 柒牌男装广告

图11-7 魔兽争霸人物角色

第二节
设计师的社会责任与创作个性

一、设计师的社会责任

以设计服务生活、服务社会的设计师必须以负责任的态度开展设计，以健康的理念引领生活，设计者应该从设计的源头注意节能、环保等，这是设计师应该具有的职业道德。设计行为是社会行为，应符合社会伦理，为社会服务，并受社会的限制和制约。设计师以中国汉字"汶川"与"济"的巧妙结合，呼吁全社会共同帮助与救济地震灾区。(图11-8)

我国古代设计思想家墨子早在两千多年前就针对当时社会崇尚奢靡的大背景，提出了"节用"的设计思想，作为西方现代设计教育肇始的包豪斯也主张"设计的目的是人而不是产品"，这些都说明设计师首先是一个社会人，他的设计必须服务于人。随着社会的不断发展，设计师这一概念的内涵也不断延展，他所承担的也不仅仅是服务于某一个人，某一类人，还要使他的设计能符合社会的整体和长远利益，为社会服务，为人类造福。

而在当今社会经济发展的不断刺激下，许多设计师对于商业为主导的设计乐此不疲，职业操守和社会责任感却十分缺乏，缺乏对人类生存状态的理解，漠视大众生活的需求，如当前深受诟病的商品"过度包装"就是一例，不少包装已经背离了其应有的功能，外包装里三层、外三层，剥开层层叠叠的商品包装，最终的产品却小得可怜或者价值不高。这类设计浪费大量的资源，造成环境负担，诱发不良社会风气。再如某些行业的广告华而不实，严重背离实际，欺骗消费者。要克服此类弊病，设

图11-8 济汶川

计师就必须顺应自然规律，尊重设计伦理，使设计符合社会发展的价值观。

设计是一种为大众服务的社会行为，这就决定了它必然与社会发生联系，为他人服务。现代设计本着"为大众服务"的理念，不同于以往服务于精英的传

统设计,要求设计师必须满足大多数人的利益和审美趣味。要求设计师必须坚持社会责任,以人类为中心,既要充分了解人的需求,虚心接受人们的意识和建议,还要能预测其他人的反应及公众需求的变化方向。在现代设计实践中不断提高自身的修养和品位,深入生活,了解自然,冷静地估价自己,把个人的得失和社会的各种关系以及自然万物联系起来,把设计重新定位,防止设计对生态环境的破坏,防止设计造成人类精神世界的异化。

设计对社会的积极影响,表现在设计能够促进社会道德风尚的净化,帮助建设良好的精神文明。富于社会责任感的设计师能够通过其作品熏陶消费者,提升生活品位。如在北欧的丹麦、挪威、芬兰等国,人们强调设计民主化,特别强调反对炫耀财富,公益广告事业非常繁荣,他们涉及社会生活的各个方面。禁毒、禁烟、反战、保护妇女儿童等众多题材经过设计师富于情感的演绎后,在全社会范围内引起广泛的关注,并且不断培养、提升人们的社会良知和责任感。

如果每个设计师都能深入提高自己的人文修养,钻研自然科学知识,而不仅仅局限于眼前的利益,盲目随波逐流,那寓于经典的设计将层出不穷,灵感也将不见枯底,对国民的感化和教育意义将更真诚。设计师抱有人文关怀,开展"绿色设计"、"关怀设计",履行设计者的责任和使命,既要安全、美观,又要对人类的生态环境负责,通过设计活动为社会取得很好的社会效益,提升人们的生活品质和文化品位,为社会大众服务。只有这样才能实现设计师个人价值和社会价值的完美统一。

二、设计师的创作个性

设计师的创作个性,是设计师的审美意识的个性差异在艺术设计创作上的特殊表现,是一个设计师区别于其他设计师的主观方面各种具有相对稳定性的明显特征的总和。它是在一定的生活实践、审美观和艺术设计修养基础上所形成的独特的生活经验、思想情感、个人气质、审美理想以及创作才能的结晶。设计师会因为个性的不同和喜好程度选择学习自己感兴趣的知识,以及获得知识的深浅程度。而知识结构又反作用于设计师个性的形成,这是一种互为因果的关系。这种关系造成不同设计师的知识结构也各不相同,将直接影响到设计师对设计创新的追求和作品创新的深度。

对于设计师来说,创作个性问题极具重要意义。设计师如果没有自己的创作个性,那么不论他的作品反映的内容意义如何重大,反映的知识如何丰富,其成果不可能具有其他设计师的作品所不能替代的特殊的美和感染力。成功的设计师都是由于他们具有自己的鲜明创作个性,才能对设计的发展作出独特贡献,用自己与众不同的作品丰富人类艺术设计的宝库,使社会的多种多样的审美需要得到满足。由于客观世界的美只能存在于无限丰富多样的感情具体的形态之中,审美主体对它的感受也是无限丰富多样的,这就是设计师对客观世界的美的反映,有了发挥他个人主观方面的特点的广大空间。而且设计师也只有使他个人主观方面的特点得到充分发挥,对客观现实的美作出为他个人所特有的独创性的发现,他的作品才是更有审美价值的。三宅一生(Issey Miyake)是著名的服装设计大师,他的时装极具创造力,集质朴、基本、现代于一体。他一直独立于欧美的高级时装之外,他的设计思想几乎可以与整个西方服装设计界相抗衡,是一种代表着未来新方向的崭新设计风格。(图11-9)

设计师对现实的审美感受和认识的独特性以及表现技巧的独特性会在设计作品中表现出来。但设计作品的内涵不是照搬生活中的情感,而是设计活动主体对自然情感进行审美体验后产生的结果。在设计活动中设计师会有一个情感积累的过程,情感积累是设计灵感和创意生成的前提条件。当设计师掌握了某种设计表达方式时,便将自己长期积累的情感经过审美升华而表现在设计作品中,从而达到设计创新的目的。设计作品中表现出来的艺术情感的丰富与否、深刻与否以及作品的创新程度都要取决于情感,离开了对现实理解的这种独特情

图11-9 服装设计作品_三宅一生(日本)

感, 即使形式上多么与众不同, 实质也会陷入苍白和矫饰。

　　设计师创作个性的形成与发展总会有一个时代的审美需要的烙印, 它规定着艺术设计师朝着怎样的方向和目标去形成和发展自己的创作个性, 赋予作品具体的社会文化内容, 突出表现为当时社会上流行和占统治地位的审美需求。

　　设计师只有通过自己的积极主动, 艰苦探索, 充分宣泄自身的审美感觉、创新特点, 争取达到审美感受与审美认识新的高度和深度, 这样才能产生具有美学价值的创新, 才能为创作个性的形成和发展打下坚实的基础。设计师应当既了解社会的健康审美需要, 又了解自己的个性气质特征, 在长期的设计实践中, 扬长避短, 通过发挥自己的个性气质的优越性, 去找寻自己的个性气质与社会审美需要的连接点, 最后形成自己的创作个性。艺术个性形成之后, 也需要不断加以完善和发展, 始终保持自己对生活特有的活跃、新鲜的感受, 并在设计实践中, 不断拓展自己的设计个性。

　　当今的时代, 独具设计个性的设计师已经向着文化型、智慧型、管理型的高层次方向发展, 他们具有宽广的文化视角、深邃的智慧和丰富的知识; 具有创新精神, 他们考虑社会反映、社会效果, 力求设计作品对社会有益, 能提高人们的审美能力, 并能概括当代的时代特征, 反映人们真正的审美情趣和审美理想。设计师已经成为科技、消费、环境以至整个社会发展的重要推动力量。

思考练习

● 思考题

1. 举例说说一个成熟的设计师应具有哪些基本技能。

2. 举例说说设计师怎样提高美学修养。

● 练习题

1. 谈谈设计师的创作个性与设计实践的关系。

2. 结合现实的例子谈谈设计师的社会责任。

相关链接

● 延伸阅读

《艺术设计美学》 陈望衡 武汉大学出版社

● 学习网站

http://www.333cn.com

参考文献

1. 王受之. 世界平面设计史. 北京: 中国青年出版社, 2002.

2. 蔡嘉清. 广告学教程. 北京: 北京大学出版社, 2004.

3. 李克. 时间中的时尚. 济南: 山东美术出版社, 2005.

4. 汤义勇. 招贴设计. 上海: 上海人民美术出版社, 2001.

5. 孙湘明. 平面广告设计. 长沙: 湖南美术出版社, 2003.

6. 方新普, 陆峰, 孟梅林. 视觉流程设计. 合肥: 合肥工业大学出版社, 2004.

7. 孙戈, 卢颖. 广告语言魅力. 沈阳: 辽宁美术出版社, 2002.

8. 林家阳. 图形创意. 哈尔滨: 黑龙江美术出版社, 2002.

9. 张燕云. 创意设计. 石家庄: 河北美术出版社, 2002.

10. 丁邦清, 程宇宁. 广告创意. 长沙: 中南大学出版社, 2003.

11. 柳林. 图形创意设计. 武汉: 华中科技大学出版社, 2007.

12. 席跃良. 平面版式设计. 北京: 清华大学出版社, 2007.

13. 门德来. 创意与表现. 西安: 西安交通大学出版社, 2002.

14. 孙湘明. 社会问题招贴设计. 长沙: 湖南美术出版社, 2009.

15. 江绍雄. 广告创意与实训. 石家庄: 河北美术出版社, 2008.

16. 杨志麟. 手绘POP海报. 南京: 江苏美术出版社, 2007.

17. 肖勇. 国际招贴设计. 济南: 山东美术出版社, 2001.

18. 占鸿鹰, 刘境奇. 广告创意设计. 上海: 东方出版中心, 2008.

19. 岳珏. 广告设计. 西安: 陕西人民美术出版社, 2002.

20. 黄建平. 平面广告设计. 上海: 上海人民美术出版社, 2007.

21. 张强, 廉毅. 广告设计要素与技巧. 沈阳: 辽宁美术出版社, 2001.

后 记

本书是由湖南美术出版社组织编写的高等院校艺术设计专业教材之一，是在六位老师多年教学工作中的《美学》和《设计美学》的部分讲稿的基础上修改而成的。在本书的编写过程中，我们强调了以下几点：

一、力求教学体系的合理和完整性，严格按照44个教学课时来分布章节和知识点。

二、尽量用大量的作品来分析抽象的美学理论，使教材通俗易懂。

三、针对艺术院校的教学特点，本教材着眼于培养学生的审美能力，强调对作品的具体分析。

我们知道，以上几点要付诸实践，仍然有待长期努力；另外，由于是集体编书，时间紧促，难免存在文字、风格乃至观点上的参差。我们愿意在本教材的使用过程中，不断吸取广大师生、同行、读者的批评意见，在今后加以改进。

本教材的分工情况如下：第一、二章和第十章第四节由简圣宇编写；第四、十一章由王兴业编写；第五、六、七、八章由贺克、何丽编写；第三、九章和第十章第一、二、三节由田蓉辉编写；教材的排版、校对由张淞负责。另外图片的处理和修改得到了周顺波的大力支持。

最后，向为本教材的出版和编辑付出辛劳的出版社工作人员表示感谢，向关心和支持本教材的同事和学生表示衷心的谢意。

俗话说，"丑媳妇总是要见公婆的"，现在这本教材就要和读者见面了，不免有几分"画眉深浅入时无"的担心。由于编者的理论水平和研究能力有限，教材中一些论述难免还存在某些问题和错误，希望得到专家、同行以及读者的指正。